Angelica Banks

Tuesday
und der Ruf des Silberfadens

Mehr von Tuesdays und Baxters Abenteuern:

Band 1 – Tuesday und der Zauber des Anfangs

Für BAFFIX.
Mögen deine Ideen zu Flügeln werden.

Angelica Banks

Tuesday
und der Ruf des Silberfadens

magellan

Kapitel 1

Endlich war das neue Baumhaus fertig. Nachdem das alte von einer Bande Piraten zerstört worden war (einige von euch erinnern sich bestimmt noch an die Geschichte), hatte Vivienne Small, wie schon beim ersten Mal, ihr neues Haus ganz und gar aus Treibholz gebaut. Besonders stolz war sie auf die ringsum laufende Veranda, die jetzt sogar noch breiter war als vorher und von großen, hellen Sonnensegeln beschattet wurde. Durch das geschnitzte Holzgeländer hatte Vivienne eine prächtige Pikwan-Ranke wachsen lassen, deren Früchte so groß wurden wie Mangos, wobei ihre stachelige Schale eher an Kastanien erinnerte.

Als an jenem Morgen der Wald zum Leben erwachte und die ersten Sonnenstrahlen durch das grüne Blätterdach schimmerten, konnte Vivienne zum Frühstück eine der ersten reifen Pikwan-Früchte ernten. Gerade hatte sie die harte, stachelige Schale mit ihrem Taschenmesser aufgebrochen, um das süße Fruchtfleisch zu kosten, als über ihrem Kopf plötzlich ein lautes Knacken ertönte, gefolgt von einem bedrohlichen Rauschen und Krachen. Vor Schreck ließ Vivienne die Pikwan-Frucht fallen, die beiden Hälften kullerten von der Veranda und plumpsten in die Tiefe.

Über ihrem Kopf brach ein riesiger brauner Schatten durch die Baumkronen und kam direkt auf sie zu. Mit einem Ruck klappte sie ihre Flügel aus und hechtete blind auf einen nahen Ast zu, um sich aus der Schusslinie zu bringen. Mit beiden Armen umklammerte sie den rettenden Ast, während etwas – was immer es war – auf ihr Baumhaus krachte und dabei das Sonnensegel, mehr als die Hälfte der Veranda, die Küchenwand und eine Kommode voller Geschirr und Besteck mit sich riss. Mit den Füßen in der Luft baumelnd, hing Vivienne hilflos über den Ruinen ihres geliebten Zuhauses, während in der Tiefe ein donnernder Aufprall den Waldboden erschütterte. Entsetzt sah sie zu, wie in der übrig gebliebenen Hälfte des Baumhauses die Reste ihres spärlichen Mobiliars, Bücher und alles, was sie so liebevoll gesammelt hatte, ins Rutschen gerieten und in einer Ecke durcheinanderpurzelten.

Als sie sich vom ersten Schreck erholt hatte, segelte Vivienne mit weit ausgebreiteten Flügeln hinunter auf die Reste ihrer zerstörten Veranda. Vorher waren nur hier und da ein wenig Sonnenlicht und ein kleines Stück blauer Himmel durch die dichten Baumkronen über ihr geblitzt. Jetzt klaffte in dem schützenden, von dicken Ästen getragenen und in sämtlichen Grüntönen schimmernden Blätterdach ein riesiges Loch. Ungläubig starrte Vivienne in den zartrosa gefärbten Morgenhimmel hoch über ihrem Kopf. Dann spähte sie hinunter auf den dunklen Waldboden, wo das Etwas, das dieses ganze Chaos angerichtet hatte, gelandet sein musste. Doch außer ein paar schattenhaften Umrissen konnte sie nichts erkennen. Einen herzzerreißenden Moment lang dachte sie an ihr wunderschönes neues Baumhaus, das jetzt schon wieder in Trümmern vor ihr lag, und eine Mischung aus Wut und Verzweiflung erfasste sie. Aber dann siegte ihre Neugier und tausend Fragen auf einmal schossen ihr durch den Kopf.

Was um alles in der Welt war dieses Etwas, das da ohne Vorwarnung vom Himmel gefallen war? Täuschte sie sich oder hatte es wirklich ein *Fell* gehabt?

Von Ast zu Ast segelte Vivienne am Baum hinunter bis auf den Boden, und – siehe da – bei dem rätselhaften Etwas handelte es sich tatsächlich um ein Tier, genauer gesagt um einen Hund. Allerdings war es kein Hund, wie ihr ihn kennt. Dieser hier war nämlich riesengroß, viel größer als ein gewöhnlicher Hund. Außerdem konnte er fliegen.

In früheren Zeiten hatte man am Himmel über dem Pfefferminzwald täglich Geflügelte Hunde beobachten können. Vivienne erinnerte sich gut daran, dass damals noch große Rudel dieser Wesen in hoch gelegenen Höhlen der Geflügelten Berge gehaust hatten. Über den Wasserfällen zogen sie am Himmel ihre Kreise und brachten ihren Jungen von den zerklüfteten Felsvorsprüngen aus das Fliegen bei. Vivienne hatte immer gern zugesehen, wie die Hundeeltern die ersten Flugversuche ihrer Kleinen überwachten. Hin und wieder war dabei ein Welpe in einen See geplumpst und musste mit seinen kurzen Beinchen mühsam ans rettende Ufer paddeln. Dann schüttelte er sich einmal kräftig und schon ging es weiter zum nächsten Flugversuch.

Doch diese Zeiten waren lange vorbei. Irgendwann waren die Geflügelten Hunde verschwunden. Ohne Vorwarnung waren sie plötzlich alle auf einmal wie vom Erdboden verschluckt gewesen, und niemand konnte sagen, warum. Später hieß es, die Geflügelten Hunde seien auf und davon in eine andere Welt geflogen – obwohl Vivienne an diese Geschichte nie wirklich geglaubt hatte.

Aber es bestand kein Zweifel: Dieses Wesen vor ihren Füßen war eindeutig ein Geflügelter Hund. Sein Fell glänzte in dem breiten Lichtstrahl, der das Dunkelgrün des Waldes durchströmte. Der Kopf des Hundes ruhte zwischen zwei mächtigen Baumstämmen. Sein Körper hatte eine ganze Gruppe riesiger Farne unter sich begraben. Der eine Flügel hatte sich in einem Myrtenbaum verfangen, der andere klemmte seltsam abgeknickt unter seinem Körper. Einzelne Fetzen von Viviennes Sonnensegel, zersplitterte Überreste des Verandabodens und des Geländers lagen rings um ihn verstreut. Vivienne erkannte zwei ihrer (jetzt zerbrochenen) Stühle und mehrere Tassen und Teller, von denen nur noch ein Scherbenhaufen übrig war.

Der Hund atmete langsam und nur sehr flach. Aus einem Nasenloch tropfte Blut, die riesige, feuchte rosafarbene Zunge hing schlaff aus seiner Schnauze. Vivienne stimmte ein leises, beruhigendes Summen an und strich dem Tier vorsichtig über den Kopf. Sanft hob sie ein Augenlid an und stellte fest, dass sich seine Pupille nicht verengte. Als sie den Körper des riesigen Tieres der Länge nach untersuchte, entdeckte sie am Unterbauch mehrere tiefe Schnitte, Spuren einer scharfen Klaue. Auch an den Flanken des Hundes klafften tiefe Wunden und in seinem dichten Fell klebte angetrocknetes Blut.

Zwischen den großen Augen des Hundes fiel ihr eine weiße, wie eine Mondsichel geformte Fellzeichnung ins Auge. Als Vivienne sich seinen Kopf genauer ansah, erkannte sie an der auffallend schmalen Schnauze, dass es ein weibliches Tier war. Dem grauen Fell um die Augen herum nach zu urteilen, musste es sich um ein relativ altes Mädchen handeln. Vivienne wünschte, sie hätte den Namen der Hündin gewusst, dann hätte sie sie anrufen und wieder zu Bewusstsein bringen können.

»Mondschein?«, versuchte sie zu raten. »Mondmädchen? Mondsichel? Weißer Mond?«

Der Hund rührte sich nicht. Sein Atem schien schwächer zu werden. Doch Vivienne gab nicht auf und versuchte weiter fieberhaft, den Namen herauszufinden. »Windsucher? Wetterauge? Sturmwanderer?«

Aber der Hund lag weiter stumm und regungslos da. »Welche Kreatur hat dich bloß so zugerichtet?«, fragte sie stirnrunzelnd.

Vivienne kannte viele sehr große und sehr kräftige Tiere, darunter auch einige, die gefährlich werden konnten. Von einem Wesen, das so mächtig und so böse war, dass es einem Geflügelten Hund diese furchtbaren Wunden zufügen konnte, hatte sie aber noch nie gehört. Selbst wenn zwei Geflügelte Hunde in einem Kampf aufeinander losgegangen waren – was allerdings noch nie vorgekommen war –, wären ihre Klauen niemals scharf genug, um ein anderes Tier so schwer zu verletzen.

Mit wachsamem Blick suchte Vivienne die Umgebung ab und blieb schließlich an dem Loch hängen, das der Hund bei seinem Absturz in das Blätterdach des Waldes gerissen hatte. Obwohl sich kein Lüftchen regte, zitterte sie plötzlich, als hätte ein eisiger Windhauch sie gestreift. Dort draußen lauerte eine Gefahr, so viel stand fest. Sie musste herausfinden, was es war.

Schon ihr ganzes Leben war Vivienne mit der Geschwindigkeit und Leichtigkeit eines Kolibris durch den Pfefferminzwald geschwirrt. Von ihren kleinen blauen Feenflügeln getragen, flog sie nun in kurzen, kräftigen Schwüngen hoch und immer höher, an ihrem verwüsteten Haus vorbei hinauf in die Baumkrone. Breitbeinig auf zwei Ästen balancierend, beobachtete sie zwei Salzadler, die in nördlicher Richtung davonflogen. Unten am Ufer der Ruhelosen See tummelte sich eine Schar Strandläufer. Zaunkönige und Schwalben flogen umher. Ansonsten war am Himmel nichts Auffälliges zu erkennen. Von der Bestie, die den Geflügelten Hund so übel zugerichtet hatte, war weit und breit nichts zu sehen.

Vivienne seufzte erleichtert, gleichzeitig beschlich sie jedoch ein ungutes Gefühl. In der Ferne schimmerte das Meer im Morgenlicht wie das Innere einer Austernschale. Im Osten war die Sonne schon wieder ein Stück höher in den Himmel geklettert, ihre hellen Strahlen fielen zwischen schmalen, lang gezogenen Wolken hindurch aufs Wasser. Vivienne erkannte die breite Mündung des Rythwyck, der aus dem Unterholz des Pfefferminzwaldes in die Ruhelose See mündete. Wenn sie sich umdrehte und Richtung Süden blickte, hatte sie die lang gestreckten Berge von Margolov mit ihren schneebedeckten Spitzen vor sich, die vor dem Horizont weiß im Sonnenlicht erstrahlten. Aber nein, was redete sie da? Verwirrt rieb Vivienne sich die Augen. Die Hänge der Bergkette waren deutlich zu erkennen, aber wo waren ihre zerklüfteten Gipfel? Die Berge sahen aus, als wären sie … gewachsen.

»Unmöglich«, murmelte Vivienne vor sich hin und kniff ein paarmal schnell hintereinander fest die Augen zusammen. Noch immer zog sich die lange Bergkette im Süden über den gesamten Horizont, nur dass der Himmel wie ein riesiges Zeltdach auf ihren Spitzen festzuhängen schien. Vivienne erzitterte bis in die Flügelspitzen: Der Himmel bauschte und faltete sich um die Berghänge, die aussahen, als hätten sie die äußere Hülle durchbohrt und wären aus der Welt hinausgewachsen.

Ihre Abenteuer hatten Vivienne schon oft in die Berge von Margolov geführt, durch die von dichtem Dschungel bewachsenen Ausläufer bis in die Nähe der Gipfel, wo sich knorrige Bäume und Pflanzen im niemals nachlassenden Wind krümmten. Manchmal hatte sie sich weit über die Schneegrenze hinaus vorgewagt, wo die Luft immer dünner wurde und nichts Grünes mehr wachsen wollte. Vivienne erinnerte sich noch genau an das Gefühl, auf der allerhöchsten Bergspitze zu stehen und die ganze Welt unter sich ausgebreitet zu sehen. Vivienne wusste noch, wie gigantisch hoch ihr die Berge von Margolov vorgekommen waren. Wie konnte es passiert sein, dass sie plötzlich noch viel höher geworden waren?

Viviennes Herz schlug immer schneller. Sie erlebte etwas, was nur sehr selten vorkam: Sie hatte Angst.

Kapitel 2

Weit weg vom Pfefferminzwald stand Denis McGillycuddy in seinem karierten Morgenmantel in der Küche und bereitete die Pfannkuchen vor, die es zum Frühstück geben sollte. Es war Sonntagmorgen, und im Haus der Familie McGillycuddy, dem höchsten und schmalsten in der Brown Street, herrschte diese besondere Art von Chaos, das sich oft gegen Ende der langen Sommerferien einstellte.

Der Kühlschrank war von oben bis unten mit kleinen Klebezetteln bepflastert, die alle mit eilig hingekritzelten Namen von Romanfiguren beschriftet waren (Lydia Bottle, Maple Hartigan, Volker Fink). Auf der Fensterbank reihte sich eine ganze Prozession von Muscheln und versteinerten Seesternen auf (Turboschnecken, Lila Seesterne, Perl-Seesterne), neben anderen seltsamen maritimen Gebilden, die Denis aus Hosentaschen und Rucksäcken geschüttelt hatte. Alles, was sich nach einem dreiwöchigen Familienurlaub auf einer entlegenen Insel mit Palmstränden und warmem türkisfarbenem Wasser angesammelt hatte.

Nach ihrer Rückkehr in die Brown Street hatten sie ihren Urlaubsrhythmus noch ein wenig beibehalten. Die täglichen Mahlzeiten wurden zu unregelmäßigen Zeiten eingenommen und an ebenso häufig wechselnden Plätzen, sodass Tassen und Teller, Gabeln und Löffel auf Bücherregale gewandert waren, auf Sessel, Kaminsimse und sogar bis an den Badewannenrand. Dafür waren in der Küche sämtliche Ablageflächen mit unterbrochenen Brettspielen und halb fertigen Kreuzworträtseln belegt, während sich im Wäschekorb bunt gestreifte Strandtücher und sandige Badeanzüge stapelten. Denis wusste nicht mehr, wie oft er schon im ganzen Haus den Boden gefegt hatte, immer noch knirschte bei jedem Schritt feinster tropischer Sand unter den Füßen.

Mittlerweile zeigte die Uhr in der Küche auf Viertel vor elf, doch aus den oberen Stockwerken des Hauses war noch immer kein Laut zu hören, was Denis wenig verwunderte. Als er am vorigen Abend beim Zubettgehen noch einen Blick ins Zimmer seiner Tochter geworfen hatte, hatte Tuesday an ihrem Schreibtisch gesessen und eifrig auf ihrer himmelblauen Schreibmaschine getippt. Das war kurz vor Mitternacht gewesen.

Schon während des Familienurlaubs hatte Tuesday in jeder freien Minute an ihrer Geschichte gearbeitet. In all den Wochen, die sie gemeinsam auf der entlegenen Insel verbracht hatten, hatte sich Tuesday kaum einen Moment von ihrer Schreibmaschine losreißen lassen. Sie hatte überall geschrieben, ob beim Sonnenbaden am Strand, auf einer Kajaktour oder nachts im Bett unter dem Moskitonetz – überall war ihre geliebte Schreibmaschine dabei. Gleichzeitig konnte Tuesday genüsslich Kokosmilch durch einen Strohhalm schlürfen und ließ sich auch nicht ablenken, wenn ganze Karawanen von Einsiedlerkrebsen über ihre nackten Zehen krabbelten.

Auch seit sie wieder zu Hause angekommen waren, hatte Tuesday entweder am Schreibtisch in ihrem Zimmer, unter einem Baum im Park oder in der Stadtbücherei geschrieben und zwischendurch am Küchentisch, vor und nach dem (aber niemals beim) Frühstück, Mittag- und Abendessen. Ihre Eltern hatten sich längst daran gewöhnt, dass sie bis tief in die Nacht über ihrer Geschichte saß.

Während Tuesday also noch schlief, war die zweite Schriftstellerin des Hauses schon seit den frühen Morgenstunden auf den Beinen, nachdem das Getrommel eines sommerlichen Gewitterregens sie geweckt hatte. Seitdem saß Serendipity in ihrem Schreibzimmer im Dachgeschoss des hohen Hauses und hämmerte fieberhaft auf die Tasten ihrer Schreibmaschine, wenn sie nicht einfach nur dasaß – eine Decke um die Schultern gelegt und die Ellbogen auf die Tischplatte gestützt – und durch das geöffnete Fenster den Wolken am Morgenhimmel hinterherblickte. Wie Serendipity ihrem Mann gegenüber immer wieder feststellte, konnte sie nie sagen, was wichtiger war: Wörter und Sätze zu Papier zu bringen oder stundenlang aus dem Fenster zu starren und ihren Gedanken freien Lauf zu lassen. Beides schien für eine Schriftstellerin unerlässlich zu sein.

Unten in der Küche stellte Denis den fertigen Pfannkuchenteig beiseite, warf einen kurzen Blick auf die Uhr und entschied, Tuesday und Serendipity noch bis elf Uhr Zeit zu lassen, bevor er sie zum Frühstück rief.

Er nutzte die verbleibenden Minuten, indem er einen Stapel Wäsche zusammenlegte und aus den Tiefen des Bügelkorbs Tuesdays Schuluniform hervorkramte, die sie am Montagmorgen brauchen würde. Dabei fiel ihm ein, dass die Sonntagszeitung sicher schon auf der Vordertreppe lag.

Auf dem Weg zurück ins Haus klappte Denis wie immer die Zeitung auf und überflog im Gehen kurz die Titelseite. Plötzlich stutzte er und blieb wie angewurzelt auf dem Treppenabsatz stehen. Im nächsten Augenblick sackte er auf die oberste Stufe, die noch nass war vom nächtlichen Regen. Sofort sprang er wieder auf, drehte sich erst einmal, dann ein zweites Mal um sich selbst, bevor er etwas sehr Ungewöhnliches tat, ja sogar etwas, was bisher noch nie vorgekommen war: Er stürmte zurück ins Haus, polterte die Treppe hinauf bis in den vierten Stock und platzte, ohne anzuklopfen, in Serendipitys Schreibzimmer. Seine Frau saß mit einem seltsam leeren Gesichtsausdruck an ihrem Schreibtisch, wie immer, wenn sie ihren Tagträumen nachhing.

»Gott sei Dank!« Denis atmete auf, doch seine Erleichterung war nur von kurzer Dauer.

Mit wehendem Morgenmantel fegte er an Serendipity vorbei zum Fenster, stieß die beiden weit geöffneten Flügel zu und riss den Fensterriegel energischer ins Schloss, als notwendig gewesen wäre. Dann, als wäre doppelte Vorsicht geboten, zog er hastig die Vorhänge zu und verdunkelte den Raum.

»Du musst sofort aufhören!«, stieß Denis hervor. »Kein Schreiben! Kein Nachdenken! Du musst auf der Stelle damit aufhören.«

Serendipity blinzelte, schaltete ihre Schreibtischlampe ein und starrte verwirrt ihren Mann an, der nach dem ungewohnten Sprint die Treppe hinauf keuchend vor ihr stand und aufgeregt mit der Tageszeitung wedelte. Sie schien ihn zunächst für eine Art Erscheinung zu halten. Wie aus weiter Ferne betrachtete sie ihn ungläubig von oben bis unten, bis ihr Blick endlich an seinem panischen Gesichtsausdruck hängen blieb.

»Was um alles in der Welt ist in dich gefahren, Liebling?«, fragte Serendipity.

»Da, da!« Denis knallte die Zeitung vor ihr auf den Tisch.

Exklusivbericht!, stand auf der Titelseite.

Sieben Schriftsteller verschleppt.

»Verschleppt?«, fragte Serendipity.

»Ja, das schreiben sie jedenfalls.«

Serendipity las den Artikel laut vor: *Zwar hat sie mit Krimis Karriere gemacht, doch JD Jones, eine der berühmtesten Schriftstellerinnen von Weltrang, wäre nie darauf gekommen, dass sie selbst einmal Teil eines globalen Krimis werden würde. Jones wurde am gestrigen Abend aufgefunden, als sie durch die Straßen von Abu Dhabi irrte. Es wird berichtet, dass sie weder wusste, wie sie dorthin gekommen war, noch, wie sie sich ihren Arm gebrochen hatte. Jones ist nicht die Einzige. In den vergangenen fünf Tagen sind sechs weitere berühmte Schriftsteller von zu Hause verschleppt worden und an weit entfernten Orten wieder aufgetaucht, ohne jegliche Erinnerung, wie sie dorthin gekommen oder wer ihre Entführer waren. Bislang gab es keinerlei Lösegeldforderungen. Die Polizei steht vor einem Rätsel und sucht fieberhaft nach Informationen, nach möglichen Erklärungen für diese zunehmend bizarren Fälle von plötzlichem Verschwinden.*

Entsetzt starrte Serendipity auf die in der Zeitung abgedruckten Fotos von Schriftstellern, die an den unterschiedlichsten Orten wieder aufgetaucht waren. Ein Autor aus Frankreich fand sich plötzlich in Alaska wieder. Einen anderen aus Sydney hatte man in Kapstadt aufgegriffen. Zwei britische Autoren waren im Mittleren Westen der USA gefunden worden, einen chinesischen Schriftsteller hatte man in Argentinien aus dem Hochgebirge gerettet.

Alle Opfer gaben an, sie seien wie immer abends zu Bett gegangen und eine halbe Weltreise von ihrem Zuhause entfernt wieder aufgewacht, ohne Geld und ohne Ausweis oder eine Möglichkeit, mit ihren Liebsten Kontakt aufzunehmen. Einige hatten Knochenbrüche, andere Verbrennungen, Schnittwunden oder Blutergüsse davongetragen.

Serendipity wurde kreidebleich.

»Denis?«, hauchte sie. »Wo ist Tuesday?«

»In ihrem Bett, nehme ich an. Um Mitternacht hat sie noch geschrieben, also wollte ich sie schlafen lassen, so lange wie …«

»Um Mitternacht? Aber wo ist sie *jetzt*? Denis!« Serendipity packte ihren Mann an den Ellenbogen.

»Du glaubst doch nicht … sicher nicht, oder? Diese Autoren haben alle schon viele Bücher veröffentlicht, sind berühmt. Tuesday ist noch …«

»Denis, hat sie geschrieben? Als du nach ihr gesehen hast? Was hat sie gemacht?«

Ohne eine Antwort abzuwarten, hastete Serendipity bereits zur Tür hinaus und die Treppe hinunter zum Zimmer ihrer Tochter.

Tuesday wurde von lautem Geschrei – »Tuesday! Tuesday!« – und polternden Schritten auf der Treppe unsanft aus dem Schlaf gerissen. Mit verwuschelter rotblonder Haarmähne saß sie senkrecht im Bett, als ihre Mutter ins Zimmer stürmte.

»Ach, Schätzchen, da bist du ja«, seufzte Serendipity und erstickte ihre Tochter fast in ihrer ungestümen Umarmung.

»Was soll das? Was ist los? Ich bin doch hier«, murmelte Tuesday verschlafen.

»Ich habe mich noch nie so gefreut, dich zu sehen. Oder vielleicht doch. Als du geboren wurdest. Und dann vor einer Weile, nachdem du *dort* gewesen bist. Ja, da habe ich mich natürlich auch sehr gefreut, aber ich glaube trotzdem, dass …«

»Mama, was redest du da? Könntest du bitte aufhören, mich zu zerquetschen?«

»Gott sei Dank, du bist *hier*!«, sagte Serendipity und ließ Tuesday endlich los.

»Wo sollte ich sonst sein?«

»Wer weiß, mein Schatz? Belize? Afghanistan? Darwin?« Serendipity reichte ihrer Tochter die Sonntagszeitung.

Tuesday rieb sich die Augen.

»Halt, lass mich mal«, sagte Denis, nahm ihr ungeduldig die Zeitung aus den Händen und las den Artikel auf der Titelseite samt Überschrift laut vor. Dann zeigte er Tuesday die Fotos.

Tuesday wurde es furchtbar mulmig bei dem Gedanken, was

diese Nachricht für ihre Familie bedeutete. Alle Opfer dieser rätselhaften Entführungsfälle waren Schriftsteller, genau wie ihre Mutter.

»Ich verstehe das nicht. Wer könnte dahinterstecken, Mama?«

»Das weiß ich nicht. Ich weiß es wirklich nicht.«

»Diese Leute wurden doch nicht wirklich verschleppt, oder?«

»Nein, natürlich nicht, Liebes«, beruhigte Serendipity ihre Tochter. »Aber allein die Tatsache, dass es eine Lüge ist, macht die Sache nicht weniger beunruhigend.«

Serendipity wusste es natürlich, genauso wie Tuesday und auch Denis: Alle diese Schriftsteller, die laut Zeitungsbericht tausende Kilometer von ihrem Zuhause entfernt aufgefunden worden waren – viele von ihnen mit gebrochenen Knochen oder anderen Verletzungen –, waren keineswegs entführt worden. Genauso wenig hatten sie tief geschlafen, als sie verschwunden waren, wie sie behaupteten. In Wahrheit waren sie alle hellwach gewesen.

»*Dort* muss irgendetwas Schlimmes passiert sein. Meinst du nicht auch, Mama?«

Dort. Das war das einzige Wort, das Tuesday über die Lippen brachte, wenn sie von der Welt der Geschichten sprach. In jene Welt konnte man nur mithilfe eines silbernen, aus Fantasie gesponnenen Fadens gelangen. Es war ein magischer Ort, ein gemeinsames Geheimnis, von allen Schriftstellern und Schriftstellerinnen, die jemals gelebt hatten, bestens gehütet. Tuesday war bisher nur ein einziges Mal *dort* gewesen, im Gegensatz zu Serendipity, die beinahe täglich zu jener geheimen Welt reiste, zumindest wenn sie gerade an einem neuen Roman schrieb. Alle Schriftsteller, deren Fotos auf der Titelseite der Zeitung prangten, waren *dort* gewesen. Eigentlich hätten sie danach sicher und wohlbehalten wieder zu Hause an ihren Schreibtischen landen müssen, damit sie all das zu Papier bringen konnten, was sie *dort* gesehen und gerochen, gefühlt, geschmeckt und erlebt hatten. Doch offenbar war auf ihrer Heimreise irgendetwas furchtbar schiefgegangen und hatte sie so aus der Bahn geworfen, dass sie hoffnungslos vom Kurs abgekommen waren.

Verständlicherweise würde kein Schriftsteller jemals der Polizei, geschweige denn den Medien gegenüber erwähnen, wo sie tatsächlich gewesen waren, bevor man sie aus unerklärlichen Gründen irgendwo in Madrid, Melbourne oder Minnesota aufgefunden hatte. Alle hätten sie für verrückt gehalten.

»Was machen wir jetzt?«, fragte Tuesday.

»Ich weiß nur, was ihr *nicht* macht«, sagte Denis.

Bevor sie widersprechen konnte, hatte er sämtliche Kugelschreiber und Stifte, Notizblöcke und Zettel von Tuesdays Schreibtisch zusammengesammelt und ließ sie in den Taschen seines Morgenmantels verschwinden. Als Letztes verstaute er Tuesdays kleine blaue Schreibmaschine in dem dazugehörigen Koffer und ließ das Schloss zuschnappen.

»Nein, Papa! Nicht meine Schreibmaschine«, bettelte Tuesday, aber ihr Vater ließ sich nicht erweichen.

»Bis auf Weiteres«, sagte Denis unerbittlich, »wird bei uns nicht mehr *geschrieben*.«

Mutter und Tochter sahen einander an. Genauso gut hätte er ihnen das Atmen verbieten können.

Kapitel 3

Vivienne Small wusste, wie man ein Boot segelte, einen Seemannsknoten band oder eine Messerklinge schärfte. Sie konnte ein Lied pfeifen, Rätsel lösen, eine Landkarte lesen, ein Feuer entfachen, mit einem schnellen Pfeil mitten ins Ziel treffen, eine Felswand hinaufklettern, durch hohe Wellen schwimmen, eine Eishöhle bauen, einen Kaktus anzapfen und einen Sandsturm überleben. Sie konnte schnell rennen und lautlos schleichen. Mithilfe ihrer kleinen blauen Flügel sprang sie sogar über gefährlich tiefe Schluchten oder Felsspalten. Vivienne konnte mehrere Sprachen fließend sprechen und schreiben, darunter Xunchillesisch, Formosanisch und Sandschuckisch. Doch leider kannte sie keine Sprache, die ihr geholfen hätte, sich mit dem großen Geflügelten Hund zu verständigen, der am Fuß ihres Baumes reglos auf dem Waldboden lag. Sie hätte ihn unbedingt fragen müssen, woher er kam und wohin er unterwegs gewesen war, ob er vielleicht etwas über die Berge von Margolov wusste und warum sie auf einmal gewachsen waren. Und obwohl sie viele verschiedene Heilkünste beherrschte, war keine darunter, die gegen die furchtbaren Verletzungen des Geflügelten Hundes etwas ausrichten konnte. Vivienne war trotzdem fest entschlossen, alles zu tun, um ihm zu helfen.

Flink hüpfte sie von Ast zu Ast von der Baumkrone hinunter zu den kläglichen Überresten ihres Baumhauses. Vorsichtig kletterte sie über die zersplitterten Holzdielen hinweg in die völlig verwüstete Küche. Bei jedem Schritt schwankte das Haus bedrohlich.

Der nächste kräftige Windstoß würde es in null Komma nichts vom Baum fegen.

Glücklicherweise hatte Vivienne ihre Lieblingswaffen an der hinteren Wand der Küche aufbewahrt, der einzigen, die noch heil geblieben war. Schaudernd versuchte sie, sich die unheimliche Bestie vorzustellen, die den Geflügelten Hund überwältigt hatte. Dann warf sie sich zu allem entschlossen ihren Bogen über die Schulter, zählte flink ihre türkis gefederten Pfeile und schlang den Köcher auf den Rücken zwischen ihre Flügel. Als Nächstes schob sie ihr Blasrohr unter den Gürtel und griff nach einem kleinen Beutel mit vergifteten Wurfpfeilen.

Unter der halb zerbrochenen Küchenbank zog Vivienne eine alte Holzkiste hervor, eine Art Werkzeugkasten. Das oberste Fach war mit einem Sammelsurium aus Knöpfen, Nadeln und mehreren Garnrollen gefüllt, einer kleinen silbernen Schere, einem Fingerhut, einem Satz Spielkarten und einigen Lederfetzen. Als Vivienne das obere Fach heraushob, kam darunter ein zweites zum Vorschein, gefüllt mit kleinen Medizinfläschchen. Vivienne hatte die verschiedenen Mittel aus Pflanzen, die sie im Pfefferminzwald gesammelt hatte, selbst zusammengebraut.

»Nein, das ist nicht das Richtige. Nein, nein, nein«, murmelte sie halblaut vor sich hin, während sie die kleinen Glasflaschen nacheinander aus dem Kasten nahm und wieder zurückstellte. Zinnober-Extrakt, Jasmin-Aufguss, Inkarnat, Weiden-Wünschpulver stand auf den kleinen Etiketten. Endlich hatte Vivienne gefunden, wonach sie gesucht hatte.

»Da ist es ja!«, rief sie und griff nach einer kleinen Flasche mit der Aufschrift Gold-Rhodelia-Tinktur. Es war ein Heilmittel, das aus den Staubgefäßen winziger, glänzend gelber Blüten gewonnen wurde, die sich immer nur an ein oder zwei Tagen im Jahr öffneten. Die Tinktur besaß außergewöhnlich starke Kräfte, und

Vivienne hoffte sehr, dass sie den Hund so lange am Leben halten würde, bis sie jemanden mit größeren Heilkenntnissen zu Hilfe geholt hatte. Als sie das Fläschchen prüfend ins Licht hielt, sah sie zu ihrem Entsetzen, dass es nur noch halb voll war. Für Vivienne selbst würden ein bis zwei Tropfen der starken Medizin genügen, aber würde der Rest in der Flasche für ein so großes Tier wie den Geflügelten Hund ausreichen? Sie wusste es nicht. Aber die Gold-Rhodelia war ihre einzige Hoffnung.

So schnell sie konnte, immer zwei Äste auf einmal nehmend, hastete Vivienne am Baum hinunter. Das Tier lag noch genau so da, wie sie es verlassen hatte. Es atmete kaum noch.

»So, meine Schöne«, flüsterte Vivienne und träufelte die Tinktur langsam auf die Zunge der Hündin. Sobald sie die Flüssigkeit aufgesogen hatte, nahm die blassrosa Zunge eine kräftige Färbung an. Vivienne ließ das verwundete Tier nicht aus den Augen. Der mächtige Körper zitterte kaum merklich, die Zunge verschwand in der Schnauze, die riesigen Pranken zuckten. Die Hündin versuchte, ihren Flügel zu bewegen, der immer noch in den Zweigen des Myrtenbaums festhing, und winselte vor Schmerz.

»Sachte, sachte.« Vivienne legte beruhigend ihre Hand auf die Hundeschnauze.

Ein seltsames Geräusch ließ sie plötzlich aufhorchen. Hoch in der Luft ertönte ein lautes Summen, und in der Lichtsäule, die durch das zerstörte Blätterdach fiel, erspähte Vivienne zwei unbekannte Wesen, die in engen Kreisen zu ihr heruntergeflogen kamen. Wer oder was es war, konnte sie nicht sagen. Sie wusste nur, dass sie die beiden noch nie zuvor gesehen hatte. Abgesehen davon sausten sie so schnell durch die Luft, dass Vivienne nur verschwommen ein paar schwirrende Flügel und lange, insektenähnliche Körper erkennen konnte. Vorsichtshalber ging sie hinter dem mächtigen Kopf des Hundes in Deckung, legte Pfeil und

Bogen an und nahm die beiden Ankömmlinge ins Visier. Doch auch im Näherkommen konnte Vivienne an ihnen weder scharfe Klauen noch spitze Zähne erkennen, die den Hund verletzt haben könnten. Ihr Instinkt sagte ihr, dass sie vor diesen Wesen, die anscheinend aus einer anderen Welt kamen, keine Angst zu haben brauchte. Als die beiden auf dem Waldboden landeten, nahm Vivienne ihren Bogen herunter und stellte zu ihrem Erstaunen fest, dass die Ankömmlinge nicht zu zweit waren, wie sie zuerst angenommen hatte, sondern zu viert.

Bei den geflügelten Wesen handelte es sich um Reittiere, die aussahen wie Riesenlibellen. Sie hatten ein kurz geschorenes, cremeweiß geflecktes Fell, das weich und samtig schimmerte. Auch die Reiter der Riesenlibellen waren Wesen, denen Vivienne noch nie zuvor begegnet war. Sie hatten ungefähr ihre Größe und trugen eng anliegende Anzüge aus nahezu weißem Leder oder Wildleder, die an den Hand- und Fußgelenken mit goldener Stickerei verziert waren. Die Oberfläche ihrer nackten Hände und Füße war mit kleinen perlmuttartigen Schuppen besetzt.

Auf dem Kopf trugen sie breite cremeweiße Helme, deren geriffelte Ränder an Muschelschalen erinnerten. Durch die schmalen Schlitze auf der Vorderseite schauten nur ihre auffallend großen Augen heraus. Ebenso ungewöhnlich war, dass ihre Augäpfel nicht weiß, sondern dunkel glänzten, dafür aber die Iris in einem klaren Weiß leuchtete.

Die beiden Reiter stiegen aus dem Sattel und nahmen ihre Helme ab. Feines, schillerndes Fell überzog ihre Gesichter. Nase und Mund waren relativ klein, die schmalen Lippen schimmerten blass. Auf den ersten Blick sahen die beiden aus wie Zwillinge: Sie hatten nicht nur die gleiche Größe, sondern auch den gleichen Körperbau. Beide trugen ihre langen Haare zu straffen schneeweißen Zöpfen geflochten. Das Fell auf ihren Gesichtern war jedoch unterschiedlich gemustert. Bei dem einen wechselten sich unregelmäßige weiße und cremefarbene Karos ab, bei dem anderen verliefen von der Nase aus dunklere Streifen sternförmig zu den Seiten.

Beide klemmten ihren Helm gleichzeitig unter den Arm und begrüßten Vivienne mit einer tiefen Verbeugung. Sie antwortete mit einem knappen Kopfnicken, wobei sie ihre Gegenüber wachsam im Auge behielt. Das sirrende Geräusch der Insektenflügel ebbte ab zu einem leisen Summen, als die beiden Reittiere ihre Schnauzen in das Moos auf dem Waldboden steckten und anfingen zu grasen. Vivienne richtete sich zu ihrer vollen Größe auf, schwang ihren Bogen über die Schulter und sagte: »Ich bin Vivienne Small.«

Der Reiter mit dem Karomuster trat vor und verkündete mit heller, melodischer, eindeutig weiblicher Stimme:

»Ich bin Harlequin.«

»Und ich bin Tarquin«, stellte sich ihr Gefährte mit dem Streifengesicht vor. Seine Stimme klang genauso melodisch, aber deutlich tiefer.

Vivienne brauchte einen Moment, um zu erfassen, dass die Stimmen der beiden nicht nur über die Ohren zu ihr drangen, sondern direkt in ihrem Kopf zu erklingen schienen.

»Meine Schwester und ich waren auf der Jagd nach dem Vercaka, der das große Tier angegriffen hat«, erklärte Tarquin und zeigte auf den Geflügelten Hund.

Vivienne schüttelte verwirrt den Kopf. An diese seltsame Art des Hörens musste sie sich erst gewöhnen. Sie hörte Tarquin direkt in ihrem Kopf. Obwohl er einige Schritte von ihr entfernt stand, hallte seine Stimme in ihrem Kopf wider, und es fühlte sich an, als hätte sie eine Fliege im Ohr.

»Ihr habt also gesehen, was es war?«, fragte sie. »Ich kenne kein

Wesen, das einen Geflügelten Hund so grausam zurichten könnte.«

»Hund?«, fragte Tarquin nach.

»Ja.«

»Hund«, wiederholte Tarquin, als habe er gerade eine neue Vokabel gelernt.

»Ja, Hund«, sagte Vivienne, ein wenig ungeduldiger als beabsichtigt. »Was für ein Tier, sagtest du, hat ihn angegriffen?«

»Es war ein Vercaka«, knurrte Tarquin finster.

Harlequin blickte Vivienne aus ihren großen, farblosen Augen forschend an. »Du weißt nichts über Vercakas?«, fragte sie.

»Nein. Nichts«, gab Vivienne zu, auch wenn es ihr peinlich war. Es gab nur wenige Orte, an denen sie noch nicht gewesen war, und – so hatte sie jedenfalls geglaubt – keine Lebewesen, die ihr unbekannt waren. »Was sind Vercakas?«

»Vercakas sind geflügelte Monster, ebenso dumm wie grausam. Sie kämpfen mit scharfen Krallen und Schnäbeln, und die Art, wie sie ihre Worte aussprechen, vergiftet das Herz«, erklärte Harlequin. »Auf diese Weise überwältigten sie den Hund. Sie besitzen die besondere Gabe, deine größten Ängste zu erkennen. Sobald sie dieses Wissen haben, gebrauchen sie böse Worte, um deinen Mut zu zerstören und all deine Hoffnungen zu ersticken.«

»Das klingt schrecklich. Woher kommen sie?«, erkundigte sich Vivienne. »Von solchen Bestien habe ich noch nie gehört.«

Harlequin wandte sich an ihren Bruder, und es schien Vivienne, als ob die beiden durch eine Art Gedankenaustausch miteinander sprachen, der für andere unhörbar blieb.

Dann sagte Tarquin: »Die Vercakas sind die Feinde unseres Volkes. Und wann immer sie können, machen sie Jagd auf uns und unsere Farouches.«

Er wies auf ihre libellenähnlichen Reittiere.

»Sie kommen aus derselben Welt wie wir, in die wir unglücklicherweise nicht mehr zurückfinden können.«

Tarquins singende Stimme wechselte von Dur zu Moll, und Vivienne hörte die tiefe Traurigkeit, die in seinen Worten mitschwang.

»Wir sind geflogen, so weit wir konnten«, erzählte Harlequin weiter, »aber wir haben hier nichts gefunden, was uns vertraut erscheint. In unserer Welt gibt es große Flächen aus Sand, weite, endlose Ebenen, die sich schon seit ewigen Zeiten bis zum Horizont erstrecken. Doch in der letzten Zeit hat sich unser Land sehr verändert. In Gegenden, wo es so etwas vorher nie gab, entstehen plötzlich Berge und steile Abhänge. Furchtbare Winde fegen darüber hinweg. In solch einen Sturm sind wir beide hineingeraten. Aber anstatt unter dem Sand begraben zu bleiben, sind wir immer tiefer gerutscht und durch euren Himmel gefallen. Das Gleiche muss mit dem Vercaka passiert sein, der irgendwie von unserer Welt in eure gelangt ist. Es ist ein Fluch, den wir euch nicht herbeigewünscht hätten.«

»Auch hier in dieser Welt passieren seltsame Dinge«, sagte Vivienne.

Als sie an die Berge von Margolov dachte, wurde ihr ganz unheimlich. Wenn es darum gegangen wäre, sich mit einem Piraten zu duellieren oder gegen einen Feuer speienden Pyronellen zu kämpfen, hätte sie genau gewusst, was zu tun wäre. Sie wusste auch, wie man einen doppelgesichtigen Wahrsager überlisten konnte, wie man eine Purpurstreifen-Seeschlange verknotete oder aus Hartaxischem Giftefeu eine Seilrutsche baute. Doch sie hatte nicht die leiseste Ahnung, wie man eine Welt wieder in Ordnung brachte, die aus heiterem Himmel unberechenbar und gefährlich geworden war.

»Geflügelte Hunde wie dieser sind schon seit einiger Zeit von unserem Himmel verschwunden«, sagte sie. »Und nun ist einer von ihnen zurückgekehrt.«

»Zu wissen, was man unternehmen sollte, ist schwer«, meinte Tarquin. »Wir haben bei dem Absturz all unsere Waffen verloren. Ich hoffe nur, dass wir hier irgendetwas finden, mit dem wir diese Kreatur und andere, die vielleicht noch folgen, erlegen können.«

»Was braucht ihr?«, fragte Vivienne und deutete auf ihren Bogen.

Tarquin schüttelte den Kopf. »Damit wirst du gegen diese Bestien nicht viel ausrichten. Wir haben ein Gift, das sie tötet. Es fließt in kleinen Flüssen in unseren Ebenen.«

Vivienne zog ihr Blasrohr aus dem Gürtel. »Ich habe Giftpfeile, mit denen man jedes Lebewesen in tiefen Schlaf versetzen kann.«

»Schlaf wird nicht genügen«, wandte Harlequin ein.

»Ihr könntet es in Lucretia versuchen«, schlug Vivienne vor. »Das ist eine Inselgruppe weit im Süden, dort findet man alle möglichen Gifte …«

Der Hund stöhnte leise. Zuckend öffnete sich ein großes bernsteinfarbenes Auge, dann fiel es wieder zu.

»Die Tropfen, die ich dem Hund gegeben habe, scheinen zu wirken«, erklärte Vivienne und warf Harlequin die leere Flasche zu. »Diese Mixtur kann Schmerzen lindern und Wunden schneller heilen lassen. Aber ich fürchte, der kleine Rest, den ich noch hatte, reicht für ein so großes und so schwer verwundetes Tier nicht aus. Ich muss Hilfe holen.«

»Dürfen wir uns deinen Hund einmal ansehen?«, fragte Harlequin. »Wir wissen sehr viel über die grausamen Methoden der Vercakas. Außerdem ist uns die besondere Kunst des Hineinsehens gegeben.«

Vivienne zögerte. Konnte sie den beiden vertrauen? Der Hund brauchte dringend Hilfe. Außerdem, dachte sie, habe ich nicht über den Hund zu bestimmen. Sie trat beiseite und machte Platz für Tarquin und Harlequin.

Die beiden begannen, das verwundete Tier eingehend zu untersuchen, und gingen langsam um den mächtigen Körper herum. Vivienne fiel auf, dass die Geschwister eine ungewöhnliche Art hatten, sich zu bewegen: Es sah aus, als hätte jeder ihrer Arme zwei Ellenbogen und jedes Bein mindestens zwei Kniegelenke. Irgendwie seltsam und anmutig zugleich.

Von Zeit zu Zeit wechselten Harlequin und Tarquin einen kurzen Blick, und Vivienne erriet, dass sie auf ihre geheimnisvolle lautlose Art miteinander sprachen. Es dauerte eine ganze Weile, bis Harlequin zu ihr kam und sanft ihre Hand nahm. Zu ihrer Überraschung fühlten sich die Perlmuttschuppen auf Harlequins Händen warm und weich an.

»Die Hündin liegt im Sterben, Vivienne Small.« Wieder hallte Harlequins ruhige, sanft singende Stimme eigentümlich in Viviennes Kopf wider, und es klang fast so, als würde sie ein Schlaflied summen.

Schroff entriss Vivienne ihr ihre Hand. »Aber sie darf nicht sterben. Wir müssen sie heilen!«

»Dafür ist es schon zu weit fortgeschritten«, erklärte Tarquin. »Du musst wissen, Vivienne Small, dass die zugefügten Wunden durch ein Vercaka nicht nur den Körper treffen. Sie haben auch die Seele des Tieres verletzt.«

Wütend trat Vivienne gegen eine Baumwurzel. »Aber was ist mit den Tropfen? Ich habe ihr alle gegeben, die ich noch hatte. Vielleicht wirken sie doch noch …«

Tarquin schüttelte den Kopf. »Für eine Heilung war es bereits zu spät.«

»Aber es muss doch irgendetwas geben, was wir tun können!«, beharrte Vivienne.

»Nein«, wiederholte Tarquin leise. »Und ich glaube, tief in deinem Herzen weißt du auch, dass es so ist.«

»Aber bevor sie uns ganz verlässt, Vivienne Small, sollten wir versuchen, so viel wie möglich von ihr zu erfahren«, bat Harlequin. »Es ist möglich, dass sie über die seltsamen Veränderungen in unserer und in deiner Welt mehr weiß als wir.«

Viviennes fragender Blick wanderte von Harlequin zu Tarquin. Ihre unbewegten Mienen verrieten nur wenig, doch ihre Augen waren dunkel vor Sorge.

»Wird es ihr wehtun?«

»Nein, ganz bestimmt nicht«, versicherte Tarquin. »Gemeinsam können wir nicht nur ihre Gedanken erfühlen, sondern auch ihre Erinnerungen.«

Vivienne nickte traurig. Tarquin und Harlequin legten sanft ihre Perlmutthände auf die Mondsichel zwischen den geschlossenen Augen des Hundes.

Vivienne wartete eine Weile.

»Und?«, fragte sie.

»Geduld. Wenn sich das Leben dem Tode nähert, ist es nicht mehr so leicht, eine Erinnerung zu finden«, klärte Tarquin sie auf.

Dieses Mal wartete Vivienne ein bisschen länger, bevor sie fragte: »Könnt ihr schon etwas sehen?«

»Mehr Geduld, Vivienne Small«, mahnte Harlequin.

Vivienne ging hinüber zu einem Baum, wo ihre Reittiere, die sie Farouches nannten, friedlich schlummernd im weichen Moos lagen. Ihre langen, flaumigen Fühler zitterten im Einklang mit ihren leise seufzenden Atemzügen.

»Die Hündin trägt etwas bei sich«, sagte Tarquin endlich.

»Was?«, rief Vivienne aufgeregt.

»Still«, brachte Harlequin sie streng zum Schweigen.

»Ihr Ziel ist ein Ort aus Stein und Nebel«, erklärte Tarquin.

»Der Nebel ist sehr dicht und der Weg dorthin ist nur einigen wenigen offen«, ergänzte Harlequin.

»Es gibt dort eine Formel, die in Stein gemeißelt ist«, fuhr Tarquin fort. »Die Schriftzeichen sind uns unbekannt, aber wir werden sie uns einprägen.«

»Der Eingang zu diesem Ort wird von wilden Bestien bewacht«, übernahm Harlequin wieder. »Mit riesigen Köpfen und …«

Sie verstummte abrupt und legte eine Hand auf ihre Brust. Im selben Moment holte die Hündin flach und leise rasselnd Luft, dann folgte ein tiefes, endlos langes Wimmern. Vivienne, Harlequin und Tarquin blickten stumm auf das sterbende Tier. Trotz der Unterschiede zwischen ihnen wussten sie alle, was dieser Laut bedeutete. Es war der letzte Atemzug eines Lebewesens, der letzte Seufzer, mit dem alle Erinnerungen, Gerüche, Geräusche und Gedanken davongetragen wurden.

Vivienne hatte Tränen in den Augen.

»Frieden«, sagte Harlequin.

»Lebe wohl«, sagte Tarquin.

Eine Weile standen die drei schweigend da.

Tarquin sprach als Erster wieder: »Hast du ein Werkzeug, um Runen aufzuzeichnen?«

Seine Frage riss Vivienne aus ihrer Trauer. Mit Tränen in den Augen sah sie zu, wie Harlequin nach einem kleinen Stock suchte und eine Abfolge von Schriftzeichen in die Erde ritzte.

»Der Ort, den wir in den Gedanken des Hundes gesehen haben, trägt diese Zeichen, Vivienne Small. Weißt du, was sie bedeuten?«

Doch Vivienne konnte noch so lange und konzentriert auf die Zeichen starren, sie wurde einfach nicht schlau aus ihnen. Auch ihr Versuch, sie auf dem Kopf oder rückwärts zu lesen, blieb ohne Erfolg.

»Das ist nicht deine Sprache?«, fragte Tarquin.

»Jedenfalls keine, die ich kenne«, antwortete Vivienne gereizt. »Und glaub mir, ich kenne viele Sprachen.«

Gerade wollte sie ihn fragen, ob er die Zeichen vielleicht falsch niedergeschrieben hatte, als Harlequin rief:

»Sieh nur, der Hund, Vivienne Small!«

Irgendetwas an dem Hund hatte sich verändert. Sein Fell schimmerte auf einmal silbergrau und nicht mehr goldbraun wie vorher. Es war, als würde der mächtige Körper des Tieres nicht nur schrumpfen, sondern gleichzeitig auch verblassen. Nach und nach schien er sich vor ihren Augen aufzulösen, bis von seiner riesenhaften Gestalt nur noch ein schwacher goldener Schimmer auf dem Waldboden übrig war, der sich über das Laub und Moos legte. Zurück blieb nur ein dünnes, zu einem Reifen gebundenes Stück Seil. Vivienne hob es auf.

»Ein Halsband!«, sagte sie erstaunt und ärgerte sich, dass sie es nicht schon früher entdeckt hatte, als sie den Hund untersucht hatte. An dem Halsband hing ein silbernes Medaillon, ungefähr so groß wie Viviennes Handfläche. Auf der Vorderseite war das Bild eines Geflügelten Hundes eingraviert, die Rückseite war leer. Für einen kurzen Moment hatte Vivienne gehofft, dass dort vielleicht der Name des Hundes eingraviert wäre, obwohl sie wusste, dass so etwas unmöglich war. Denn der Name eines Geflügelten Hundes war Teil seiner magischen Kräfte und deshalb ein streng gehütetes Geheimnis.

»*Halsband?* Was bedeutet das?«, fragte Harlequin.

»Es bedeutet, dass diese Hündin einen Gefährten hat. Und das heißt, dass irgendjemandem, irgendwo, das Herz brechen wird, wenn er von ihrem Tod erfährt.«

Nachdenklich strich Vivienne mit dem Finger über den Rand des Medaillons. Plötzlich stieß sie auf einen winzigen Verschluss, und als sie ihn löste, sprang der Deckel des Medaillons auf. Ein kleines, zusammengerolltes Stück Papier fiel heraus.

»Eine Nachricht!« Hastig entrollte sie den Zettel.

»Das ist dieses Etwas, das der Hund bei sich trägt«, sagte Tarquin.

»Was steht da, Vivienne Small?«, fragte Harlequin.

Vivienne hatte Mühe, die mit grüner Tinte und in einer dünnen, zittrigen Handschrift verfassten Wörter zu entziffern.

»*Meine große Liebe*«, las Vivienne vor und verzog das Gesicht. Für irgendwelche romantischen Liebesbriefchen war jetzt wirklich nicht der passende Moment. »*Ich kann die Welten nicht länger auseinanderhalten. Hast du unsere Antwort gefunden? G.*«

»*Kann die Welten nicht länger auseinanderhalten …*«, flüsterte Harlequin.

Vivienne fragte sich, was wohl passieren würde, wenn Welten einander zu nahe kamen. Könnte ihre äußere Hülle dabei so eingedrückt werden, dass Bergketten sich durch den Himmel bohrten? Würden gefährliche Bestien von einer Welt in die andere schlüpfen können? Genauso wie andere fremde Wesen? Schließlich gab es nicht ohne Grund verschiedene Welten, überlegte Vivienne.

»*Hast du unsere Antwort gefunden?*«, wiederholte sie.

»Diese Nachricht muss überbracht werden«, sagte Tarquin.

»Ja, aber an wen?«, stimmte Vivienne zu.

»An diese *große Liebe* natürlich«, sagte Harlequin. »Die an dem Ort aus Stein und Nebel wohnt, dessen Eingang von wilden Bestien bewacht wird.«

»Ja, und diese Person wird sicher wissen, wer den Hund geschickt hat«, vermutete Vivienne. »Wir müssen die beiden finden und ihnen berichten, was geschehen ist. Werdet ihr mich begleiten?«

»Nein, Vivienne Small. Unsere Aufgabe ist es, den Vercaka zur Strecke zu bringen«, sagte Tarquin. »Und wir müssen ein Gift finden, damit diese Kreaturen nicht von eurer Welt Besitz ergreifen können.«

Harlequin ergänzte: »Und du musst die Aufgabe des Gefügelten Hundes übernehmen und diese Nachricht überbringen, Vivienne Small. Ich weiß, du wirst es schaffen. Ich sehe, dass große Entschlossenheit in dir steckt.«

Einen Moment lang ruhte Harlequins Blick fest auf ihr. Und auf einmal stieg Vivienne ein vertrauter Geruch in die Nase, ein scharfer, durchdringender Geruch nach Schießpulver und Meersalz. Der unverkennbare Duft des Abenteuers. Wer Vivienne Small kannte, wusste genau, dass Abenteuer für sie das Gleiche waren wie eine Mücke für einen Frosch oder ein Ei für eine Schlange: das Köstlichste und Verlockendste, was sie sich vorstellen konnte.

Geht euch das auch so, dass Gerüche euch manchmal an bestimmte Dinge erinnern? Sogar an Dinge, von denen ihr dachtet, ihr hättet sie längst vergessen? So ging es jetzt auch Vivienne. Als der Hauch des Abenteuers ihre Nase kitzelte, keimte plötzlich eine Erinnerung in ihr auf. Die Erinnerung an einen Hund. Einen Hund mit goldbraunem Fell. Aber er war nicht allein, da war noch jemand – ein Mädchen oder ein Geist? Vivienne versuchte, das Bild vor ihrem inneren Auge festzuhalten, es blieb jedoch blass und verschwommen, wie in einem Traum. Es entglitt ihr und verschwand wieder. Sie kniff die Augen fest zusammen und versuchte mit aller Kraft, sich zu konzentrieren.

»Dich beunruhigt etwas, Vivienne Small«, stellte Harlequin fest.

»Es ist eine Erinnerung«, erklärte Vivienne. »Ich kann sie nicht richtig … Oh!« Ungeduldig versetzte Vivienne sich selbst einen leichten Schlag an den Kopf, als könnte sie ihn zurechtrücken.

»Wir könnten in deinen Gedanken nachsehen«, bot Harlequin freundlich an.

Bei der Vorstellung, dass zwei Fremde in ihrem Gehirn herumstocherten, machte Vivienne unwillkürlich einen Schritt zurück. Doch diese Erinnerung, die eben in ihr aufgeblitzt war, ließ ihr keine Ruhe. Sie musste unbedingt herausfinden, was es war.

»Es wird genauso sein wie bei dem Hund. Es wird nicht wehtun«, versuchte Harlequin, sie zu beruhigen.

Vivienne schnaubte. »Glaubst du etwa, ich habe Angst?«

»Dann setz dich und schließ die Augen«, sagte Tarquin.

Vivienne verschränkte trotzig die Arme vor der Brust, dann ließ sie sich mit finsterer Miene auf einem Stein nieder. Die Hände der Geschwister auf ihrer Stirn fühlten sich weich und sanft an. Vivienne wurde sofort ganz ruhig. Nach einer Weile hörte sie ein leises Summen und dann etwas, was wie entferntes Glockengeläut klang.

»Wir sehen einen Hund«, sagte Tarquin. »Er ist dem verstorbenen Hund sehr ähnlich.«

»Da ist auch ein Name, aber dein Geist will ihn uns nicht verraten«, sagte Harlequin.

»Stattdessen taucht immer wieder ein Wort auf. Es klingt ganz anders als Hund. Eher wie *Strub-bel*«, sagte Tarquin langsam.

Strub-bel. Strubbel! Ja, das erinnerte Vivienne an etwas, an jemanden! Sie musste plötzlich laut niesen und auch das schien etwas mit dieser Erinnerung zu tun zu haben. *Wildfang*, ihr kleines rotes Segelboot, fiel ihr ein. Sie sah es deutlich vor sich: Es lag weit aus dem Wasser gezogen auf einem steinigen Strand. Da! Ein Hund tollte am Strand herum. Und da war noch jemand gewesen. Ein Mädchen. Ein Mädchen mit rotblonden Haaren, meergrünen Augen und Sommersprossen auf der Nase. Aber es schien ein seltsames, geisterhaftes Mädchen zu sein, viel unwirklicher als der Hund, der sich zwischen den knirschenden Kieseln wälzte. Obwohl sich das Bild direkt vor Viviennes innerem Auge festgesetzt hatte, konnte sie nicht sagen, ob sie diesem Mädchen wirklich schon einmal begegnet war oder ob es nur in ihrer Vorstellung existierte.

In der Welt der Fantasie ist es nämlich so: Wenn die Schriftsteller und Schriftstellerinnen nach Hause zurückkehren, nehmen sie ihre Romanfiguren mit und vergessen sie niemals. Bei den Charakteren verschwinden die Schriftsteller allerdings im Laufe der Zeit wieder aus ihrem Gedächtnis. Nur sehr selten kommt es vor, dass ein Autor so fest im Herzen einer Romanfigur eingeschlossen ist, dass auch bei ihr ein kleiner Rest Erinnerung zurückbleibt.

Dieses Mädchen, überlegte Vivienne, wie hieß sie noch gleich?

»Tuesday«, antwortete Harlequin.

Das war das Schlüsselwort, plötzlich fiel Vivienne alles wieder ein.

Als Tarquin und Harlequin ihre Hände von Viviennes Stirn lösten und sie die Augen aufschlug, strahlte sie vor Begeisterung und Entschlossenheit.

»Das ist die Lösung! Ich muss Tuesday und ihren Hund finden. Sie werden mir helfen, die Nachricht zu überbringen«, sagte Vivienne.

»Diese Tuesday, ist sie eine Freundin von dir?«, fragte Harlequin.

»Ich denke schon«, sagte Vivienne langsam, und dann: »Ja, ja, das ist sie. Eine sehr gute Freundin sogar.«

»Wohnt sie hier in der Nähe?«, wollte Tarquin wissen.

»Nein, überhaupt nicht«, sagte Vivienne. »Aber ich bin mir sicher, dass ich sie finden werde.«

Wieder wehte ihr ein feiner Hauch salziger Meeresluft gemischt mit Schießpulver in die Nase. Abenteuer hatten immer auch mit dem Aufspüren von Dingen zu tun und darin war Vivienne unschlagbar. Wenn sie jemanden sehr dringend brauchte, wusste Vivienne jedes Mal mit sicherem Instinkt, an welchem Abschnitt des Flusses, in welcher schmalen Gasse oder in welcher entlegenen Taverne sie die Person finden würde. Als sie Tuesday und ihren Hund Baxterr zuletzt gesehen hatte, waren die beiden gerade in Richtung der Nebligen Hügel geflogen, die am östlichen Rand des Walds begannen. Sollten jene Hügel vielleicht sogar dieser nebelverhangene Ort sein, zu dem der große Hund unterwegs gewesen war?

Vivienne sprang auf.

»Ich muss mich sofort auf den Weg machen«, sagte sie.

»Auch wir müssen uns beeilen, wenn wir den Vercaka noch einholen wollen«, erklärte Tarquin.

»Sobald unsere Aufgabe erfüllt ist, werden wir nach dir suchen, Vivienne Small«, sagte Harlequin.

Vivienne sah zu, wie die beiden ihre Farouches bestiegen und senkrecht vom Boden abhoben. Enge Kreise drehend, schraubten sie sich in die Baumwipfel hinauf, bis sie am blauen Himmel verschwanden. Die beiden waren längst außer Sichtweite, dennoch klang in Viviennes Kopf Harlequins glockenhelle Stimme nach, als stünde sie noch immer neben ihr.

»Leb wohl, Vivienne Small, bis bald!«

Kapitel 4

Tuesday und Serendipity saßen einander gegenüber am Küchentisch, von dem Denis soeben eine halb beendete Partie Scrabble und mehrere unvollständige Kreuzworträtsel abgeräumt hatte. Beides, so behauptete er, habe auch mit Schreiben zu tun. Außer Tuesdays kleiner, noch relativ neuer Schreibmaschine hatte er auch Serendipitys großes, antikes Modell unter Verschluss genommen, dazu sämtliche Notizblöcke, Schulhefte, Kugelschreiber, Filzstifte und Buntstifte, die er im Haus finden konnte.

Denis stand am Herd und pfiff vor sich hin, während er einen Pfannkuchen nach dem anderen aus der Pfanne zauberte, als ob leidlich fröhliches Pfeifen die niedergedrückte Stimmung von Mutter und Tochter in irgendeiner Weise hätte aufhellen können. Er ließ einen Pfannkuchen auf Serendipitys Teller gleiten. Bevor sie großzügig Pfeffer darauf verteilen konnte, nahm er ihr geistesgegenwärtig die Mühle aus der Hand und reichte ihr stattdessen eine Flasche Ahornsirup.

Der nächste Pfannkuchen wanderte auf Tuesdays Teller und der dritte unter den Tisch zu Baxterr, der seinen wie üblich in rasender Geschwindigkeit restlos verputzte.

Wenn man ihn gefragt hätte, hätte er jedoch ehrlicherweise zugeben müssen, dass die Qualität des Pfannkuchens an diesem Morgen ausnahmsweise nicht an Denis' erhabene Kochkünste heranreichte.

Abwesend zog Serendipity einen Bleistift hinter ihrem Ohr hervor und kritzelte etwas auf den Rand der Zeitung. Doch schon nach den ersten schiefen Zeilen riss Denis ihr den Stift aus der Hand.

»Schreiben verboten!«, mahnte er streng und hielt drohend den Stift in die Höhe.

Serendipity und Tuesday stießen gleichzeitig einen Seufzer aus. Denis warf den Stift in den Abfalleimer, in den er bereits diverse Becher und Gläser mit Schreibgeräten entleert hatte, die sich normalerweise in der ganzen Küche verteilten. Sogar den Tafelstift, der sonst immer an einem Band an der Kühlschranktür hing, hatte er abgeschnitten.

»Kein Schreiben. Nicht ein Wort, versprochen?«

Denis sah erst seine Frau und dann seine Tochter eindringlich an. »Was ist … was ist, wenn ihr euch *dort* in der Welt eurer Geschichten herumtreibt und am Ende in der Antarktis landet und jämmerlich erfriert, bevor euch jemand zu Hilfe kommen kann? Oder wollt ihr im Tal des Todes in der Hitze zu schrumpeligem Dörrobst vertrocknen? Das meine ich ernst. Stellt euch vor, ihr landet mitten im Atlantischen Ozean! Kein Schreiben, meine Lieben. Das ist momentan viel zu riskant. Bitte, das müsst ihr mir versprechen, ja?«

»So einfach ist das leider nicht, Denis«, brachte Serendipity an.

»Was willst du damit sagen?«, fragte Denis beunruhigt.

»Denk doch mal an Dornröschen! Ihre Eltern hatten die gefährlichen Spindeln aus dem gesamten Königreich verbannt und trotzdem hat sie sich in den Finger gestochen.«

Mit zitternden Händen wies Serendipity auf die sieben Gesichter, die sie von der Titelseite der Zeitung anstarrten.

»Geschichten entstehen nicht nur, wenn man gerade einen Stift oder eine Schreibmaschine zur Hand hat. Sie können sich ebenso gut anschleichen, wenn man unter der Dusche steht oder einfach nur die Treppe hinaufgeht. Sie kommen zu dir, wenn du träumst oder wenn du gerade die Wäsche aufhängst. Weißt du noch, als ich damals eigentlich die Suppe umrühren sollte? Der Topf war danach völlig ruiniert. Wenn du nicht in dem Moment nach Hause gekommen wärst, hätte das ganze Haus abbrennen können.«

Denis bekam eine tiefe Falte zwischen den Augen. »Aber wenn man wirklich die Absicht hat zu schreiben, ist die Wahrscheinlichkeit, dass etwas passiert, doch noch viel größer, meinst du nicht? Sich an den Schreibtisch zu setzen und aus dem Fenster zu sehen, erhöht das Risiko allemal. Es gar nicht erst zu versuchen, ist sicher keine perfekte Lösung, aber es ist das Beste, was wir tun können, bis wir wissen, was da draußen los ist. Nicht wahr?«

»Denis –«, bettelte Serendipity.

»Nein, nein und noch mal nein. Ich will nichts mehr hören. Ab heute herrscht hier absolutes Schreibverbot. Und das gilt für euch beide. Ich will, dass ihr mir euer Wort gebt. Serendipity?«

»Also schön, abgemacht.«

»Tuesday?«

Sie wollte gerade antworten, als Baxterr sich mit einem Knurren zu Wort meldete. Es klang zwar nicht besonders unfreundlich, doch es bedeutete, dass in seinem Revier irgendetwas vor sich ging. Jedes Mal, wenn Baxterr so knurrte, klingelte dreißig Sekunden später jemand an der Haustür der McGillycuddys. Das Klingeln blieb dieses Mal aus, dafür wurde energisch ans Küchenfenster geklopft. Zu ihrer aller Überraschung erkannten sie Miss Digby, Serendipitys treue Assistentin, die mit panischem Gesichtsausdruck durch die Hortensienbüsche spähte und eine fest zusammengerollte Morgenzeitung unter den Arm geklemmt hatte.

Miss Digby war weder besonders alt noch besonders jung. Sie war weder hell- noch dunkelhaarig, weder groß noch klein. Auch ihre Nase war weder das eine noch das andere. Ihre Augen waren weder eindeutig blau noch grün, noch hätte man ihre Farbe mit Grau beschreiben können. Außerdem hatte Miss Digby einen Kleidungsstil, der sie so gut wie unsichtbar machte. Sie war eine äußerst ruhige, sanfte Person, die ihre Worte immer sehr sorgfältig wählte, die niemals gehetzt wirkte. Auch hatte man sie noch nie in irgendeine Form von Hektik ausbrechen sehen. Wer ihr ein wenig näher kam, bemerkte sofort den diskreten Duft nach getrockneten Blüten, der sie ständig umgab. Auch heute hatte sie ihre Kleidung wieder in so blassen Farbtönen ausgewählt, dass es nicht einmal Namen dafür gab. Zu dem farblosen Ensemble trug sie praktische flache Schnürschuhe und eine wie immer perfekt sitzende Steckfrisur, die ohne eine einzige Klemme oder Haarnadel auszukommen schien.

Miss Digby war unverheiratet, hatte keine Kinder und arbeitete, schon solange Tuesday denken konnte, als Serendipitys Assistentin. Tuesday konnte sich Miss Digby nicht als junges Mädchen vorstellen, geschweige denn, was sie gemacht hatte, bevor sie in ihr Leben getreten war. Tuesday war sie ebenso vertraut und gleichzeitig unbekannt wie der Mond. Nur eine Sache wusste Tuesday mit hundertprozentiger Sicherheit: In all der Zeit war Miss Digby noch nie zu ihnen nach Hause in die Brown Street gekommen. Und zwar aus dem einfachen Grund, dass sie – außer Denis, Tuesday, Baxterr und natürlich Serendipity selbst – die Einzige war, die die Wahrheit über Serendipitys geheimes Doppelleben wusste.

In der Öffentlichkeit sah man Miss Digby stets an der Seite von Serendipity Smith, der berühmten Kinderbuchautorin mit den langen roten Haaren, den extravaganten Brillen, Samtmänteln und kniehohen Stiefeln. Miss Digby ging also ein großes Risiko ein, wenn sie bei der privaten Serendipity Smith gesehen wurde, die kurze, dunkle Haare hatte, am liebsten bequeme schwarze Kleidung trug und bei den Leuten unter dem Namen Sarah McGillycuddy bekannt war.

Wenn jemand Miss Digby in der Brown Street erwischen und eins und eins zusammenzählen würde, fürchtete Tuesday, wäre es mit dem ruhigen, ungestörten Familienleben ein für alle Mal vorbei. Sobald der Ruhm Serendipity Smith bis in die Brown Street verfolgte, könnte ihre Familie nirgends mehr hingehen und nie wieder ein ganz normales Leben führen.

Wer Tuesday ein bisschen näher kannte, sah ihr sofort an, dass sie wenig begeistert war, als Miss Digby plötzlich vor ihrem Küchenfenster auftauchte. Doch Denis, der für seine Gastfreundschaft berühmt war, sprang sofort auf und bat Miss Digby durch den Hintereingang herein. Die Hände vor der Brust gefaltet, als wollte sie ein Lied anstimmen, stand sie in der Küche vor ihnen. Doch statt eine Melodie zu schmettern, holte sie tief Luft und sprudelte in ungewohntem Tempo einen sehr langen und sehr aufgeregten Satz hervor.

»Es tut mir furchtbar leid, auf diese Weise bei Ihnen einzudringen, und seien Sie versichert, dass ich die Risiken und den Nutzen meines Erscheinens sorgfältig abgewogen habe, aber nach reiflicher Überlegung bin ich zu dem Schluss gekommen, dass es zwingend notwendig ist, den aktuellen Ausnahmezustand zu besprechen, insbesondere nach den neusten Nachrichten über Freifrau Elizabeth Coventry. Weshalb ich es vorzog, vom Hintereingang Gebrauch zu machen.«

Serendipity starrte Miss Digby mit offenem Mund an.

»Nein! Doch nicht die arme Elizabeth?«

Vor ihrem inneren Auge sah Tuesday eine majestätische Dame mit kantigen Gesichtszügen und hervorstehenden Wangenknochen und rötlich gefärbten Haaren vor sich, die an das Fell eines Irish Red Setters erinnerten.

»Ich fürchte, doch«, sagte Miss Digby und nickte ernst.

»Aber sie ist schon über achtzig!«, rief Serendipity aufgebracht.

»Auch Flynn McMurtry ist mehrere Tausend Kilometer von seinem Wohnort entfernt halb tot aufgefunden worden, im Mekongdelta. Er ist noch nicht wieder bei Bewusstsein«, berichtete Miss Digby weiter. Tuesday musste sofort an ihren Freund Blake Luckhurst denken, der auch Abenteuergeschichten schrieb und fast so berühmt war wie Flynn McMurtry, obwohl er erst halb so alt war. Sie musste Blake nachher sofort anrufen.

Denis lud Miss Digby zum Frühstück ein, woraufhin sie ihn korrigierte, er meine wohl eher zum Mittagessen, es sei schließlich schon eins. Da der Pfannkuchenteig aufgebraucht war, bereitete Denis für ihren Gast ein paar seiner berühmten Schinken-auf-Käse-auf-noch-mehr-Käse-Toasts zu. Miss Digby aß ihre Toasts mit Messer und Gabel, schnitt jeden Bissen zu einem perfekten kleinen Quadrat zurecht, bevor sie die Gabel mit einer anmutigen Bewegung zum Mund führte. Tuesday hatte noch nie jemanden einen überbackenen Toast mit Messer und Gabel essen sehen und gab sich alle Mühe, Miss Digby nicht die ganze Zeit fasziniert anzustarren.

»Wir können von Glück sprechen, dass Ihnen noch nichts zugestoßen ist«, sagte Miss Digby zu Serendipity.

»Vielleicht, weil ich gerade Urlaub gemacht habe«, vermutete Serendipity.

»Aber hatten sie nicht vor, am Montag Ihre Arbeit wieder aufzunehmen?«

»Ich hatte überlegt, eventuell zu Hause zu bleiben.«

»Aber im Hotel wimmelt es schon jetzt von Reportern, die Sie alle unbedingt interviewen wollen. Wie soll ich Ihre Abwesenheit erklären? Es wird mir sicher nicht gelingen, die Presse davon zu überzeugen, dass Sie nicht auch von diesen Ereignissen betroffen sind, wenn Sie dort nicht persönlich erscheinen.«

»Hmmmm«, brummte Serendipity.

»Nun, ich denke, du könntest durchaus zum Hotel gehen, schreiben solltest du allerdings auf keinen Fall«, sagte Denis mit einem strengen Blick auf seine Frau.

»Ich musste Denis versprechen, vorerst nichts zu schreiben, wissen Sie«, erklärte Serendipity.

»Eine kluge Entscheidung«, fand Miss Digby.

Denis und Serendipity wechselten einen kurzen Blick.

Serendipity ging davon aus, dass Miss Digby im Laufe der Jahre schon die eine oder andere seltsame Beobachtung gemacht hatte. Was sich kaum vermeiden ließ, wenn jemand schon so lange und so eng mit einer Schriftstellerin zusammenarbeitete. Allerdings glaubte Serendipity nicht, dass ihre treue Assistentin über *dort* Bescheid wusste. Schließlich war Miss Digby ein durch und durch nüchtern und praktisch veranlagter Mensch. Niemals, nicht einmal im Traum, hätte sie sich vorstellen können, dass es weit, weit weg von der Küche der McGillycuddys einen ganz besonderen Ort gab, wo genau zu diesem Zeitpunkt Vivienne Small, die Heldin aus Serendipity Smiths weltbekannten Romanen, auf einem schmalen Pfad durch den Pfefferminzwald lief und nur einen Gedanken hatte: wie und wo sie auf dem schnellsten Wege Tuesday McGillycuddy und ihren Hund Baxterr finden konnte.

Kapitel 5

Verschlungene Baumwurzeln und Ranken überwucherten kreuz und quer den schmalen Pfad, der Vivienne zum östlichen Rand des Pfefferminzwaldes und von dort aus weiter zu den Nebligen Hügeln führte. Vivienne verschlug es nur selten in diese Gegend. Abgesehen von den hübschen grünen Hügeln, aus denen hier und da leuchtend weiße Felsbänke hervorblitzten, fand Vivienne diesen Teil ihrer Welt eher uninteressant. Hier passierte nie etwas Aufregendes (jedenfalls nichts, was Vivienne interessiert hätte), und der hartnäckige Nebel, der ständig über den Hügeln hing und sich kaum von der Stelle zu bewegen schien, machte sie nur schläfrig und verwirrte ihre Sinne.

Vivienne fiel ein, dass es noch einen anderen Grund gab, warum sie so selten in diese Region kam, und sobald sie den schützenden Wald hinter sich gelassen hatte, erinnerte sie sich wieder: Zwischen dem Waldrand und den ersten Ausläufern der Nebligen Hügel erstreckte sich ein Sumpfgebiet. Ekelerregende Schwefeldämpfe stiegen aus dem Morast auf, es stank nach verwesenden Fischköpfen und Tod. Darüber lastete bleischwer ein trüber grauer Himmel.

Das trostlose Gelände war übersät mit glucksenden, gurgelnden, blubbernden Schlammtümpeln, aus denen vereinzelte kleine, mit scharfkantigem Schilf bewachsene Inseln ragten.

»Würg!« Vivienne wünschte, sie hätte sich einen anderen Weg ausgesucht. Aber dieser hier war von allen der kürzeste, und das Kribbeln in ihrem spitzen Ohr sagte ihr, dass sie keine Zeit verlieren durfte, wenn sie die Nachricht des Geflügelten Hundes noch rechtzeitig überbringen wollte. Sie tastete nach dem Zettel in ihrer Hosentasche, und die Zeilen auf dem zusammengerollten Fetzen Papier fielen ihr wieder ein: *»Meine große Liebe, ich kann die Welten nicht länger auseinanderhalten. Hast du unsere Antwort gefunden? G.«* Verbissen setzte Vivienne ihren Weg fort und versuchte, möglichst durch den Mund und nicht durch die Nase zu atmen.

Die kleinen Schilfinseln waren gerade groß genug, um darauf zu stehen, lagen jedoch manchmal sehr weit auseinander. Oft konnte Vivienne nur mit Unterstützung ihrer kleinen Flügel den gefährlichen Sprung von einer schlammigen Erhebung zur nächsten wagen. Glücklicherweise trug sie ihre unverwüstlichen langen Stiefel. So blieben wenigstens ihre Füße trocken, während die scharfen Schilfhalme ihr bei der kleinsten Berührung in die Hände schnitten.

Bei solchen Gelegenheiten verfluchte Vivienne Small jedes Mal ihre kleinen Flügel, auch wenn sie sich sonst gerne einredete, dass kleine Flügel immerhin besser waren als gar keine. Insgeheim ärgerte es sie jedoch maßlos, dass die kurzen Dinger sie nur wenige Sekunden in der Luft halten konnten. Nichts wünschte sie sich so sehr, wie endlich einmal richtig fliegen zu können.

Vorerst blieb Vivienne nichts anders übrig, als sich im Zickzackkurs von Schilfinsel zu Schilfinsel vorwärtszutasten. Gleichzeitig versuchte sie, den riesigen Wolken hungriger Mückenschwärme auszuweichen und den Stechfliegen zu entkommen, die sich auf ihrem Nacken und den bloßen Händen niederließen. Je weiter Vivienne in den Sumpf vordrang, desto finsterer wurde es um sie herum. Als der faulige Gestank kaum noch auszuhalten war und ihre Wangen schon von unzähligen Mückenstichen brannten, trafen ihre Stiefel plötzlich auf harten, felsigen Boden, und der

Sumpf lag hinter ihr. Geschafft! Stattdessen wurde sie nun von undurchdringlichen Nebelschwaden umhüllt.

Blind tastete sie sich weiter voran und rechnete jeden Augenblick damit, auf ein Hindernis zu stoßen. Nach einer Weile fand ihre ausgestreckte Hand etwas Festes, Kaltes. Sie stand vor einer weißen Felswand, deren Oberfläche von einem Streifenmuster durchzogen war, in dem sich heller Kalkstein mit feinen Adern aus schimmerndem Quarz abwechselte. Wie hoch die Felswand war, konnte Vivienne in dem dichten Nebel nicht erkennen.

Mit verschränkten Armen trat sie einen Schritt zurück und funkelte die steinerne Wand wütend an, als wollte sie sie zum Einsturz bringen. Mit geübtem Blick untersuchte sie die tiefen Risse und Furchen im Felsen. Es sah aus, als würde hier regelmäßig Wasser herunterfließen. Ausreichend Haltegriffe und trittfeste Stellen zum Hinaufklettern waren jedenfalls vorhanden.

Ohne zu wissen, wie lang die Kletterpartie werden würde, machte sie sich an den Aufstieg. Wieder verfluchte sie ihre Flügel dafür, dass sie so klein waren, und setzte sie vor allem ein, um das Gleichgewicht zu halten. Sie kletterte höher und immer höher. Bald wusste sie nicht mehr, wie weit sie überhaupt schon vorangekommen war. Mehrere Male musste sie anhalten und sich ein wenig ausruhen. Mutterseelenallein hing sie in der Felswand. Außer ihr schien es keine anderen Lebewesen zu geben: Weder ein Vogel noch eine Fliege, Biene, Motte oder ein Grashüpfer – nicht einmal eine Mücke aus dem Sumpf – schien sich hierher zu verirren. Es war fast so, als würde die Welt vorübergehend stillstehen. Ein unheimliches Gefühl beschlich sie wie eine böse Vorahnung, doch eine Vivienne Small kannte (fast) keine Angst. Sie gab niemals auf, egal, in was für einer furchtbaren Klemme sie auch steckte. Sie atmete einmal tief durch, dann setzte sie ihre Kletterpartie unbeirrt fort.

Endlich, nach Stunden, so schien es ihr, begann sich der Nebel etwas zu lichten. Dann schimmerte über ihr plötzlich ein Stück blauer Himmel durch die grauen Schleier. Nur noch ein paar Kletterzüge, dann hatte sie die oberste Felskante erreicht.

Sobald sie dem Nebel entkommen war und wieder flachen Boden unter den Füßen hatte, ließ Vivienne sich auf den Rücken fallen und genoss den Blick in den blauen Himmel – die reinste Wohltat nach dem düsteren Sumpf und dem gespenstischen Nebel, der direkt aus der Felswand aufzusteigen schien. Doch für eine Ruhepause war jetzt keine Zeit. Im nächsten Moment war Vivienne schon wieder aufgesprungen und sah sich die neue Umgebung genauer an. In der Ferne ragten die Berge von Margolov über einer dichten Nebeldecke hervor. Ihre spitzen Gipfel bohrten sich noch immer in den tief herabhängenden Himmel, dabei hatte sie immer geglaubt, der Himmel wäre grenzenlos. Doch das war offensichtlich ein Irrtum.

Vivienne wandte der Felskante den Rücken zu. Vor ihr erstreckte sich eine leuchtend grüne Wiese. Auf einem kleinen Hügel in der Mitte wuchs ein einzelner, riesengroßer Baum. Im Unterschied zu ihrem himmelhohen Baum im Pfefferminzwald hatte dieser hier einen unglaublich dicken Stamm und eine breite ausladende Krone.

Aufgeregt hüpfte Vivienne auf den Baum zu, wobei sie immer wieder mithilfe ihrer Flügel ein kleines Stück durch die Luft segelte. Um den mächtigen Stamm zu umrunden, hätte man sicher ein bis zwei Minuten gebraucht. Vivienne strich über seine uralte Rinde und spähte hinauf zu den weit verzweigten und in die Breite gewachsenen Ästen. Sie waren dick und knorrig, ihr dunkles Holz hatte einen edlen Schimmer, als wäre es auf Hochglanz poliert worden. Der Baum war so wunderschön, dass Vivienne am liebsten sofort ihr neues Baumhaus hineingebaut hätte.

Dabei war es schon ein kleines Wunder, dass sie diesen besonderen Baum überhaupt gefunden hatte, obwohl sie keine Schriftstellerin war. Aber das wusste Vivienne natürlich nicht. Für Autoren war der Baum nämlich eine Art Landeplatz oder roter Teppich vor einem Eingang. Schon solange sie sich erinnern konnten, hatte der Baum sie hier in Empfang genommen und sie mit allerlei nützlichen Dingen für ihre Weiterreise versorgt: mit Regenkleidung, Schirmen aller Art, Schlafsäcken, Wanderstiefeln, Streichhölzern, Kerzen, Handtüchern und einmal sogar mit einem Heißluftballon. Ihr könnt euch sicher vorstellen, wie überrascht der Baum war, als er durch seine Zweige auf die kleine, zarte Gestalt hinuntersah, bei der es sich eindeutig nicht um eine Schriftstellerin handelte. Ihm fiel ein, dass schon den ganzen Tag über seltsame Dinge vor sich gegangen waren. Sogar durch seine Wurzelspitzen tief in der Erde hatte der Baum diese unheimliche Unruhe gespürt.

Alles schien durcheinanderzugeraten, es herrschte ein einziges Hin und Her, ein Ächzen und Stöhnen. Irgendetwas stimmte nicht und das gefiel dem Baum ganz und gar nicht. Aber jetzt beschloss er erst einmal abzuwarten, was die kleine Person zu sagen hatte.

»Guten Tag, du wunderschöner Baum«, begrüßte Vivienne ihn höflich.

Der Baum schwieg, obwohl er von den überaus guten Manieren des Mädchens sehr beeindruckt war. Bäume mögen es, wenn man ihnen schmeichelt.

»Ach, du musst nicht schüchtern sein«, sagte Vivienne. »Ich habe schon viele Bäume kennengelernt, und ich weiß, dass du mich hören kannst. Du bist wirklich der schönste Baum, den ich je gesehen haben.«

Der Baum konnte sich ein leises Blätterrascheln nicht verkneifen. Die Wahrheit ist, dass man einem Baum gar nicht genug schmeicheln kann.

»Ich freue mich auch sehr, deine Bekanntschaft zu machen«, antwortete Vivienne Small.

Ein Zittern erfasste die Blätter des Baumes.

»Ich suche jemanden«, sagte das kleine Mädchen, »eine gewisse Tuesday McGillycuddy und … äh … ihren Hund.«

Vivienne würde Baxterrs Namen in Gesellschaft niemals laut aussprechen – nicht einmal wenn diese Gesellschaft ein Baum war. Denn der Name eines Geflügelten Hundes ist ein unantastbarer und streng geheimer Teil seines Zaubers.

»Du kannst mir nicht zufällig sagen, wo ich die beiden finde?«

Im ersten Moment war der Baum nicht sicher, ob er so eine Frage beantworten durfte. Bisher hatte er immer nur mit Schriftstellern zu tun gehabt, die von ihren Geschichten hierhergeführt wurden.

Aus allen Himmelsrichtungen und zu jeder Tages- oder Nachtzeit kamen die Autoren herbeigeflogen. Hin und wieder war es auch umgekehrt, dann flogen die Geschichten los, um nach einem Schriftsteller zu suchen. Vor allem bei Nacht schossen diese Geschichten dann wie Kometen über den Himmel. Meistens konnte man sicher sein, dass kurz darauf ein ziemlich verschlafener Autor vorbeistolperte und den Baum um eine Thermoskanne Kaffee oder einen Kompass bat. Doch dass eine Romanfigur ihn darum bat, einen Schriftsteller zu ihr zu bringen, war bislang noch nie vorgekommen.

Der Baum dachte nach. Dieser kleinen Person zu helfen, würde doch sicher keinen Schaden anrichten, oder? Schließlich hatte er noch reichlich Faden übrig. Tief unter der Erdoberfläche spürte er die Unruhe, die sich in Wellen in alle Richtungen auszubreiten schien. Vielleicht war es sogar seine Pflicht, diesem kleinen Mädchen zu helfen. Vielleicht stand er selbst kurz davor, eine wichtige Rolle in einer Geschichte zu spielen.

»Bitte, lieber Baum, könntest du mir sagen, ob du die beiden kennst? Und wie ich sie dazu bringen kann hierherzukommen?«, fragte Vivienne Small und schmiegte sich an den dunklen, zerfurchten Stamm.

Über ihr löste sich ein einzelnes, herzförmiges Blatt von den Zweigen und segelte direkt in Viviennes Hand. Sie entdeckte, dass die feinen Adern auf seiner Unterseite aussahen wie eine elegante Handschrift. Nur zwei Wörter standen auf dem Blatt: *Ruf sie.*

»Sie rufen?«, fragte Vivienne verblüfft. »Ich soll sie einfach rufen?«

Die Blätter am Baum begannen, aufgeregt zu flattern.

Vivienne stellte sich mitten auf die grüne Wiese, holte tief Luft und rief, so laut sie konnte: »Tuesday! Strubbel!« Und gleich noch einmal: »Tuesday! Strubbel!«

Als Viviennes Stimme hoch hinauf in den Himmel schallte, zögerte der Baum nicht länger. Aus den Tiefen seines Geästs schoss ein Fadenknäuel hervor und folgte ihrem Ruf. Vivienne selbst bemerkte nicht, wie sich das Knäuel, das an einem Ende in den Zweigen des Baums festhing, in Windeseile zu einem hauchdünnen Silberfaden entrollte. Länger und länger wurde der Faden und ließ Vivienne Small, den Baum und die Welt weit unter sich zurück und flog hinaus ins weite unendliche Blau.

Kapitel 6

Miss Digby, Serendipity und Denis überlegten, was zu tun war. Sie gingen in allen Einzelheiten die Fälle von verschwundenen Schriftstellern noch einmal durch, tranken eine Kanne Tee nach der anderen und drehten das Radio lauter, um die neuesten Nachrichten zu verfolgen. Tuesday sah aus dem Fenster. Wenn sie schon nicht schreiben durfte, sollte sie vielleicht lieber mit Baxterr einen Spaziergang machen, anstatt bei dem herrlichen Wetter in der Küche herumzusitzen.

»Ich gehe mit Baxterr in den Park«, verkündete sie.

»Soll ich mitkommen?«, bot Denis an.

»Wir könnten alle mitkommen«, schlug Serendipity vor.

»Nein, ist schon gut. Wirklich, arbeitet ihr nur weiter an euren … Plänen«, winkte Tuesday ab. »Wir müssen uns nur ein bisschen bewegen, stimmt's, Baxterr?«

Baxterr war schon in den Flur getrottet, um seine Leine zu holen. Er war ein ausgesprochen vernünftiger Hund, der sich nie dadurch lächerlich machen würde, bei der Aussicht auf einen herrlichen Ausflug vor lauter Aufregung aus dem Häuschen zu geraten. Geduldig wartete er an der Haustür, während Tuesday die Leine an seinem Halsband befestigte und sich ihre knallrote Jacke vom Garderobenständer schnappte. Bevor sie ging, flitzte sie noch schnell nach oben und holte einen geöffneten Brief aus ihrer Schreibtischschublade.

Auf dem Weg zur Tür hörte sie, wie ihre Mutter zu Miss Digby sagte: »Nein, machen Sie sich keine Sorgen, ihr wird schon nichts zustoßen. Baxterr ist ein wunderbarer Hund, ein großartiger Beschützer, auch wenn man es ihm nicht ansieht.«

»Bin bald zurück«, rief Tuesday in die Küche und zog die Haustür hinter sich ins Schloss. Obwohl Tuesday weder die Absicht noch den Wunsch hatte, ihre Eltern zu belügen, sollte sich herausstellen, dass diese drei Worte ganz und gar nicht der Wahrheit entsprachen.

Das schöne Wetter hatte nicht nur Tuesday und Baxterr in den Stadtpark gelockt. Es wimmelte nur so von Spaziergängern mit Hunden. Dabei fiel Tuesday zum ersten Mal auf, wie ähnlich sich die Hunde und ihre Besitzer manchmal sahen. Ob man wohl von ihr und Baxterr das Gleiche denken konnte? Ihre Haar- beziehungsweise Fellfarbe war jedenfalls sehr ähnlich, eine Mischung aus allen möglichen Gold- und Brauntönen. Allerdings hatte Baxterr braune Augen, während Tuesdays blaugrün waren. Eigentlich fand es Tuesday gar nicht so schlimm, ihrem Hund ähnlich zu sehen, schließlich konnte man sich keinen hübscheren Hund vorstellen als Baxterr.

Nicht weit von dem großen Brunnen in der Mitte des Parks standen mehrere öffentliche Telefonzellen. Wobei die Zellen eher kunstvolle schmiedeeiserne Skulpturen waren, die die Telefone in ihrem Inneren vor Wind und Regen schützten. Eine der Skulpturen stellte eine Meerjungfrau mit langen lockigen Haaren dar, die nächste sah aus wie ein brüllender Löwe. Das Telefon, das sich in einem springenden Pferd versteckte, war gerade frei.

Tuesday angelte aus ihrer Jackentasche den Brief, den Blake Luckhurst, einer der berühmtesten Jungautoren der Welt, ihr geschrieben hatte. Als sie an die Abenteuer dachte, die sie mit ihm erlebt hatte, musste Tuesday grinsen. Blake war gerade mal zwölf Jahre alt gewesen, als er sein erstes Buch veröffentlicht hatte. Seine Romane waren so erfolgreich, dass man die Helden aus seinen Geschichten mittlerweile als Actionfiguren kaufen konnte. Demnächst würde der erste Film zu seinen Büchern in den großen Kinos der Welt anlaufen. Leider stieg ihm der Ruhm manchmal ein wenig zu Kopf, und es machte ihm Spaß, sich über Tuesdays Unerfahrenheit lustig zu machen. Abgesehen davon war er eigentlich ein ganz netter Kerl.

Tuesday steckte eine Münze in den Apparat und wählte die Nummer, die Blake oben auf seinen Brief gekritzelt hatte. Es klingelte zwei, drei, vier Mal. Während sie wartete, überflog sie noch einmal, was Blake geschrieben hatte.

Der helle Wahnsinn hier, haufenweise Interviews. Ich bin einfach zu berühmt. Sag Bescheid, wenn du dorthin (dieses Wort hatte er mehrfach unterstrichen) willst. Schätze, ich werde schon sehr bald wieder dort sein. Wär doch cool, mal wieder zusammen abzuhängen. Mal sehen. Grüß Baxterr von mir.

Bis dann! Blake Luckhurst der Gloriose

»Es ist dein Geld, also sprich schnell«, meldete sich eine Stimme.

»Blake, bist du das?«, fragte Tuesday.

»Kann sein«, kam es zurück.

»Hier ist Tuesday.«

»Glaub ich nicht.«

»Doch, hier ist *Tuesday*«, wiederholte sie.

»Nein, heute ist eindeutig Sonntag und nicht Dienstag wie Tuesday.«

»Hör auf damit«, stöhnte Tuesday.

»Okay«, gab Blake nach.

»Hast du von JD Jones und Flynn McMurtry und all den anderen gehört? Weißt du, was da los ist?«

»Ja, nee, weiß ich auch nicht. Schräg, was? Ich bin schon seit ein paar Wochen nicht mehr *dort* gewesen. Nach meinem neuen Buch herrscht hier das absolute Chaos. Als Schriftsteller geht man doch davon aus, dass die Leute einen in Ruhe schreiben lassen, stattdessen schmieren sie dir Make-up ins Gesicht, zerren dich vor eine Kamera und fragen dir Löcher in den Bauch …«

»Was du sehr genießt …«

»Was den Verkauf meiner Bücher ankurbelt. Vor allem, wenn man so gut aussieht wie ich.«

»Soso.«

»Tatsache, ich werde mit jedem Tag attraktiver. Und wie läuft's mit deinem Buch? Ist es fertig?«

»Noch nicht, ich habe gerade erst angefangen«, sagte Tuesday. »Wie schaffst du das nur immer so schnell?«

»Naturtalent«, kam es zurück. »Aber hör zu. In nächster Zeit solltest du lieber nicht *dorthin* gehen, okay? Das ist viel zu riskant.«

»Warum? Was ist da eigentlich schiefgegangen?«, fragte Tuesday. Im selben Moment hörte sie, wie jemand ihren Namen rief. Der Stimme nach hätte es eine ihrer Freundinnen sein können. Doch als sie sich umdrehte, konnte sie nirgends ein bekanntes Gesicht erkennen.

»Bleib einfach zu Hause und lackier dir die Fußnägel, okay?«, hörte sie Blake durchs Telefon sagen.

Während Tuesday sich fragte, warum Blake auf einmal über Fußnägel redete, fing Baxterr an zu bellen. Er spitzte die Ohren und wedelte aufgeregt mit dem Schwanz, als habe er das Rufen auch gehört.

Da, schon wieder. Kein Zweifel, jemand rief ihren Namen. Dann hörte Tuesday, wie dieselbe Stimme laut »Strubbel!« rief, und anscheinend war auch Baxterr sicher, dass der Ruf ihm galt.

Fieberhaft versuchte Tuesday unter den vielen Menschen, die über den großen Platz schlenderten und Münzen in den Brunnen warfen, ein vertrautes Gesicht zu entdecken. Doch obwohl die Stimme beim letzten Mal ganz nah geklungen hatte, fand sie niemanden, der ihr bekannt vorkam.

Ihr Blick blieb schließlich an einer seltsamen Erscheinung hängen, die plötzlich oben am Himmel auftauchte. Hoch über dem Brunnen kam etwas auf sie zugeflogen. Zuerst erkannte sie nur einen dünnen silbrigen Strich – Baxterr musste ihn auch gesehen haben, er bellte aufgeregt. War es ein dünner Wasserstrahl, den der Wind aus der Fontäne im Brunnen in die Lüfte geweht hatte? Es konnte aber auch ... ja, es konnte auch eine Art Faden sein. Tuesday spürte auf einmal ein verdächtiges Kribbeln im Nacken.

»Äh, Blake? Kommt es manchmal auch vor, dass eine Geschichte zu dir kommt und dich holt?«

»Klar. Passiert mir ständig. Ich bin voll im Tiefschlaf und plötzlich weckt mich irgendwas und zerrt mich zu irgendeinem Kriegsschauplatz –«

Tatsächlich! Es war ein feiner silberner Faden, der auf Tuesday zuflog, er kam näher und näher. Staunend streckte sie ihre Hand aus, um ihn aufzufangen. Der Faden landete auf ihrer Handfläche, legte sich wie eine Schlinge um ihr Handgelenk und wickelte sich durch ihre Finger hindurch. Gleichzeitig fing es in Händen und Füßen an zu kribbeln wie Brausepulver. Sie wusste genau, dass es falsch war. Sie hätte den glitzernden Faden sofort abschütteln sollen, doch sie tat es nicht. Stattdessen ließ sie sich sanft, aber beharrlich von dort, wo sie stand, fortziehen.

»Ich glaube, ich muss los«, sagte Tuesday zu Blake, als sich erst ein Fuß, dann der zweite vom Boden löste. »Ich glaube, ich muss *dorthin*!«

»Was? Jetzt? Nein, Tuesday, das darfst du nicht ... halt, warte!«

»Mach's gut Blake!«, rief sie, dann musste sie den Hörer fallen lassen, sonst hätte sie ihn abgerissen. Sie rief laut nach Baxterr. Mit einem Satz sprang er ihr auf den Arm. Höher und höher zog sie der Faden. Die Telefonzelle, der Brunnen und schließlich der Stadtpark blieben tief unter ihr zurück. Niemand bemerkte etwas – nur ein kleiner Junge im Kinderwagen, der später selbst Schriftsteller werden würde. Er zeigte nach oben und rief ihnen etwas zu. Doch da schwebten sie bereits über den Bäumen, über dem See, der von oben wie ein kleiner runder Spiegel aussah.

Tief unter ihnen erkannte Tuesday die Brown Street, sie sah das Dach ihres Hauses, und sie verspürte einen kleinen Stich in der Magengrube, als sich ihr schlechtes Gewissen meldete: Sie tat genau das, was sie auf keinen Fall tun sollte. Ohne lange zu überlegen, hatte sie sich von dem Faden der Fantasie entführen lassen. Eine Geschichte war zu ihr gekommen und sie war mit ihr auf und davon geflogen.

Kapitel 7

Schon von Weitem erkannte Tuesday den leuchtend grünen Hügel mit dem einsamen Baum. Baxterr bellte und zappelte vor Freude in Tuesdays Armen.

»Nein!«, schrie Tuesday erschrocken, als Baxterr sich losriss und hinunterhopste.

Einen Sprung aus dieser Höhe hätte ein gewöhnlicher Hund niemals überlebt, aber in dieser Welt war Baxterr alles andere als gewöhnlich. Noch im Sprung breitete er zwei goldbraune Flügel aus, die an der Oberseite mit kurzem, zottigem Fell bewachsen waren. Voller Bewunderung sah Tuesday zu, wie aus Baxterr vor ihren Augen ein riesengroßer Geflügelter Hund wurde, der sich mit einigen kräftigen Flügelschlägen hoch in die Lüfte schraubte. Nach einer Kehrtwendung schoss er im Sturzflug, dann wieder segelnd und Loopings drehend auf den Hügel zu, wo er schließlich zu einer eleganten Landung ansetzte.

Auch Tuesday hatte plötzlich das Gefühl, dass sie immer schneller wurde. Wobei nicht sie das Tempo bestimmte, sondern der Silberfaden an ihrem Handgelenk, der sie Richtung Baum zog. In rasantem Tempo ging es abwärts, und erst als sie schon fürchtete, mitten in der Baumkrone zu landen, erschlaffte der Faden auf einmal und löste sich von ihrem Arm. Tuesday fiel wie ein Stein vom Himmel und purzelte höchst unelegant in einem Wirrwarr aus Ellenbogen und Knien auf den Boden. Baxterr schwang sich mit ein paar langen Sätzen zu ihr, faltete seine Flügel lässig auf dem Rücken zusammen und grinste frech über das ganze Hundegesicht.

»Wenn ich deine Flügel hätte, würde ich auch so eine tolle Landung hinlegen«, sagte Tuesday und rappelte sich stöhnend auf. Insgeheim war sie sehr stolz auf ihren Hund und sah lächelnd zu, wie Baxterr in seiner wahren Größe auf dem Hügel herumtollte und mit seiner schwarz glänzenden Nase an jedem einzelnen Grashalm schnüffelte. Auf den ersten Blick schien sich nicht viel verändert zu haben, seit sie das letzte Mal hier gewesen war. Tuesday hatte fest damit gerechnet, dass sie irgendwelche chaotischen Zustände erwarten würden. Doch der wunderschöne alte Baum stand noch immer an seinem Platz auf dem leicht gewellten Hügel, dessen Fuß in einer dichten weißen Nebelbank verschwand. Über allem lag noch immer diese wunderbare Ruhe, die einem das erhabene Gefühl gab, auf dem Gipfel der Welt zu stehen – was ja auch zutraf. Ringsum war alles still und friedlich, nichts deutete darauf hin, dass an diesem Ort irgendeine Gefahr lauern sollte.

»Was ist hier geschehen, Baum?«, fragte Tuesday, aber der Baum säuselte leise in seiner grünen Sprache etwas vor sich hin und brachte aus einem kleinen Hohlraum seines Stammes Tuesdays Faden zum Vorschein. Das fest zusammengerollte Knäuel, das ihr direkt vor die Füße kullerte, war jetzt fast so groß wie eine Mandarine.

»Oh, vielen Dank«, sagte Tuesday und verstaute das Knäuel sorgfältig in ihrer Jackentasche. Plötzlich fiel direkt über ihrem Kopf etwas Haariges aus dem Baum und streifte ihr Gesicht. Sie stieß einen Schrei aus, sprang zur Seite und schlug vor Schreck wild um sich. Daraufhin ertönte von oben ein Kichern, das Tuesday irgendwie bekannt vorkam. Über ihr an einem Ast baumelte Vivienne Small und strahlte von einem Ohr zum anderen. Mit einem gewagten Schwung landete sie direkt vor Tuesday auf den Füßen. Obwohl die beiden ungefähr gleich alt waren, war Vivienne ein ganzes Stück kleiner.

Im ersten Moment strahlten sich die beiden Mädchen stumm

an. Tuesday wäre Vivienne am liebsten vor Freude um den Hals gefallen, aber sie war nicht sicher, ob eine Vivienne Small sich gern umarmen ließ. Vivienne wiederum hätte Tuesday vor lauter Wiedersehensfreude gerne ein bisschen an den Haaren gezogen, war sich aber auch nicht sicher, ob Tuesday das nicht falsch verstehen würde.

»Ich bin froh, dass du so schnell gekommen bist«, sagte sie stattdessen. »Du musst mir unbedingt helfen.«

»Also, hier bin ich«, sagte Tuesday. In dem Moment kam Baxterr mit wackelndem Schwanz den Hügel hinaufgesprungen und begrüßte seine alte Freundin Vivienne stürmisch.

»Strubbel!«, rief sie und wuschelte ihm durchs Fell.

Jetzt in voller Größe, überragte er Vivienne um mehrere Längen. Damit Vivienne sich nicht auf die Zehenspitzen stellen musste, um ihn an seinen großen Ohren zu kraulen, warf er sich neben dem Baum auf den Bauch und drückte die Schnauze flach auf den Boden.

»Ich sage es nur ungern, Strubbel, aber du solltest besser nicht so groß bleiben. Und das Herumfliegen solltest du dir auch lieber verkneifen.« Zu Tuesday sagte sie: »Das könnte wirklich gefährlich für ihn werden. Erst vor Kurzem sind hier furchtbare Bestien aufgetaucht, die schon einen Geflügelten Hund getötet haben.«

»Was sagst du da?«

»Grrrrr«, knurrte Baxter und schrumpfte zurück auf seine kleine, kompakte Gestalt. Seine Flügel behielt er zwar, legte sie aber so eng an den Körper, dass sie so gut wie unsichtbar waren.

Vivienne nickte. »Also schön, seid ihr bereit?«

»Bereit? Wofür?«, fragte Tuesday.

»Wir müssen jemandem eine wichtige Nachricht überbringen. Am besten brechen wir sofort auf.«

»Eine Nachricht? Von wem? Was steht in dieser Nachricht?«

In knappen Sätzen berichtete Vivienne Tuesday alles, was sie über den Geflügelten Hund, der im Pfefferminzwald auf ihr Baumhaus gestürzt war, erfahren hatte. Sie führte die beiden zum Rand der weißen Felsen, zeigte auf die Berge von Margolov und erzählte Tuesday von ihrem Treffen mit Harlequin und Tarquin und von dem Vercaka, der offenbar durch den Himmel aus einer anderen Welt in ihre hineingefallen war. Sie gab Tuesday das Hundehalsband und das kleine Stück Papier, das im Medaillon versteckt war.

»*Meine große Liebe*«, las Tuesday laut. »*Ich kann die Welten nicht länger auseinanderhalten.* Hast du eine Ahnung, was das heißen soll?«

»Ich glaube, es bedeutet, dass einige Welten sich gefährlich nahe kommen«, sagte Vivienne. »Man muss sich doch nur die Berge ansehen, dann weiß man, dass dort gerade etwas Seltsames vor sich geht. Wie sonst wären Harlequin und Tarquin hierhergekommen? Und dann auch noch dieser Vercaka?«

»Gefährlich auch für Schriftsteller«, murmelte Tuesday.

»Für Schriftsteller?«

»Oh.« Tuesday verstummte und kaute an ihrer Unterlippe.

Es erschien ihr immer noch nicht richtig, Vivienne zu sagen, dass sie eine Figur aus einem Roman war. Man konnte nie wissen, wie Vivienne reagieren würde, wenn sie erführe, dass sie in der Welt, aus der Tuesday kam, eine der berühmtesten Romanfiguren aller Zeiten war. Das galt nicht nur für die fünf Bände der Vivienne-Small-Reihe, die niemand anders als Serendipity Smith geschrieben hatte, sondern auch für Filme, Theaterstücke und Radiohörspiele, die daraus entstanden waren. Es gab Vivienne-Small-Stoffpuppen und Vivienne-Small-Becher, -Puzzle, -Lesezeichen und -Federtaschen. Außerdem unzählige Poster und sogar einen Vivienne-Small-Freizeitpark … die Liste ließ sich unendlich fortsetzen. Doch hier vor Tuesday stand die echte Vivienne Small, die Baxterrs Leben gerettet und Tuesday dabei geholfen hatte, nach Hause zurückzufinden. Und Tuesday fürchtete, dass es falsch sein könnte, diese Sachen Vivienne gegenüber zu erwähnen.

»Was meintest du eben mit diesen Schriftstellern?«, fragte Vivienne noch einmal.

»In meiner Welt scheinen gerade ganz ähnliche Dinge zu passieren. Es hat einige rätselhafte Unfälle gegeben, bei denen mehrere Menschen verletzt worden sind«, erklärte Tuesday ausweichend.

»Wachsen bei euch die Berge auch plötzlich durch den Himmel? Sind bei euch auch Vercakas aufgetaucht?«

»Nein, glücklicherweise nicht«, antwortete Tuesday. »Und soviel ich weiß, ist mit unseren Bergen bisher auch noch alles in Ordnung. Dabei fällt mir gerade ein: Ich dachte, es gibt hier bei euch keine Geflügelten Hunde mehr.«

Tuesday hatte ihre Mutter früher einmal gefragt, was aus den Geflügelten Hunden geworden war, die in einem ihrer Bücher auf geheimnisvolle Weise verschwunden waren. Serendipity hatte geantwortet: »Oh, ich glaube, sie haben sich einen neuen wunderschönen Ort ausgesucht. Wie stellst du dir einen Ort vor, wo Geflügelte Hunde gerne leben würden?«

Tuesday hatte damals gesagt: »Vielleicht gibt es dort lange Sandstrände, und es weht immer ein kühler Wind, damit es ihnen unter ihrem dicken Fell nicht zu heiß wird. Ich glaube, sie würden eine Gegend mit Wasserfällen mögen, wie in den Geflügelten Bergen, und Bäume, unter denen es schattig ist. Im Boden müssten überall Löcher sein, aber statt heißen Wasserfontänen müssten sie alle paar Minuten Bälle ausspucken, die durch die Luft fliegen, sodass die Hunde ihnen hinterherjagen können.«

Tuesday überlegte, ob sie Vivienne davon erzählen sollte, doch dann entschied sie sich dagegen.

»Hörst du mir überhaupt zu?«, fragte Vivienne und schnippte vor Tuesdays Gesicht ungeduldig mit den Fingern.

»Tut mir leid.«

»Der Geflügelte Hund. Der Hund, der unter meinem Baum im Wald gestorben ist. Irgendwo gibt es jemanden, der darauf wartet, dass der Hund zu ihm zurückkommt. So wie du auf Baxterr warten würdest, wenn er losgelaufen wäre, um jemandem eine Nachricht zu überbringen. Dieser Hund war für irgendjemanden ein ewiger Gefährte, und dieser Jemand wird wissen wollen, was mit seinem Hund geschehen ist. Wir müssen beide von ihnen finden, verstehst du?«

»Und das ›G‹ in der Nachricht ist diese Person?«

Vivienne nickte heftig.

»Wer könnte dieser ›G‹ sein?«, fragte Tuesday.

»Woher soll ich das wissen? Klar ist nur, dass dieser Jemand sich große Sorgen macht, weil er die Welten nicht mehr lange auf Abstand halten kann. Findest du nicht auch, dass das alles ziemlich *wichtig* klingt? Wir müssen diese Nachricht überbringen.«

»Wir?«

»Ja. Du bist hierhergeholt worden, um mir zu helfen!«

»Leider gibt es ein Problem«, sagte Tuesday, »ich kann nicht lange bleiben. Meine Eltern denken, dass ich mit Baxterr nur einen kurzen Spaziergang mache. Ich muss wieder zu Hause sein, bevor sie anfangen, sich Sorgen zu machen.«

Hätte Tuesday eine Armbanduhr gehabt, hätte sie sehen können, wie spät es war. So musste sie die Zeit am Himmel ablesen. Die Sonne stand schon recht tief und tauchte die grünen Blätter und den glatten Stamm des Baumes in ein honiggelbes Licht.

»Sie werden sterben vor Angst, wenn ich nicht vor dem Dunkelwerden zurück bin.«

»Soll das heißen, du kannst mir überhaupt nicht helfen?«, fragte Vivienne enttäuscht. Einen Moment lang bildete Tuesday sich ein, aus Viviennes rechtem spitz zulaufendem Ohr eine dünne Rauchfahne aufsteigen zu sehen.

»Ich will dir ja helfen. Wirklich, ich …« Tuesday war hin- und hergerissen. Sie dachte an ihre Eltern zu Hause in der Brown Street und dass sie sich bestimmt große Sorgen um sie machten. Sie dachte an die Freifrau Elizabeth Coventry. An Flynn McMurtry. An JD Jones und all die anderen Schriftsteller. Eigentlich hätte sie auf der Stelle ihren Faden in die Luft werfen und sich von ihm so schnell wie möglich nach Hause bringen lassen müssen. Aber vielleicht wäre selbst das zu gefährlich. Was wäre, wenn der Faden, statt sie nach Hause zu bringen, an den Bergen von Margolov hängen blieb? Oder wenn sie zwar wieder in ihrer Welt landete, aber in irgendeinem entlegenen Winkel des Südpolarmeeres oder irgendwo in der Simpsonwüste? Gleichzeitig stand vor ihr Vivienne Small, die *echte* Vivienne Small, und erwartete, dass Tuesday ihr bei einer unglaublich riskanten Unternehmung half. Was alles nur noch komplizierter machte. Andererseits klang dieses Unternehmen auch nach einem ungemein spannenden Abenteuer. Tuesday überflog noch einmal die Nachricht, dann steckte sie den Zettel abwesend in ihre Jackentasche.

»Erzähl mir bitte noch einmal, woran der Hund sich erinnert hat«, bat sie.

Und Vivienne wiederholte die ganze Geschichte, obwohl sie ihre Ungeduld kaum im Zaum halten konnte.

»Ein Ort aus Stein und Nebel«, wiederholte Tuesday laut. »Von wilden Tieren bewacht … Und diese Runen? Waren diese Schriftzeichen irgendwo an diesem Ort oder in der Nähe?«

»Ja, das denken wir.«

»Weißt du noch, wie sie aussahen?«

»Na klar«, schnaubte Vivienne beleidigt.

»Okay, dann schreib sie auf meinen Arm«, bat Tuesday. Vivienne zeichnete mit dem Finger auf Tuesdays Unterarm die Zeichen nach, die Tarquin in der Erinnerung des Geflügelten Hundes gesehen hatte.

Tuesday starrte auf die unsichtbaren Buchstaben.

»Mach es noch mal«, sagte sie.

Seufzend fuhr Vivienne mit dem Finger ein zweites Mal die Zeichen nach.

Nach dem letzten Buchstaben grinste Tuesday. Diese Nachricht zu überbringen, wäre vielleicht doch nicht so schwierig, wie sie gedacht hatte. Vielleicht konnte sie es sogar schaffen, rechtzeitig zum Abendessen wieder zu Hause in der Brown Street zu sein – ohne dass jemand erfahren würde, dass sie in der Zwischenzeit *dort* beziehungsweise *hier* gewesen war.

»STELL DIR VOR!«, rief Tuesday aufgeregt. »Es bedeutet STELL DIR VOR!«

»Wie bitte?«

Die Zeichen, sie bedeuten STELL DIR VOR.«

»STELL DIR VOR? Was sollen wir damit anfangen?«, stöhnte Vivienne.

Tuesday zupfte an einem der kleinen Zöpfe in Viviennes wilder schwarzer Haarmähne und Viviennes Schmollmund verzog sich zu einem breiten Lächeln.

»Komm«, sagte Tuesday. »Ich weiß jetzt, wo dieser Ort ist, den wir suchen. Es ist gar nicht weit von hier.«

Kapitel 8

Auch Baxterr schien genau zu wissen, wo es hingehen sollte. Mit Riesensätzen stürmte er den Hügel hinunter, geradewegs auf die undurchdringliche Nebelbank zu. Sobald er sicher war, dass Tuesday und Vivienne ihm folgten, stürzte er sich mitten hinein in den weißen Dunst und verschwand. Kurz bevor sie selbst in den Nebel eintauchten, blieb Vivienne wie angewurzelt stehen und durchwühlte ängstlich ihre Taschen.

»Die Nachricht …«

»Keine Sorge, die hab ich eingesteckt«, beruhigte Tuesday sie. »Bleib dicht hinter mir.«

Der Nebel war so dicht, dass Tuesday kaum ihre Füße sehen konnte, während sie unsicher über die holperigen Pflastersteine des schmalen Pfades stolperte. Wenn sie den Arm nach vorn ausstreckte, konnte sie gerade noch die gespreizten Finger ihrer Hand erkennen. Mit dem nasskalten Nebel, den sie von zu Hause kannte, war dieser Dunst nicht zu vergleichen. Er fühlte sich schon beim Einatmen eher trocken an und erinnerte sie vielmehr an den würzigen Duft von Zimt, Muskatnuss und Nelken, wenn ihr Vater in der Brown Street Kuchen backte. Tuesday fand den duftenden Nebel eigentlich sogar ganz angenehm, ganz im Gegensatz zu Vivienne.

»Dauert das noch lange?«, grummelte sie. »Ich habe für heute schon genug Nebel gehabt.«

»Ganz sicher bin ich mir nicht, aber eigentlich kann es nicht weit sein«, versicherte Tuesday.

»Wuff«, stimmte Baxterr ihr zu, der ihr nun nicht mehr von der Seite wich, nachdem er eine Weile vorausgelaufen war.

Und tatsächlich tauchten schon nach wenigen Minuten vor ihnen aus dem Nebel die Umrisse zweier riesiger Marmorstatuen auf: Zwei überlebensgroße, in Stein gehauene Löwen mit beeindruckender Mähne wachten über den Weg.

»Siehst du?«, sagte Tuesday.

»Was soll ich sehen?«, fragte Vivienne verwundert.

»Na, die wilden Tiere aus dem Gedächtnis des Geflügelten Hundes. Löwen.«

Verblüfft starrte Vivienne in den Nebel. Perplex hätte Tuesdays Vater ihren Gesichtsausdruck sicher genannt, wenn er bei ihnen gewesen wäre.

»Wo? Welche Löwen? Bist du sicher, dass du dich nicht –«

Mitten im Satz verstummte Vivienne plötzlich, als hätte jemand auf Pause gedrückt.

»Vivienne?«

Tuesday rüttelte sie am Arm, doch ihre Freundin stand da wie erstarrt, mit halb geschlossenen Augen und halb geöffnetem Mund.

»Vivienne? *Vivienne?*«

»Keine Sorge, sie erholt sich schon wieder«, sagte plötzlich eine vertraute strenge Stimme aus dem Nebel. »Wie ausgesprochen töricht von dir, sie hierherzubringen. Ich muss schon sagen, für so dumm hätte ich dich nicht gehalten, Tuesday McGillycuddy.«

»Frau Bibliothekarin?« Tuesday wirbelte erschrocken herum. Der Nebel teilte sich und wehte auseinander wie zwei flauschige weiße Vorhänge. Und heraus trat, von den beiden Marmorlöwen flankiert, die Bibliothekarin. Wie üblich war sie von Kopf bis Fuß in Violett gekleidet, nur dass sie ausnahmsweise keine elegante Abendrobe trug, sondern einen eher sportlich-eleganten Trainingsanzug und einen farblich abgestimmten, gemusterten Seidenschal.

»Vivienne dürfte eigentlich gar nicht hier sein«, sagte sie streng. »Du hast die wichtigste aller Regeln missachtet: Nur Schriftsteller haben in der Bibliothek Zutritt. Für Vivienne ist das Gebäude unsichtbar. Wie du soeben festgestellt hast, kann sie nicht einmal die Löwen sehen. Allein dass sie sich mit dir unter dem Baum treffen konnte, ist schon erstaunlich. Es zeigt, welch sonderbare Dinge in letzter Zeit bei uns vor sich gehen.«

»Was haben Sie mit ihr gemacht?«

»Sie wird hier auf dich warten, das verspreche ich dir. Aber jetzt komm bitte mit. Ich bewundere zwar deinen Mut, in diesen Zeiten eine neue Geschichte anzufangen, aber du wirst zusätzliche Vorsichtsmaßnahmen treffen müssen. Also komm, wir haben einiges zu regeln.«

Tuesday strich zaghaft über Viviennes Wange. Ihre Haut fühlte sich ganz warm an.

»Sind Sie sicher, dass es ihr gut geht?«, fragte sie beunruhigt.

»Auf, auf!« Die Bibliothekarin klatschte energisch in die Hände. »Wir haben momentan weitaus mehr Sorgen als das werte Befinden von Vivienne Small.«

Tuesday öffnete schon den Mund, um zu protestieren, unter dem durchdringenden Blick der Respekt einflößenden Dame klappte sie ihn jedoch sofort wieder zu.

Trotz ihrer geringen Körpergröße hatte die Bibliothekarin eine so majestätische Ausstrahlung, dass man sich neben ihr klein und unbedeutend vorkam.

Tuesday straffte die Schultern, und selbst Baxterr reckte aufmerksam die Schnauze in die Luft, als wollte er sich von seiner besten Seite zeigen.

»Gehen wir«, sagte die Bibliothekarin herrisch, machte auf dem

Absatz kehrt und marschierte mit schnellen Schritten den Weg hinauf. Tuesday fiel auf, dass ihre sonst immer so perfekt sitzende silbergraue Badekappenfrisur am Hinterkopf leicht in Unordnung geraten schien. Außerdem passten die Schuhe, die sie trug, zwar farblich zusammen, gehörten aber eindeutig nicht zu demselben Paar. Tuesday fand es jedoch klüger, großzügig darüber hinwegzusehen.

»Frau Bibliothekarin«, rief sie stattdessen mit leicht zittriger Stimme, »nicht dass Sie mich falsch verstehen: Ich bin nicht gekommen, weil ich an einer neuen Geschichte schreibe, ich habe noch nicht einmal meine erste beendet. Ich bin hier, weil mich ein Faden geholt hat und …«

Ihre Begleiterin blieb wie angewurzelt stehen und musterte sie zornig.

»Es ist doch immer dasselbe mit dir, Tuesday McGillycuddy! Wie mir scheint, hast du *nie* vor, eine Geschichte zu schreiben, wenn du hier aufkreuzt. Und doch hat eine Geschichte dich hierhergebracht, ist es nicht so? Meine langjährige Erfahrung lehrt mich, dass so etwas für einen zweiten Besuch durchaus nicht ungewöhnlich ist. Eine Geschichte kommt und holt dich, bevor du dich selbst dazu bereit fühlst. Aber bereit oder nicht, du hast dieser Geschichte zugestimmt, oder etwa nicht? Du hast zugelassen, dass sie dich hierherbringt, richtig?«

»Ich bin nur gekommen, um eine Nachricht zu übermitteln, weil ich dachte, sie wäre vielleicht für …«

»Eine Nachricht, sagst du? Ist nicht jede Geschichte eine besondere Art von Nachricht? Und zwar eine, die nicht für eine Person bestimmt ist, sondern für alle Menschen, die ihren Bucheinband aufschlagen, um sie zu lesen? Was könnte wundervoller sein als eine Nachricht, die an alle Menschen gerichtet ist, egal, in welcher Zeit sie leben?«

»Für eine ganze Geschichte habe ich leider keine Zeit –«, begann Tuesday, aber die Bibliothekarin unterbrach sie ungeduldig.

»Zeit!«, rief sie, und Tuesday hatte Mühe, mit ihr Schritt zu halten. »Niemand hat Zeit, einen Roman zu schreiben, ein Bild zu malen oder ein Lied zu komponieren. Kannst du entscheiden, wie viel Zeit dir zur Verfügung steht, Tuesday?«

»Ich glaube nicht, aber –«

»Niemand kann das, Miss McGillycuddy. Die Zeit ist einfach da und läuft ab. Wir können entscheiden, womit wir sie füllen. Wir schlafen, wir essen. Wir nehmen ein Bad, lesen ein Buch, wir besuchen Freunde, feiern Feste und –«

»… gehen zur Schule«, ergänzte Tuesday. »Das allein kostet schon sehr viel Zeit.«

»Wuff, wuff«, bellte Baxterr.

»Ja, du hast vollkommen recht, Baxterr – und wir tollen durch den Park, wie konnte ich das vergessen«, sagte die Bibliothekarin. »Aber wo ist dann noch Zeit, Geschichten zu schreiben, Tuesday?«

»Zwischen allem anderen?«

»Hast du wirklich alles, was du bislang geschrieben hast, nur so dazwischengeschoben?«

»Eigentlich schon«, gestand Tuesday.

»Aber wenn ich mich nicht irre, bist du morgens extra früh aufgestanden und abends sehr spät schlafen gegangen«, erwiderte die Bibliothekarin. »Du hast andere Angebote und Vorschläge abgelehnt und stattdessen *geschrieben*. War es nicht so?«

»Ja«, gab Tuesday zu.

»Also hast du dir, obwohl ein Tag und auch eine Woche immer noch genauso lang waren wie vorher, trotzdem zusätzliche Zeit zum Schreiben geschaffen.«

»Ja, aber –«

»Erzähl mir also nicht, dass du keine Zeit zum Schreiben hast, denn genau jetzt ist die Zeit, die du dir für diese Geschichte geschaffen hast. Und die musst du nutzen. Da gibt es kein Zurück. Ab sofort geht es nur noch nach vorne.«

Die Stimme der Bibliothekarin hatte einen beunruhigenden Unterton angenommen. So redete Serendipity auch oft, wenn sie kurz davorstand, einen Roman zu beenden, wenn sie zu wenig Schlaf bekommen hatte und ihr alles kompliziert und verwirrend erschien. Die Bibliothekarin sah Tuesday eindringlich an. Sie standen am Fuß der breiten Steintreppe, die zum Eingang der Bibliothek hinaufführte.

Tuesday hörte das entfernte Plätschern eines Brunnens, schwacher Rosenduft stieg ihr in die Nase. Der Park rund um die Bibliothek hatte bei ihrem letzten Besuch noch sehr sauber und gepflegt ausgesehen. Jetzt wirkte alles ein wenig zerzaust und verwildert. Als sie die Treppe zum Eingang hinaufgingen, las Tuesday die Inschrift, die dort in großen Buchstaben in Stein gemeißelt über der Tür prangte:

STELL DIR VOR …

Sie atmete tief durch.

»Frau Bibliothekarin, ich habe meinen Eltern versprochen, nicht hierherzukommen. Bei uns wurden mehrere Schriftsteller als vermisst gemeldet. Das Schreiben ist … gefährlich geworden.«

»Ja, das ist es! Fürwahr, das ist es! Daran besteht wohl leider kein Zweifel. Hier ist das reinste Chaos ausgebrochen!« Die Bibliothekarin fuchtelte aufgebracht mit ihren kurzen Armen herum. »Meine ganze Bibliothek ist überfüllt von Schriftstellern, die es aus Angst nicht mehr wagen, sich auf den Heimweg zu machen. Kein einziger Teebeutel ist mehr übrig und gestern ist uns der letzte Rest *Mutnahrung* ausgegangen. Wenn das so weitergeht, ist morgen um diese Zeit unser Vorrat an Verbandsmaterial aufgebraucht.«

»Ich musste meinem Papa hoch und heilig versprechen, nichts zu schreiben. Mama ebenso. Wir haben mit allen Mitteln versucht, normal zu sein.«

»*Normal?*«, wiederholte die Bibliothekarin und drehte sich kurz vor der Eingangstür stirnrunzelnd zu Tuesday um. »Was, bei allen Wörterbüchern, habt ihr euch dabei gedacht? Mit Normalität ist Schriftstellern keinesfalls geholfen. Regelmäßigkeit, im Sinne von festen Zeiten zum Schreiben, das kann sehr hilfreich sein. Aber Normalität? Nein, in der Normalität gibt es keine Abenteuer. Daraus entstehen weder Überraschungen noch Geheimnisse, weder Bösewichte noch Liebesaffären, weder Tragödien noch glorreiche Siege. Normalität wird heutzutage hoffnungslos überschätzt, meine liebe Tuesday. Exzentrik. Impulsivität. Leidenschaft. Überraschung. Freude. Das ist es, was ein Schriftstellerherz braucht. Und das Wichtigste von allem ist immer noch – Neugier. Bist du nicht neugierig, Tuesday, auf die Geschichte, die dich hierhergebracht hat? Willst du denn nicht wissen, was als Nächstes passiert?«

Tuesday spürte, wie die dunkelvioletten Augen der Bibliothekarin sie durchbohrten. Sie nahm all ihren Mut zusammen und griff in ihre Jackentasche.

»Was ich wissen will, ist, ob das hier für Sie bestimmt ist oder nicht.«

Als sie das zusammengerollte Stück Papier in Tuesdays Hand erblickte, schnappte die Bibliothekarin hörbar nach Luft. Zögernd streckte sie ihre kleine, schrumpelige Hand danach aus. Schließlich gab sie sich einen Ruck, faltete den Zettel auseinander und überflog die Botschaft.

Gespannt beobachtete Tuesday das Gesicht der alten Dame und wartete auf ihre Reaktion.

»Woher hast du das?«, fragte die Bibliothekarin, als sie die Nachricht gelesen hatte, und presste den kleinen Zettel an ihre Brust.

»Vivienne Small hat die Botschaft gefunden«, erklärte Tuesday und zeigte ihr das zu einem Reifen gebundene Stück Seil. »Sie war im Halsband eines Geflügelten Hundes versteckt.«

»Wo ist dieser Hund jetzt?« Die Bibliothekarin nahm das Halsband und betrachtete das Medaillon mit dem eingravierten Hundebild von allen Seiten.

»Es tut mir sehr leid, Frau Bibliothekarin … Der Hund ist gestorben.«

»Oh!« Die knochigen Finger der alten Frau umklammerten das Halsband. Sie kämpfte mit den Tränen, zog ein kleines violettes Taschentuch aus dem Ärmel und wischte sich damit über die Augen.

Leise fragte Tuesday: »Also stimmt es, dass die Nachricht für Sie bestimmt war?«

»Ja, meine Liebe. Ja, das war sie.«

»Und? Haben Sie die Antwort gefunden?«

Die Bibliothekarin stopfte das Taschentuch zurück in den Ärmel. Wortlos fasste sie unter Tuesdays Kinn und drehte ihr Gesicht erst zur einen, dann zur anderen Seite. Lange sah sie dem Mädchen tief in die Augen. Dann fiel ihr Blick auf Baxterr, der neben Tuesday auf den Hinterbeinen saß und die Szene aufmerksam verfolgte. Ein scharfsinniges Lächeln huschte über das faltige Gesicht der Bibliothekarin. Langsam reichte sie Tuesday das silberne Halsband.

»Ja, ich glaube, jetzt habe ich die Antwort endlich gefunden«, sagte sie geheimnisvoll.

Kapitel 9

Es ist euch vielleicht noch nicht aufgefallen, aber Eltern sind zum Teil aus einem elastischen Material gemacht, das Ähnlichkeit mit einem Gummiband hat. Zu Anfang, bei frischgebackenen Eltern, ist dieses Gummiband noch ziemlich straff und lässt sich nicht besonders weit ausdehnen – innerhalb eines Zimmers höchstens von einer Wand bis zur anderen. Später dann, wenn sie schon eine ganze Weile Eltern gewesen sind und ihre Kinder laufen und sprechen gelernt haben, wenn sie sich allein die Zähne putzen und die Schuhe zubinden können, lockert sich das Gummiband und lässt sich schon viel weiter ausdehnen: Zuerst reicht es um mehrere Häuserblocks herum, dann von einem Ende einer Vorstadtsiedlung bis zum anderen. In einigen Fällen lässt es sich sogar über mehrere Länder hinwegspannen. Doch irgendwann kommt immer der Punkt, an dem das Gummiband plötzlich *ping!* reißt und die Eltern das schmerzhafte Gefühl haben, ihr Kind sei viel zu weit oder schon viel zu lange fort.

Genau dieses Gefühl hatte Serendipity an jenem Sonntagnachmittag gegen fünf Uhr, einige Stunden nachdem Tuesday sich verabschiedet hatte, um mit Baxterr einen kleinen Ausflug in den Stadtpark zu machen. Miss Digby war kurz davor, die kilometerlange Aufgabenliste abzuschließen, die sie den ganzen Nachmittag gemeinsam erarbeitet hatten. Serendipity ertappte sich plötzlich dabei, dass sie ihrer Assistentin nur noch mit einem Ohr zuhörte, während das andere auf das Geräusch einer aufgehenden Haustür lauschte. *Sie ist schon viel zu lange unterwegs*, warnte die eine

Gehirnhälfte. *Unsinn!*, erwiderte die andere. *Es ist ein herrlicher sonniger Nachmittag und sie ist nur mit ihrem Hund im Park. Also entspann dich.*

Denis erging es ähnlich. Um halb sechs schenkte er Miss Digby noch eine Tasse Tee nach, dann entschuldigte er sich. Er trat aus der Haustür und hoffte insgeheim, dass er genau in dem Moment Tuesday und Baxterr auf das Haus zuschlendern sehen würde. Leider war es nur der alte Mr Garfunkel von nebenan, der gerade mit Dougal, seinem altersschwachen Cockerspaniel, Gassi ging. Der Hund schlurfte genauso müde dahin wie sein Herrchen und bei jedem Schritt kratzten seine Krallen über den Asphalt. Denis grüßte die beiden, dann rief er Serendipity zu, dass er Tuesday entgegengehen wollte, zog die Tür hinter sich zu und machte sich auf den Weg in Richtung Stadtpark.

Die Sonne stand mittlerweile schon niedrig am Himmel, die Bäume, Häuser, Autos und Menschen, an denen Denis vorüberging, warfen lange, schmale Schatten auf die Straße. Ein beruhigendes, geschäftiges Summen lag in der Luft, und Denis stellte sich plötzlich vor, wie überall in den Restaurants gerade weiße Tischtücher über die Tische ausgebreitet und glatt gestrichen wurden. Besteck und Gläser wurden poliert, bis alles glänzte und im Licht funkelte. In den Restaurantküchen wurden eifrig Kartoffeln geschält, Erbsen enthülst, Gurken in Scheiben geschnitten, Karotten gerieben und Fenchel gehobelt. Doch all das konnte ihn nicht davon ablenken, dass Tuesday und Baxterr, die eigentlich längst auf dem Heimweg sein müssten, immer noch nicht zu sehen waren.

Beim Stadtpark angelangt, überquerte Denis die Straße. Die meisten Elternpaare, die ihm entgegenströmten, schoben Kinderwagen vor sich her. Schief sitzende, zerknautschte Sonnenhüte und zerknitterte Hosen und Kleider verrieten, dass sie einen herrlich faulen Nachmittag auf dem Rasen im Park verbracht hatten. Die älteren Kinder schlurften gähnend neben ihren Eltern her, einige schienen auf einen Zauberspruch zu hoffen, der sie in Sekundenschnelle nach Hause teleportierte, ohne einen weiteren Schritt laufen zu müssen.

Im Park waren die Eiswagen und Hotdog-Buden bereits dabei, ihre Geschäfte zu schließen. Beim Brunnen posierten mehrere Hochzeitsgesellschaften in der späten Nachmittagssonne für ein Erinnerungsfoto. Die leuchtenden Farben ihrer festlichen Kleider verschmolzen zu einer bunten Palette, die von Rosa, Zitronengelb und Vanille bis hin zu Grau- und Blautönen reichte. Eine Braut trug einen wuscheligen weißen Hund unter dem Arm, was Denis schmerzhaft bewusst machte, dass unter den zahlreichen Hunden, die mit ihren Herrchen und Frauchen den Park verließen, weit und breit kein Baxterr war. Der Zeitungsjunge an der nächsten Weggabelung warf sich gerade seine Umhängetasche über die Schulter und klemmte sich das Werbeplakat zur neusten Ausgabe unter den Arm. »SIEBEN SCHRIFTSTELLER VERSCHLEPPT«, las Denis die fett gedruckte Schlagzeile. Ein mulmiges Gefühl kroch in ihm hoch.

»Tuesday! Baxterr!«, rief er laut.

Einige Passanten drehten sich nach ihm um. »Ich suche meine Tochter und ihren Hund«, erklärte er. »Haben Sie vielleicht ein Mädchen in einer roten Jacke mit einem kleinen bräunlichen Hund gesehen?«

Wen er auch fragte, alle schüttelten den Kopf. Eine Stunde lang durchsuchte Denis den Park bis in den letzten Winkel. Bei jeder Statue, von der er wusste, dass sie Tuesday besonders gut gefiel, hielt er nach den beiden Ausschau, bei jeder Rutsche, jeder Schaukel und jedem grünen, mit Gänseblümchen übersäten Hügel. Er stieg auf sämtliche kleine Anhöhen und Felsen, die der Park zu bieten hatte. Sogar in den Booten, die zum Abend hin ans Ufer des Parksees gezogen worden waren, sah er nach. Es hätte ja sein können, dass Tuesday und Baxterr es sich in einem der kleinen Boote gemütlich gemacht hatten und dann eingeschlummert waren. Aber alle Boote waren leer.

Er rief. Er fragte. Er suchte. Aber Tuesday und Baxterr waren nirgends zu finden. Allmählich begann es zu dämmern. Die Leute, denen Denis jetzt im Park begegnete, hatten sich zum Abendessen im Restaurant umgezogen. Statt zerknautschter Sonnenhüte sah man auf einmal viel elegantes Schwarz und blank polierte Schuhe. Sicher waren sie auf dem Weg zu den weißen Tischdecken, dem Silberbesteck und den Kristallgläsern, die Denis sich vorhin ausgemalt hatte.

Könnte es sein, dass Tuesday und Baxterr einen anderen Weg nach Hause genommen haben?, fragte Denis sich irgendwann ziemlich verzweifelt. Vielleicht hatte er sie nirgends gesehen, weil sie Hunger bekommen hatten und in ein Café gegangen waren. Er kehrte noch einmal zurück zum Brunnen, als ihm die drei Telefonzellen auffielen, die aussahen wie Statuen: die Meerjungfrau, der Löwe und das Pferd. Bei dem letzten Telefon hatte wohl jemand vergessen, den Hörer wieder einzuhängen, er baumelte an der Schnur und schwang leise hin und her, obwohl es an diesem Abend absolut windstill war. Als ordentlicher Mensch nahm Denis den Hörer und hängte ihn zurück auf die Gabel. Schon besser. Im nächsten Augenblick durchzuckte ihn das sichere Gefühl, dass Tuesday vor Kurzem genau an dieser Stelle gestanden haben musste. Aber dann? Was war dann geschehen?

Eine Geschichte, schoss es ihm durch den Kopf, sie hat sich von einer Geschichte mitreißen lassen. Und plötzlich wusste er mit jeder Faser seines Körpers, dass er recht hatte. Er wusste es so sicher, wie er die besten Blaubeerpfannkuchen der Welt backen konnte.

Eine Geschichte hatte seine fantasiebegabte Tochter erfasst und sie davongetragen.

»Oh nein«, stöhnte er. »Sie ist *dorthin* gereist. Bestimmt ist sie *dort* längst angekommen. Aber *dort* ist es momentan *nicht sicher*. Alles andere als sicher.«

Er musste sofort zurück, auf dem schnellsten Weg zurück in die Brown Street zu Serendipity. Jeder andere wäre in so einer Situation kopflos durch die Straßen gehetzt, Denis hingegen machte sich zügigen, aber gemessenen Schrittes auf den Heimweg – immer noch unverkennbar der Oberkellner des feinsten Restaurants am Platz, der er vor langer Zeit gewesen war. Er beherrschte die Kunst, im Gehen zwanzig aufeinandergestapelte altmodische Champagnergläser zu balancieren. Er konnte mit zwölf Tellern jonglieren und dabei noch eine herunterfallende Serviette auffangen, bevor sie auf den Boden traf. Er verstand es, schlecht gelaunte reiche Gäste zu besänftigen und sich alle Namen, auch die der weniger reichen, zu merken. Er hatte ein angeborenes Gespür für die Vorlieben oder Abneigungen anderer Menschen. Wenn es darum ging zu erraten, wer die Zitronen-Tarte der Crème brulée vorziehen würde oder die Mousse aus weißer Schokolade der dunklen Schokoladen-Schichttorte, irrte er sich nie.

Früher hatte er hundert Gästen Wachteln in Himbeersoße serviert und dafür nur exakt fünf Minuten gebraucht. In seinem Restaurant hatte er pro Jahr achtzig elegante Hochzeitsgesellschaften bewirtet und ungefähr einhundert kultivierte Geburtstagsfeiern. Denis hatte ein äußerst feines Gespür dafür, seinen Gästen immer den angemessenen Rahmen zu bieten, in dem sich jeder wohlfühlte. Und seine langjährige Erfahrung hatte ihn gelehrt, wie wichtig es war, Ruhe zu bewahren, wenn rundherum das Chaos tobte. Erst als er nach der letzten Kreuzung in die Brown Street abbog, verfiel er schließlich doch in einen leichten Trab, dann ins Joggen. Die letzten Meter bis zur Eingangspforte legte er im Sprint zurück.

Auf der Treppe lief ihm Serendipity entgegen, als habe sie schon eine Weile nach ihm Ausschau gehalten.

»Keine Spur?«, fragte sie.

»Ich glaube, sie ist weg …«, antwortete Denis. Er versuchte, ruhig durchzuatmen, was ihm jedoch nicht gelang. Ein stechender, krampfartiger Schmerz pochte in seinem Hinterkopf und drohte, jeden Gedanken auszuschalten.

»Weg?«, fragte Serendipity. »Wohin weg?«

»*Dorthin*, wo …«, begann Denis und rang keuchend nach Atem.

»Dorthin?«

»Ach, du lieber Himmel!«, stöhnte Serendipity. Dann fragte sie besorgt: »Denis, Liebster, geht es dir gut? Du siehst grauenhaft aus.«

»Ja, mir geht's gut, wirklich.«

Das war eine glatte Lüge. Einen Moment lang fürchtete er sogar, ohnmächtig zu werden, und setzte sich vorsichtshalber auf die oberste Treppenstufe. Serendipity sank neben ihn und nahm seine Hand. In ihren Gesichtern spiegelte sich die hilflose Verzweiflung, die Eltern überkommt, wenn sie das Wertvollste, was sie in ihrem Leben haben, nicht länger beschützen können.

»Wie konnte sie nur auf die Idee kommen, *dorthin* zu gehen? Nicht nach all dem, was wir besprochen hatten«, seufzte Serendipity.

»Was soll das heißen, *dorthin*?«, fragte Miss Digby, die hinter ihnen im Hauseingang stand. »Wo, um alles in der Welt, steckt Tuesday eigentlich?«

Wenn Serendipity geglaubt hatte, dass Miss Digby vorhatte zu gehen, so hatte sie sich getäuscht. Ihre treue Assistentin war fest entschlossen und betrachtete es als ihre Pflicht, Serendipity zur Seite zu stehen und sie nach besten Kräften zu unterstützen, bis man Tuesday gefunden wurde. Nach all den Jahren engster Zusammenarbeit betrachtete Miss Digby Serendipitys Probleme als ihre eigenen. Also blieb sie. Jetzt war sie diejenige, die Wasser aufsetzte und Teetassen füllte, während das Ehepaar McGillycuddy auffallend einsilbig dasaß und krampfhaft Konversation betrieb. Beide waren sich einig, dass Miss Digby nie etwas von *dort*, wo sie Tuesday vermuteten, erfahren durfte. Also gaben sie sich alle Mühe, die gute Miss Digby mit ihrer belanglosen Plauderei dermaßen zu langweilen, dass sie irgendwann aufgeben und nach Hause gehen würde. Doch je gelassener und entspannter Denis und Serendipity sich gaben, desto mehr steigerte sich Miss Digby in die ganze Sache hinein.

»Sie sollten wirklich unbedingt die Polizei benachrichtigen«, sagte sie mindestens schon zum hundertsten Mal.

Denis und Serendipity schüttelten stumm den Kopf.

»Warum scheine ich die Einzige von uns zu sein, die das für eine sehr gute Idee hält?«

»Weil wir glauben, dass Tuesday sicher schon bald zurückkommen wird«, versicherte Denis. »Sie sollten uns vertrauen. Auch wenn Ihnen das seltsam erscheinen mag. Bitte, vertrauen Sie uns.«

»Macht sie so etwas öfter, dass sie mitten am Tag plötzlich Hals über Kopf verschwindet und bis …«, Miss Digby sah über die Schulter zur Uhr auf dem Kaminsims, »… bis um halb neun Uhr abends nicht wieder auftaucht? Sehen Sie nicht, wie dunkel es draußen schon ist? Das ist doch viel zu gefährlich!«

»In der Tat, das ist es«, sagte Serendipity zerstreut, dann schüttelte sie energisch den Kopf. »Nein, nein, es ist nicht gefährlich.

Es ist absolut ungefährlich. Denis und ich machen häufig noch einen Abendspaziergang. Wir ermutigen Tuesday ständig, so oft wie möglich raus an die frische Luft zu gehen. Außerdem sind immer viele Menschen auf der Straße. Es ist eine sehr sichere Stadt.«

Denis lächelte, als würde er ihr zustimmen.

»Den Eindruck habe ich aber nicht«, sagte Miss Digby.

»Die Kriminalitätsrate ist in den letzten Jahren erstaunlich zurückgegangen«, behauptete Denis.

»Das ist der neuen Bürgermeisterin zu verdanken«, ergänzte Serendipity eifrig, »sie vollbringt wahre Wunder.«

Miss Digby sah die beiden an, als zweifelte sie an ihrem Verstand. »Ihnen beiden scheint entgangen zu sein, dass Ihre Tochter verschwunden ist. Sie muss *irgendwo* sein. Möglicherweise in Gesellschaft irgendeiner Person. Einer gefährlichen Person!«

»Ich könnte mir vorstellen, dass sie irgendwo eingeschlafen ist«, vermutete Denis.

»Auf einem Baum vielleicht«, stimmte Serendipity ihm zu.

»Ja, auf einem großen, dicken, gemütlichen Baum«, sagte Denis.

»Oder in einem Boot. Vielleicht ist sie auf den Stadtparksee hinausgerudert und –«

»Aber verstehen Sie denn nicht? Genau deshalb müssen wir die Polizei einschalten«, wiederholte Miss Digby langsam und eindringlich. »Damit sie helfen kann, Tuesday zu finden. Falls sie wirklich irgendwo eingeschlafen ist, könnte sie jetzt jeden Augenblick aufwachen, frierend, müde, hungrig und ganz allein in der dunklen Nacht.«

»Es ist ziemlich hell, wir haben gerade Vollmond«, warf Denis ein.

»Und kalt ist es auch nicht«, ergänzte Serendipity. »Eine herrliche Nacht, um auf einem Baum zu schlafen.«

»Oder in einem Boot. Was für ein wunderbares Abenteuer!«,

sagte Denis. »Was meinst du, meine Liebe, sollten wir diese Nacht nicht auch draußen unter dem Sternenhimmel verbringen?«

»Ich hole uns eine Decke«, schlug Serendipity vor.

»Und ich fülle uns eine Thermoskanne«, fügte Denis hinzu.

»Möchten Sie nicht auch mitkommen, Miss Digby?«, fragte Serendipity.

»Ich glaube, Sie beide stehen unter Schock«, erklärte Miss Digby. »Was Sie da reden, ergibt überhaupt keinen Sinn. Tuesday ist verschwunden. Und das bereits seit mehreren Stunden. Wir müssen endlich die Polizei anrufen!«

»Ach, das kann bis morgen warten«, sagte Denis. »Warten Sie nur ab. Tuesday wird in ihrer frisch gebügelten Schuluniform die Treppe heruntergehüpft kommen. Morgen ist ihr erster Schultag nach den Sommerferien.«

»Jetzt verstehe ich!«, rief Serendipity. »Sicher will sie die letzte Nacht der Ferien in freier Natur verbringen, bevor morgen wieder der Schulalltag beginnt.«

»Natürlich!«, sagte Denis. »Warum sind wir nicht gleich darauf gekommen? Jetzt fällt mir auch wieder ein, dass Tuesday und ich heute Morgen darüber gesprochen haben.«

»Worüber gesprochen?«, fragte Miss Digby ungehalten.

»Darüber, dass sie heute im Freien übernachten könnten. Sie und Baxterr.«

»Im Freien übernachten?«, fragte Miss Digby.

»Ja, mit einem Schlafsack losziehen und sich irgendwo auf einem Hügel ein nettes Plätzchen suchen, verstehen Sie?«

»Irgendwo, wo man die Sterne sehen kann«, ergänzte Serendipity.

»Und die Art von Unternehmung erschien Ihnen angemessen?«

»Wir möchten eben, dass unsere Tochter selbstständig ist«, erklärte Serendipity.

»Ja, das ist uns sehr wichtig!«, sagte Denis. »Furchtbar, wie überbehütet die meisten Kinder heutzutage aufwachsen! Man nimmt ihnen jede Gelegenheit, noch echte Abenteuer zu erleben.«

»Deshalb ermutigen wir sie, so oft es geht, in der Natur zu übernachten«, nahm seine Frau den Faden auf. »In den Sommerferien haben wir sie manchmal tagelang nicht zu Gesicht bekommen.«

»Tagelang?«, fragte Miss Digby skeptisch.

»Das ist normal in dem Alter«, versicherte Denis. »Sie sehnen sich danach, sich aus dem Staub zu machen, flügge zu werden, die Höhle zu verlassen –«

»Auch wenn es für uns jedes Mal etwas überraschend kommt«, fiel seine Frau ihm ins Wort. »Doch allmählich gewöhnen wir uns daran, nicht wahr, Denis?«

»Oh ja, das tun wir. Zuerst macht man sich Sorgen. Und dann, nach ein paar Stunden, wie soll ich sagen …«

»… gewöhnt man sich daran«, half Serendipity nach.

»Wollen Sie damit sagen, dass so etwas schon früher vorgekommen ist?«, fragte Miss Digby verblüfft.

»Oh ja, schon oft. Zuerst dachten wir, sie würde schlafwandeln. Sie war jedes Mal zum Frühstück wieder da und erzählte uns, was für Abenteuer sie und Baxterr erlebt hatten.«

»Und was für Abenteuer waren das?«

»Ach, wissen Sie, alles, was man als Kind so erlebt. Sie war durch einen unterirdischen Gang gekrochen und hatte einen geheimen Garten entdeckt, in dem es hundert verschiedene Eissorten gab …«

»Oder einen Baum, der so hoch war, dass er in eine andere Welt hineinragte …«

»Oder sie hatte einem Mädchen geholfen, nach ihrem fliegenden Teppich zu suchen, den sie bis zu einem Haus weit außerhalb der Stadt verfolgen mussten …«

»Es tut mir leid, das zu sagen, aber ich finde, Sie klingen beide, als hätte Tuesdays Verschwinden Sie um ihren Verstand gebracht«, sagte Miss Digby und sank zitternd auf die Couch.

»Oh, das tut uns unendlich leid, Miss Digby«, sagte Serendipity. »Wir haben vollkommen vergessen, dass Sie selbst keine Kinder haben. Wenn Sie welche hätten, würden Sie sich längst nicht so viele Sorgen machen. Als Eltern lernt man schnell, sich nicht so leicht aus der Fassung bringen zu lassen. Ich versichere Ihnen, wenn man sich wirklich ernsthaft Sorgen machen müsste, wären wir die Ersten, die die Polizei benachrichtigen würden.«

»Selbstverständlich würden wir das«, sagte Denis mit Nachdruck. »Eltern haben einen unbestechlichen Instinkt und spüren sofort, wenn ihren Kindern echte Gefahr droht. Wir können Ihnen versichern, dass es keinerlei Grund zur Besorgnis gibt.«

»Wir wollen die Polizei nicht mit den Eskapaden unserer kleinen Abenteurerin belästigen, die sich nichts dabei denkt, wenn sie sich hin und wieder unangekündigt davonmacht.«

»Wir sollten Sie jetzt wirklich nicht länger aufhalten, Miss Digby. Sie sehen ganz erschöpft aus«, sagte Serendipity.

»Möchten Sie, dass ich Ihnen ein Taxi rufe?«, bot Denis an.

»Ich fühle mich durchaus imstande, mein eigenes Auto zu nehmen«, wehrte Miss Digby ab.

Ein paar Minuten später hatten Denis und Serendipity ihren Gast durch die Hintertür zu ihrem Wagen begleitet.

»Schlafen Sie gut, Miss Digby«, verabschiedete sich Denis.

»Ja, das wird Ihnen sicher guttun. Ich werde Sie dann wie vereinbart morgen Vormittag gegen neun anrufen«, versprach Serendipity.

»Es tut uns sehr leid, dass wir Ihnen einen solchen Schreck eingejagt haben«, fügte Denis hinzu. »Sie werden sehen. Morgen früh ist alles wieder in bester Ordnung.«

»Wenn Sie meinen«, sagte Miss Digby.

»Aber ja«, versicherte Serendipity und winkte, als Miss Digby in ihrem Wagen davonfuhr.

Zurück in der Küche ließ sich Denis auf einen Stuhl fallen. Erschöpft legte er seinen Kopf in die Hände. Ihm war schon wieder furchtbar schwindelig. Konnte es daran liegen, dass er seit den Pfannkuchen mittags nichts mehr gegessen hatte? Oder war es die Sorge um Tuesday?

»Ich habe in meinem ganzen Leben noch nie so viele Lügen erzählt«, sagte Serendipity.

Denis zog eine Augenbraue hoch. »Du warst ziemlich gut.«

»Du auch«, gab seine Frau grinsend zurück und prustete plötzlich los. Es dauerte nicht lange und die beiden konnten vor Lachen kaum noch Luft holen.

»Sie könnte auf einem Baum eingeschlafen sein …«, kicherte Denis. Er fühlte sich immer noch seltsam benommen.

»Oder in einem Boot«, kicherte Serendipity. »Es ist Vollmond!«

»Tatsächlich?«

»Ich habe nicht die leiseste Ahnung.«

Was bei beiden sofort den nächsten Lachanfall auslöste.

»Was ist, wenn sie bis morgen früh nicht zurückkommt? Was machen wir dann?«, sagte Serendipity. Sie hatte schon fast Bauchkrämpfe vor Lachen, aber aufhören konnte sie trotzdem nicht.

»Dann werden wir uns wohl noch ein paar Lügengeschichten ausdenken müssen«, meinte Denis. Sie lachten, bis ihnen die Tränen kamen.

»Eigentlich ist das alles gar nicht komisch, sondern furchtbar ernst«, sagte Denis und wurde mit einem Schlag wieder nüchtern. Ein gemeiner Schmerz begann, in seiner rechten Schädelhälfte zu hämmern. »Sie scheint wirklich *dorthin* verschwunden zu sein, und wir wissen, wie gefährlich das ist, gerade jetzt.«

»Ich weiß«, sagte Serendipity kläglich und hielt sich den Kopf.

»Wenn Tuesday heute Nacht nicht zurückkommt, müssen wir Miss Digby davon überzeugen, dass sie wie gewohnt zur Schule gegangen ist.«

»Darin bist du ein wahrer Meister«, sagte Serendipity.

»Jeder, der so lange mit einer Schriftstellerin zusammenlebt wie ich, weiß, wie man die ein oder andere Geschichte erfindet. Aber was viel wichtiger ist: Wie bekommen wir Tuesday wieder nach Hause?«

»Mir wird nichts anderes übrig bleiben, als mich selbst auf den Weg *dorthin* zu machen. Eine andere Möglichkeit gibt es nicht«, sagte Serendipity.

»Eine schreckliche Vorstellung«, sagte Denis. Er rieb sich angestrengt die Augen und versuchte mit aller Kraft, gegen die Schmerzen in seinem Kopf anzukämpfen. »Stell dir vor, eine von euch beiden endet auf dem Mount Everest und die andere auf dem Machu Picchu? Ich werde gar nicht wissen, wen ich zuerst retten soll.«

»Immerhin ist Baxterr bei ihr.«

Denis nickte schwach. Ihm war, als müsse er sich gleich übergeben.

»Denis, was ist mit dir?«, fragte Serendipity.

Denis starrte reglos auf die Tischplatte.

»Denis?«, fragte Serendipity alarmiert. »Denis?«

Als sie erschrocken aufsprang, war es bereits zu spät. Wie ein Wackelpudding über den Tellerrand rutschte Denis vom Stuhl auf den Fußboden.

»Denis!«, schrie Serendipity.

Sie fiel neben ihm auf die Knie und bettete seinen Kopf in ihren Schoß. »Sag etwas, sprich mit mir«, forderte sie ihn auf.

Denis schloss die Augen.

Kapitel 10

Ein hoheitsvoller Blick aus den dunkelvioletten Augen der Bibliothekarin genügte, um die mächtige Eingangstür zu öffnen. Lautlos schwangen die beiden blank polierten Holzflügel zurück. Tuesday spürte ein aufgeregtes Kribbeln im Bauch, als sie das erhabene Gebäude betrat. Diese Bibliothek war etwas ganz Besonderes, sie war einzigartig und vor allem unermesslich groß. Alle Geschichten, die jemals geschrieben worden waren, wurden in ihr aufbewahrt. Tuesday erinnerte sich noch, wie beängstigend und gleichzeitig berauschend es sich angefühlt hatte, als sie zum ersten Mal den riesigen Lesesaal der Bibliothek betreten hatte. Unvorstellbar viele Bücher füllten die höchsten Regale, die Tuesday je gesehen hatte. Sie reichten vom Fußboden bis unter die schwindelerregend hohe Decke, die langen Regalreihen verschwanden in den scheinbar endlosen Tiefen des Raumes. Sie erinnerte sich auch an die Besichtigungstour auf dem fliegenden Podest, zu der die Bibliothekarin Tuesday und Baxterr eingeladen hatte. Hoch und runter, hin und her waren sie an den himmelhohen Regalen entlanggesaust.

Dieses Mal blieben die Türen zum Lesesaal jedoch verschlossen, wie Tuesday ein wenig enttäuscht feststellte, als sie der Bibliothekarin durch die marmorne Eingangshalle folgte. Heimlich hielt sie Ausschau nach einer zweiten Tür, die in einen noch viel geheimeren Büchersaal führte: dorthin, wo die Geschichten lagerten, die noch in der Entstehung und noch nicht zu Ende geschrieben waren. Tuesday erinnerte sich an die schimmernden Einbände, die vor den Augen verschwammen und ständig ihre Form wechselten wie bei einem Hologramm. Sie dachte an ihre eigene Geschichte, die sie noch zu Ende schreiben musste. Ob sie es wohl jemals in den großen Saal mit den Büchern schaffen würde, die einen Anfang, eine Mitte *und* einen Schluss hatten?

»Bitte entschuldige das furchtbare Durcheinander«, sagte die Bibliothekarin knapp. »Es ist nicht ganz einfach, in diesen schwierigen Zeiten den eigenen Ansprüchen gerecht zu werden.«

Tuesday fiel auf, dass mehrere der großen Spiegel an den Wänden etwas schief hingen. Auch schmutzige Fußabdrücke und Pfützen auf dem Fußboden der Eingangshalle hatte es früher nicht gegeben. Die meisten Blumen in den zahlreichen Vasen waren verwelkt. Entlang der Wände lagerten stapelweise Bücher, die vermutlich darauf warteten, an ihren Platz in den Regalen zurücksortiert zu werden. Weiter hinten drang lautes Stimmengewirr durch die einen Spaltbreit geöffneten Türen des Speisesaals. Es klang nach einer großen Ansammlung von Menschen, auch Anflüge von Panik oder Hysterie waren herauszuhören.

»Was –?«, wollte Tuesday fragen.

»Jetzt *komm*, Tuesday!«, fuhr die Bibliothekarin ihr barsch über den Mund und eilte auf eine Tür mit einem zartvioletten Milchglaseinsatz zu. »Setzen wir unsere Unterhaltung lieber in meinem privaten Schreibzimmer fort.«

Ein hübsches Büro hatte die Bibliothekarin. Den Fußboden zierte ein zartvioletter, dezent glitzernder Plüschteppich. Farblich darauf abgestimmt waren sämtliche Bücher, die die raumhohen Regale an den Wänden rundherum füllten, in dunkelviolettes Leder gebunden. Vor einer der Regalwände stand eine flache Couch, darauf lagen lilafarbene Kissen mit unterschiedlichen Satin-, Fell- und Seidenbezügen. Beherrscht wurde der ganze Raum von einem mächtigen Schreibtisch aus poliertem Holz, hinter dem die

Bibliothekarin nun auf einem fliederfarbenen Brokatsessel Platz nahm. Eingerahmt wurde sie von zwei hohen Flügelfenstern, durch die man in die dichten Nebelschwaden blickte, die draußen vorüberzogen.

»Setz dich«, befahl die Bibliothekarin und zeigte auf einen Stuhl ihr gegenüber. Tuesday gehorchte. Die Bibliothekarin deutete auf ein rundes violettes Kissen auf dem Boden, auf das Baxterr vorsichtig hinaufkrabbelte. Brav setzte er sich auf die Hinterbeine, den Schwanz ordentlich um die Vorderpfoten gelegt, und spitzte die Ohren.

»Ich werde dir eine Frage stellen, Tuesday McGillycuddy. Und ich möchte, dass du dir die Antwort sorgfältig überlegst«, sagte die Bibliothekarin. Nach einer kurzen Pause fragte sie: »*Magst* du Bücher?«

Ihr bohrender Blick ging Tuesday durch und durch. Sie schluckte nervös.

»Ja, natürlich«, sagte sie schließlich.

»Würdest du auch so weit gehen und sagen, dass du sie *liebst*?«

»Ja, sicher, das tu ich.«

»Angesichts dieser Tatsache, was würdest du im Dienste dieses Ortes tun?«

»Dieser Ort? Meinen Sie damit die Bibliothek?«

»Ich meine damit alles, was du hier vorfindest, wenn du als Autorin hierherkommst. Das Land, die Meere, die Städte, die Menschen.«

»Alles?«

»Ja, alles.« Die Bibliothekarin wies mit einer majestätischen Handbewegung auf die Nebelschwaden draußen vor den Fenstern. »Weißt du überhaupt, was es dort draußen alles gibt? Hier in meiner Bibliothek findet man alle Geschichten, die jemals geschrieben wurden. Jede Geschichte, auch wenn sie nur angefangen wurde. Aber dort draußen …« Sie stand auf und sah einen Moment lang gedankenverloren aus dem Fenster. »… dort draußen existieren sämtliche Welten, die jemals erfunden wurden, von allen Schriftstellern, die jemals gelebt haben. Jede einzelne Welt wartet da draußen darauf, dass ihr Schriftsteller zurückkommt.«

Tuesday spürte, wie ihr Gehirn versuchte, ganz weit und immer weiter zu werden, um sich die Vielzahl dieser Welten vorzustellen. Als sie das letzte Mal hier gewesen war, hatte sie den Pfefferminzwald durchquert und war über die Ruhelose See gesegelt. Alles, was sie gesehen, berührt, gerochen oder gehört hatte, war ihr ganz real vorgekommen und nicht, als wäre es allein ihrer Fantasie entsprungen.

»Heißt das, dass für jede Geschichte, die jemals geschrieben wird, jedes Mal eine ganz neue *Welt* erschaffen wird?«

»Nun, das wäre unnötig. Denn die Vivienne-Small-Geschichten deiner Mutter zum Beispiel finden alle in derselben Welt statt. Die gleiche Welt, in der auch du dich bewegst, wenn du hierherkommst – obwohl ich dir, wie du weißt, immer wieder davon abgeraten habe. Aber sagen wir, wenn deine Mutter hierherkäme, weil sie sich einen ganz neuen Schauplatz ausgedacht hat, mit neuen Figuren, neuen Abenteuern, ja dann … würde eine ganz neue Welt geboren werden und unter all den anderen, älteren Welten ihren Platz einnehmen.«

Tuesday dachte an all die Geschichten, die sie in ihrem Leben schon gelesen hatte, und versuchte, sich die Welten vorzustellen, aus denen sie stammten. Das waren unglaublich viele. Und was war mit all den Bücher, die sie noch nicht gelesen hatte und *deren* Welten … ganz zu schweigen von denen, die gerade erst entstanden und noch geschrieben wurden. Was für ein Gedränge und Geschiebe musste entstehen, wenn die Welten all dieser Bücher in einem einzigen Universum, und sei es auch noch so groß, versammelt waren. Die Nachricht, die sie überbringen sollte, fiel ihr wieder ein. *Ich kann die Welten nicht länger auseinanderhalten …*

»Die Welten treffen aufeinander, nicht wahr? Sie stoßen zusammen. Richten Schäden an …«

»Ja, so ist es, Tuesday.«

»Und was ist mit den Schriftstellern?«

»Sie stürzen aus einer Welt in die andere. Werden wahllos an irgendwelchen Stellen hinausgeschleudert. Zwar gelingt es ihnen, wieder in eure Welt zurückzufinden, aber nicht in ihr eigenes Land, geschweige denn an ihren eigenen Schreibtisch.«

»Was wird passieren, wenn das nicht aufhört? Wie wollen Sie das wieder in Ordnung bringen? Können Sie das wieder in Ordnung bringen?«, fragte Tuesday.

»Ich? Aber nein, meine Liebe. Ich passe auf die Bücher auf, denn genau das ist meine Aufgabe. Doch auf alles, was mit den Welten passiert, habe ich keinen Einfluss. Selbstverständlich könnte es wieder in Ordnung gebracht werden. Es muss sich nur jemand finden, der willens ist, diese Aufgabe zu übernehmen. Ich frage dich noch einmal, Tuesday: Was wärst du bereit, für diesen Ort mit allem, was er umfasst, zu leisten?«

»Egal, was, ich würde alles dafür tun«, sagte Tuesday, ohne zu zögern.

»Alles ist sehr viel. So etwas sollte man nicht leichtfertig anbieten, Tuesday McGillycuddy. Du sprichst mit so großer Selbstsicherheit, weil du noch jung bist und dir keine Gedanken über die Folgen machst.«

»Wenn es diesen Ort hier nicht gäbe, wäre nie wieder jemand in der Lage, eine Geschichte zu schreiben. Ist es das, was Sie mir damit sagen wollen?«

Tuesday versuchte, sich ein Leben vorzustellen, in dem keine Bücher mehr geschrieben werden konnten. Ein Leben, in dem weder ihre Mutter noch Blake je wieder würden schreiben können. In dem zukünftige Schriftsteller und ihre Geschichten für alle Zeiten verloren wären.

Die Bibliothekarin nickte, als könne sie Tuesdays Gedanken lesen.

»Das wäre … schrecklich«, flüsterte Tuesday.

»Wie ich sehe, scheinst du doch zu erahnen, welche Folgen das hätte. Also hör mir gut zu, Tuesday McGillycuddy, ich erwarte von dir, dass –«

Bevor sie den Satz zu Ende bringen konnte, wurde die Tür aufgerissen. Ein Mann in einem schmutzig weißen Anzug und einem großen weißen Cowboyhut auf dem Kopf stolperte in ihr privates Schreibzimmer. Er stützte einen Mann, der vor Schmerzen schrie. Dieser trug einen schwarzen Frack, unter dem ein weißes, plissiertes Hemd mit hohem, gestärktem Kragen hervorblitzte. Tuesday fiel zunächst nur sein im Gegensatz zu dem Cowboy sehr gepflegtes und elegantes Erscheinungsbild ins Auge. Erst auf den zweiten Blick bemerkte sie mit Entsetzen, dass der Mann schwer verletzt war. Einer seiner Füße steckte noch in einem glänzenden schwarzen Schuh. Dort, wo eigentlich sein zweiter Fuß sein sollte, endete das Bein in einem übel zugerichteten Stumpf, der notdürftig mit einer Tischdecke umwickelt war. Blut tropfte auf den edlen Teppich der Bibliothekarin.

»Um Himmels willen! Das ist Cordwell Jefferson!«, schrie die Bibliothekarin. Schnell, auf die Couch mit ihm! Ja, genau, dort auf die Couch. Was in aller Welt ist mit ihm passiert?«

»Kroko-Attacke«, erklärte der Mann mit dem Cowboyhut. »Im London des neunzehnten Jahrhunderts, falls man so etwas glauben kann.«

»Ich schreibe Gesellschaftskomödien!«, protestierte Cordwell Jefferson entrüstet. »Ich wollte mir gerade einen Likör einschenken, als es unter dem Chesterfield-Sofa herausgeschossen kam. Nur Zähne und … arrgghh!«

Er schrie vor Schmerz auf, als die Bibliothekarin ihm ein paar Kissen unter sein verletztes Bein schob.

»Frau Bibliothekarin«, räusperte sich der Mann mit dem Cowboyhut und wies mit einem Kopfnicken auf Tuesday, die mit geweiteten Augen dastand und keinen Ton herausbrachte.

»Oh ja, Sie haben recht. Warte bitte einen Moment draußen, Tuesday, bis ich mich um diese Sache gekümmert habe«, schlug die Bibliothekarin vor. »Warum gehst du nicht in den Speisesaal und nimmst ein Frühstück zu dir? Ich habe keine Ahnung, was es dort noch gibt, aber du solltest auf jeden Fall irgendetwas essen. Du weißt ja, was ich davon halte, mit leerem Magen zu schreiben. Schriftsteller produzieren jede Menge Unsinn, wenn sie hungrig sind, und das kann ich einfach nicht dulden. Fort mit dir.«

Tuesday starrte immer noch auf das Bein des Mannes, der auf die Couch zurückgesunken war und furchtbar stöhnte.

»Sein Fuß wird doch wieder wachsen, nicht wahr, Frau Bibliothekarin? Wenn er erst wieder zu Hause ist? In unserer Welt?«

»Du liebe Güte, er ist ein Schriftsteller und keine Eidechse, Tuesday McGillycuddy! Los, geh schon. Ich bin gleich wieder bei dir.«

Der Mann mit dem Cowboyhut hielt die Tür auf und schob Tuesday und Baxterr hinaus in den Vorraum der Bibliothek. Tuesday schauderte, wenn sie an den schwer verwundeten Mann dachte. Essen war das Letzte, worauf sie jetzt Lust hatte.

»Frühstück?«, fragte sie Baxterr skeptisch. Es fühlte sich eher nach Schlafenszeit an.

In Tuesdays Erinnerung strahlte der Speisesaal, mit seinen geschwungenen Holzstühlen und den weißen Tafeltüchern auf den runden Tischen, den diskreten Charme und die Eleganz eines vornehmen Hotels aus. Bei ihrem letzten Besuch hatte sie das Silberbesteck und das feine weiße Porzellangeschirr bewundert und die Servierteller mit den silbernen Speiseglocken auf dem Büffet. Doch jetzt ähnelte der Speisesaal eher einer riesigen Kantine. Die fein gedeckten Tische waren durch nackte Holzplatten, die auf groben Böcken lagen, ersetzt worden. Daneben reihten sich lange Bänke, auf denen dicht gedrängt Menschen aus allen Erdteilen saßen.

Überall auf den Tischen stapelten sich schmutzige Tassen und Teller. Im ganzen Raum sah es aus wie in der Wartehalle eines Flughafens, in der unzählige Reisende gestrandet waren, weil über mehrere Tage hinweg sämtliche Flüge gestrichen wurden. Schlafende Schriftsteller lagen unter den Tischen, hockten auf dem Fußboden und lehnten rundherum an Wänden und Säulen. Fast jeder von ihnen schien auf die eine oder andere Weise verletzt zu sein. Einige trugen ihren Arm in einer Schlinge, andere hatten blutige Schrammen an Beinen und Armen, zerrissene Kleider und blaue Flecken im Gesicht.

Konnte es wirklich sein, dass so viele Schriftsteller in der ganzen Welt zur gleichen Zeit an ihren Geschichten arbeiteten? Tuesday hatte die Erfahrung gemacht, dass Schriftsteller normalerweise eher ruhige, etwas einzelgängerische Wesen waren. Alle, die sich hier versammelt hatten, veranstalteten jedoch ein ohrenbetäubendes Tohuwabohu, zehnmal lauter als ein Haufen Schüler vor einer Mathestunde, wenn der Lehrer sich verspätet hat. Alle redeten durcheinander und jeder hatte eine andere Geschichte zu erzählen.

»Zuerst war es ein ganz normaler Fluss, und dann plötzlich,

wie aus dem Nichts, kam plötzlich eine Riesenwelle auf mich zu, riss mich hoch und schleuderte mich gegen die Felsen. Ich dachte schon, ich würde in den Stromschnellen ertrinken, aber dann konnte ich mich in letzter Sekunde noch an einem Ast festklammern und …«

»Die ganze Stadt drehte sich plötzlich auf den Kopf. Im wahrsten Sinne des Wortes. Ich hatte noch Glück, weil ich gerade in einem Gebäude war, ich schlug nur auf der Decke auf, aber die vielen Leute, die gerade auf der Straße unterwegs waren, auf Fahrrädern, in Autos und Bussen, die sind plötzlich alle von der Straße ins Nichts gefallen und in der Versenkung verschwunden …«

»Wir waren gerade mit einem U-Boot in die Tiefe getaucht. So tief wie bis zum tiefsten Meeresgrund, aber plötzlich war das ganze Wasser weg, und wir lagen auf dem Trockenen.«

Tuesday und Baxterr bahnten sich durch die Menschenmenge einen Weg zum Büffet. Auf einmal merkte sie, dass sie doch ganz schön hungrig war. Verschwunden war die riesige Auswahl an leckeren Speisen und Naschereien, die sie beim letzten Mal hier vorgefunden hatte. Jetzt stand dort nur eine Reihe riesiger Kochtöpfe, von denen die meisten schon leer waren. An den Rändern klebten noch die Reste einer roten Soße, die einen würzigen Geruch ausströmte. Schließlich fand sie einen Topf, in dem noch ein kleiner Rest des roten Mischmaschs übrig war.

»Chilibohnen«, sagte eine Stimme neben ihr. Es war der Mann aus dem Schreibzimmer der Bibliothekarin, der mit dem weißen Cowboyhut. Sein Gesicht erinnerte an eine von jahrelangem Wind und Regen zerfurchte Felswand. Aus den Faltengebirgen sahen nur seine warmherzigen blauen Augen heraus. »Tja, ich fürchte, mehr gibt's nicht«, sagte er. »Komm, ich helfe dir.«

»Vielen Dank«, sagte Tuesday.

»Ich heiße übrigens Silver Nightly. Zu deinen Diensten.«

»Oh, angenehm. Tuesday McGillycuddy«, stellte Tuesday sich vor. »Und das hier ist Baxterr.«

»Ganz großartig, dich kennenzulernen, junger Freund«, sagte Silver und reichte Baxterr die Hand, der ihm höflich seine Hundepfote anbot.

Hinter einem der zahlreichen Kochtöpfe entdeckte Tuesday einen kleinen Laib Vollkornbrot, den sie hungrig einsteckte. Silver Nightly hatte unterdessen drei ziemlich verbeulte und angeschlagene Emailleschälchen und zwei alte Esslöffel mit Elfenbeingriff gefunden. Offenbar hatte man aus den hintersten Winkeln der Bibliothek die letzten Reste von Geschirr und Besteck herausgekramt. Silver füllte die drei Schalen mit dickflüssigem, stückigem Eintopf, dann suchten die drei in dem überfüllten Speisesaal nach einem freien Sitzplatz. Alle Bänke und sogar die Wände rundherum waren bis auf den letzten Platz belegt.

»Wie wär's, wenn wir nach draußen gehen?«, schlug Silver vor und nickte zu den Glastüren, die auf den Balkon hinausführten. »Es gibt da eine Sache, die wir beide besprechen sollten.«

Kapitel 11

Als Silver Nightly Tuesday und Baxterr die Tür zum Balkon aufhielt, erfasste ein kräftiger Windstoß seinen weißen Hut und fegte durch seine weißgraue Haarmähne, dass sie ihm einen kurzen Moment lang wie ein zerzauster Heiligenschein vom Kopf abstand. Baxterr hetzte quer über den Balkon, als gelte es, ein Frisbee einzufangen. Kurz bevor der Cowboyhut über die Balkonbrüstung hinauswirbelte und vom dichten Nebel für immer verschluckt wurde, schnappten Baxterrs spitze Zähne nach der breiten Krempe. Schwanzwedelnd trug er den Hut zu Silver.

»Mächtig vielen Dank, mein Freund«, sagte Silver. »Ich stehe tief in deiner Schuld. Ein Mann ohne Hut ist wie ein Fisch ohne Wasser.«

Seinen Teller Chilibohnen in einer Hand balancierend, zog Silver sich den Hut tief in die faltige Stirn. Gerade noch rechtzeitig, denn schon fegte die nächste Windböe über sie hinweg, dieses Mal aus der entgegengesetzten Richtung. Tuesday lief ein kalter Schauer den Rücken hinunter, als sie sah, was von der früheren Pracht des Balkons übrig geblieben war. Nachdem ganze Teile herausgebrochen waren, klafften in der Marmorbrüstung riesige Lücken. Das, was noch stand, sah so mitgenommen aus, als hätten Riesenzähne daran genagt. Von den Fernrohren, die in regelmäßigen Abständen am Geländer angebracht waren, fehlte mehr als die Hälfte. Die restlichen waren zu traurigen Gebilden aus verbogenem Metall und Glassplittern zerschmettert und völlig unbrauchbar geworden.

»Sieht aus wie nach einer …«

»Ganz recht, nach einer globalen Katastrophe«, beendete Silver Tuesdays Satz. »Du hast den Nagel auf den Kopf getroffen. Deshalb solltest du dir schnellstens diese Chilibohnen sichern.«

Sie ließen sich auf einer noch halbwegs intakten Marmorbank nieder. Tuesday stellte Baxterrs Schale neben sich auf den Boden. Dann riss sie das Brot, das sie noch gefunden hatte, in Stücke und teilte es zwischen ihnen auf. Baxterr schnüffelte an dem Essen und leckte ein wenig zögernd daran. Doch als Tuesday wieder hinsah, hatte er bereits alles verputzt. Auch das Brot war verschwunden.

»Gegen eisige Nächte in der Prärie gibt's nichts Besseres als Chilibohnen«, stellte Silver Nightly fest. »Schmecken aber auch gut bei Sonnenaufgang in den Großen Ebenen. Man kann sie morgens, mittags oder abends essen und mit jedem Tag schmeckt das Zeug besser. An einem Topf Chilibohnen kannst du eine ganze Woche lang essen und sie immer wieder mit irgendetwas verlängern. Entweder du wirfst ein paar Würstchen rein, eine weitere Konserve Bohnen oder eine Dose Tomaten. Ich für meinen Teil esse sie am liebsten mit einer Scheibe Schinkenspeck und einem Spiegelei obendrauf. Aber, wie du siehst, können wir von so einem Luxus heute nur träumen.«

Er zwinkerte Tuesday zu.

»Du erinnerst dich vielleicht nicht mehr an mich, aber vor einiger Zeit habe ich dich hier draußen auf diesem Balkon gesehen. Den Tag werde ich so schnell nicht vergessen. Wie du die Anweisungen der Bibliothekarin einfach ignoriert und einen Weg eingeschlagen hast, zu dem so manch anderer Schriftsteller nicht den Mut gehabt hätte.«

Plötzlich erinnerte Tuesday sich wieder, wie sie auf der Suche nach ihrer Mutter hierhergekommen war und die Bibliothekarin sie daran hindern wollte, die Welt von Vivienne Small zu betreten.

»Sie waren das!«, sagte sie. »Sie haben sie abgelenkt und ich bin ihr entwischt!«

»Ganz recht«, gluckste Silver Nightly. »Wahrer Heldenmut, was du da getan hast, wenn du mich fragst. Sich ins vollkommen Ungewisse zu stürzen, ist eine seltene Gabe, und du hast es für jemanden getan, den du liebst. Heute liegen die Dinge hier allerdings ein wenig anders, wie du sicher selbst schon gemerkt hast.«

Tuesday nickte. »Ich weiß, die Welten prallen aufeinander. Deshalb werden so viele Schriftsteller verletzt.«

»Ist das so?« Silver kratzte sich nachdenklich am Kopf. »Nun, dann will ich dir mal erzählen, was ich weiß. Ich schreibe Western. Einhundertvier Western habe ich geschrieben, musst du wissen, und jetzt bin ich gerade mitten in meinem einhundertfünften. Ich liebe Pferde. Ich liebe Schluchten. Ich liebe weite blaue Himmel und rote Felsen. Ich liebe die Wüste und Adler und Rauchfahnen am Horizont. Und genau das alles finde ich, wenn ich da rausgehe.« Mit einer ausladenden Handbewegung zeigte er auf den Nebel. »Siehst du dahinten im Speisesaal die wunderschöne Frau mit dem gelben Kopftuch? Sie schreibt über eine Welt, die von uns aus gerechnet in tausend Jahren existiert, wenn alle Flüsse ausgetrocknet und alle Städte von Eis zerstört worden sind. Und dieser arme Kerl im Schreibzimmer unserer Frau Bibliothekarin, der schreibt über einen Ort, der so ähnlich aussieht wie London vor mehr als einhundert Jahren. Und sobald sie alle von diesem Balkon steigen, geht jeder in seine eigene, von ihm selbst erschaffene Welt. Ich habe mir immer schon gedacht, dass es irgendjemanden gibt, der ein Auge darauf hat, dass sich alles ineinanderfügt, und der alles an seinem Platz hält. Wir begegnen uns nie. Meine Geschichte kommt nie einer anderen in die Quere. Wir Schriftsteller treffen uns immer nur hier, in der Bibliothek. Aber da draußen … sind wir alle jeder für sich allein, nicht wahr?«

»Oh ja«, stimmte Tuesday ihm zu. Sie würde nie vergessen, wie einsam sie sich bei ihrem ersten Besuch gefühlt hatte. »Aber wer ist dieser *Jemand*, der die Welten voneinander getrennt hält?«

»Ich weiß nicht genau, junge Dame. Lange Zeit dachte ich, es wäre die Frau Bibliothekarin, aber das stimmt wohl nicht.«

Tuesday nickte. Und ich wette, der Name dieser Person fängt mit einem G an, dachte sie.

»Ich habe mir überlegt, dass es eine Art Partnerschaft zwischen den Welten und den Geschichten gibt. Klingt logisch, oder? Die Frau Bibliothekarin ist für die Bücher zuständig und für die Autoren. Aber ich wette eine ganze Viehherde, dass sich um den Rest ein anderer kümmert.«

»Wie kann jemand bei diesen unfassbar vielen Welten, die die Schriftsteller erschaffen, den Überblick behalten?«, wunderte sich Tuesday.

»Das geht bestimmt nicht ohne spezielle Hilfe. Sicher braucht man so etwas wie magische Kräfte oder irgendeine komplizierte Maschine. Etwas, was demjenigen hilft, in all diese verschiedenen Welten hineinzusehen, sie zu sortieren und voneinander zu trennen. Wahrscheinlich gibt es sogar eine Möglichkeit, sich zwischen den Welten zu bewegen.«

»Sich zwischen den Welten bewegen?« Der Gedanke faszinierte Tuesday.

»Es gibt bestimmt nicht viele Wesen, die so etwas könnten«, vermutete Silver Nightly. »Sie müssen eine Art Zauberkraft besitzen. Wie zum Beispiel Drachen. Aber die sollen, nach allem, was ich gehört habe, schwer zu trainieren sein.«

»Sie meinen, dieser Jemand könnte einen Drachen besitzen? Oder vielleicht *ist* es ein Drache.«

»Möglich. Obwohl ich es bezweifle. Ich glaube eher, dass es so jemand ist wie die Bibliothekarin. Irgendwie menschlich – nur von einer besonders langlebigen Art. Ich habe das Gefühl, die Bibliothekarin ist schon seit ewigen Zeiten hier.«

In Gedanken versunken leerte Tuesday ihre Schale Chilibohnen und wischte den Teller mit einem Stück Brot sauber. Gern hätte sie Silver Nightly gefragt, was er von der mysteriösen Nachricht hielt, die sie überbracht hatte. Doch dann entschied sie, lieber nichts zu sagen. Die Nachricht war schließlich eindeutig an die Bibliothekarin adressiert gewesen. Laut fragte sie: »Was ist schiefgegangen? Warum erfüllt dieser Jemand seine Aufgabe nicht?«

»Vielleicht kann er es nicht«, sagte Silver. »Vielleicht ist er tot. Ganz schön schwierig, seine Arbeit zu machen, wenn man tot ist. Vielleicht ist er aber auch krank. Wie dem auch sei, hier ist jedenfalls etwas, was lange wunderbar funktioniert hat, gründlich aus dem Ruder gelaufen – das sieht selbst ein Blinder. Die Welten sind nicht nur ineinandergekracht, sondern sogar hier in den Balkon. Wenn das so weitergeht, fürchte ich, ist bald nichts mehr sicher.«

»Haben Sie eine Idee, wo dieser Jemand wohnt?«, fragte Tuesday.

»Genau das ist das größte Rätsel von allen. Irgendetwas sagt mir, dass unsere Frau Bibliothekarin etwas mächtig Großes von dir verlangen wird, mein Mädchen.«

»Was?«

»Vielleicht will sie, dass du losziehst und jemanden suchst?«

»Warum ich? Und nicht Sie?«

»Oh, ich denke, diese besondere Situation verlangt nach einem jungen Geist mit schier grenzenloser Fantasie. Einem, der fähig ist, alles nur Mögliche zu ersinnen. Mit dem Alter ist das so eine Sache, weißt du. Mein Geist ist nicht mehr so beweglich wie früher. Mittlerweile ist das hier für mich der liebste Ort auf der Welt. Seit meine Frau gestorben ist, verbringe ich hier so viel Zeit wie möglich. Aber ich neige dazu, Dinge auf die gleiche Weise zu lösen, wieder und wieder. Außerdem habe ich nicht so einen Hund wie du.«

»Was meinen Sie mit ›so einen Hund‹?«

Obwohl sie auf dem Balkon allein waren, senkte Silver die Stimme: »Seit ich ihn das erste Mal hier gesehen habe, ist mir dein Hund nicht mehr aus dem Kopf gegangen. In all den Jahren, nach einhundertundviereinhalb Romanen, habe ich es nie erlebt, dass ein Schriftsteller sein Haustier hierher mitbringen konnte. Noch bis vor Kurzem hatte ich selbst Hunde. Aber auch wenn sie es noch so gerne wollten, keiner meiner Hunde hat es je geschafft, mir hierher zu folgen. Viele meiner Freunde haben Hunde, die ihnen nie von der Seite weichen. Sie schlafen unter dem Tisch, während ihre Besitzer an ihren Romanen schreiben, und schlafen nachts in ihrem Bett, aber nie ist einer von ihnen hierher mitgekommen. Ich kenne eine Schriftstellerin, deren Papagei zweihundertundsieben Jahre alt ist und bereits seit vier Schriftstellergenerationen zur Familie gehört. Trotzdem ist er nicht ein einziges Mal mit ihr dabei gewesen. Deshalb habe ich mir gedacht, dass dein Hund vielleicht anders ist als andere Hunde.«

Tuesday errötete.

»Meiner Erfahrung nach findet man nur sehr selten einen Hund, der zwischen den Welten hin- und herreisen kann, verstehst du?«

»Vielleicht«, sagte Tuesday.

»Wahrscheinlich überlegt die Frau Bibliothekarin deshalb, ob sie dich auf diese Mission schickt. Denk dran«, sagte Silver Nightly. »Und behalte deinen Hund immer dicht bei dir.«

Gerade wollte sich Tuesday bei Silver Nightly für seinen Rat bedanken, als sie unwillkürlich einen lauten Schrei ausstieß. Etwas unfassbar Großes tauchte jenseits der ramponierten Balkonbrüstung plötzlich aus dem Nebel auf.

Das Ding, eine riesige Kugel, kam direkt auf sie zugeschossen.

Es sah aus wie eine Mischung aus einem Planeten und der größten Seifenblase, die man sich vorstellen konnte. Seine durchsichtige Oberfläche schimmerte in allen Regenbogenfarben. Im Inneren der Kugel waren leuchtend gelbe Felder und ein oder zwei Bauernhöfe zu erkennen, über denen drohende Gewitterwolken aufzogen. Baxterr bellte das Ding wütend an.

»Runter! Schnell!«, schrie Silver und stieß Tuesday und Baxterr unter die Marmorbank, auf der sie eben noch gesessen hatten. Dann zwängte er seinen Körper wie einen Keil davor, um den beiden Schutz zu geben. »Kopf runter!«

Dann kam der Aufprall. So muss sich ein Erdbeben anfühlen, schoss es Tuesday durch den Kopf. Die Mauern der Bibliothek bebten und zitterten. Aus dem Speisesaal ertönte lautes Schreien und Stöhnen. Kochtöpfe schepperten, Teller und Schüsseln zerschellten auf dem Fußboden. Aus den Tiefen der Bibliothek hörte man, wie Bücher aus großer Höhe aus ihren Regalen auf den Boden herabstürzten.

»Wird mächtig viel Arbeit werden, sie alle wieder dem Alphabet nach zu sortieren«, raunte Silver Nightly Tuesday ins Ohr. Um sie herum herrschte plötzlich gespenstische Stille. Silver stand auf und klopfte sich den Staub ab. Tuesday sah, wie hinter ihm noch mehr Steine aus dem Balkon brachen und in der Tiefe verschwanden.

»Silver! Silver!« Die Bibliothekarin stürmte durch die Flügeltüren auf den Balkon. »Sie müssen sofort hereinkommen. Der arme Cordwell ist vollkommen außer sich. Seien Sie so nett und kümmern sich um ihn? Vielen Dank, ich danke Ihnen. Aber jetzt muss ich Tuesday und diesen Hund finden. Ich brauche sie sofort. Auf der Stelle!«

»Die beiden sind hier, Frau B.«, antwortete Silver. Zu Tuesday und Baxterr, die immer noch unter der Bank hockten, sagte er:

»Ich muss los. Passt gut auf euch auf, und denkt an alles, was ich euch gesagt habe.«

»Das werden wir, Ehrenwort«, sagte Tuesday. »Auf Wiedersehen, Silver.«

»Wie wär's, wenn wir nicht ›Auf Wiedersehen‹ sagen, sondern einfach nur ›Bis später‹?«

Er verabschiedete sich mit einem freundlichen Augenzwinkern und verschwand.

Tuesday krabbelte unter der Bank hervor. So aufgelöst hatte sie die Bibliothekarin noch nie erlebt.

»Oh, sämtlichen Buchstaben des Alphabets sei Dank! Da bist du ja, Tuesday McGillycuddy. Aber wo ist dein Hund?«

»Wuff!«, sagte Baxterr und kam hinter Tuesdays Beinen zum Vorschein.

»Gut. Sehr gut.«

Der Bibliothekarin schien ein Stein vom Herzen zu fallen. Sie reichte Tuesday eine dünne Schriftrolle, die mit fliederfarbenem Wachs verschlossen war. Das Siegel hatte die Gestalt eines Löwen.

»Es ist normalerweise nicht meine Art, Geschichten in Auftrag zu geben«, sagte sie und klopfte mit der Schriftrolle auf ihre Handfläche. »Ich war immer stolz darauf, Autoren vollkommen freie Hand zu lassen, aber in diesem Fall habe ich keine andere Wahl, so leid es mir wirklich tut, Tuesday. Wirst du meinen Auftrag annehmen?«

»Ich … ich weiß nicht. Ich bin nicht sicher. Was –«

Die Bibliothekarin räusperte sich, doch es klang eher nach einem drohenden Knurren.

»Vorhin hast du behauptet, du würdest für diesen Ort alles tun – alles! Oder sollte ich mich verhört haben?«

»Doch, ja, das habe ich gesagt«, gab Tuesday kleinlaut zu.

»Danke. Dann musst du jetzt für mich die wichtigste Geschichte aller Zeiten schreiben. Hast du mich verstanden, Tuesday McGillycuddy?«

In ihrem ganzen Leben hatte Tuesday noch nie solches Herzklopfen gehabt. Sicher waren ihre Eltern mittlerweile sowieso schon halb verrückt vor Sorge, und es sah aus, als würde sie nicht so bald wieder nach Hause kommen.

»Die Geschichte, die du für mich schreiben musst, handelt von einem Mann, der in den Räumen zwischen den Welten wohnt. Er ist sehr, sehr alt. Viele wissen nicht einmal, dass es ihn gibt, aber die, die ihn kennen, nennen ihn den Gärtner.«

»Er ist also das ›G‹ in der Nachricht? Und es war sein Hund?«, fragte Tuesday.

»Ganz recht«, antwortete die Bibliothekarin kurz angebunden.

»Er ist derjenige, der die Welten voneinander fernhält?«

»Richtig, bisher war dies seine Aufgabe«, erklärte die Bibliothekarin, »und noch vieles mehr. Aber wie du siehst, braucht er Unterstützung. Ich mag es nicht besonders, Hinweise zu geben. Mir ist es lieber, wenn die Schriftsteller die Dinge selbst herausfinden, aber wie du sicher gemerkt hast, ist allergrößte Eile geboten. Hört ihr mir zu? Tuesday? Baxterr?«

»Ja, ich höre«, versicherte Tuesday.

»Wuff!«, stimmte Baxterr schwanzwedelnd zu.

»In Vivienne Smalls Welt, in der Stadt der Uhren, werdet ihr einen Weg zu ihm finden«, sagte die Bibliothekarin.

»Zu dem Gärtner?«

»Ja. Passt gut auf und haltet eure fünf Sinne beisammen«, fuhr die alte Dame ungeduldig fort. »Dort in der Stadt gibt es eine Tür.«

»Seine Tür?«

»Das werdet ihr wissen, wenn ihr sie seht.«

»Werde ich einen Schlüssel brauchen?«, fragte Tuesday.

Die Bibliothekarin antwortete nicht sofort. »Baxterr wird … unverzichtbar sein. Sobald du den Gärtner gefunden hast, musst du ihm unverzüglich diese Nachricht geben.«

Sie legte die Schriftrolle in Tuesdays Hand und hielt sie einen Moment fest. Ein Schatten huschte über ihr Gesicht, doch sie tat so, als hätte sie es nicht bemerkt.

»Selbstverständlich wird es deine Aufgabe sein, dem Gärtner zu erzählen, was mit seinem Hund geschehen ist. Sicher wird es ihn furchtbar traurig machen. Dann wirst du ihm *helfen* müssen.«

»Ihm helfen? Wie?« Tuesday fragte sich, wie um alles in der Welt sie jemandem, der entweder sehr alt oder sehr krank war, dabei helfen sollte, die Geschichtenwelten vor dem Zusammenprall zu bewahren. An dem sorgenvollen Blick in den dunkelvioletten Augen der Bibliothekarin erkannte sie, dass die alte Dame sich offenbar die gleiche Frage stellte.

»Wie viel Hilfestellung willst du denn noch für deine Geschichte bekommen? Um Himmels willen, Mädchen, benutz deine Fantasie! Weißt du denn nicht mehr, wie unser Motto hier lautet? *Stell dir vor …*«

»Ich bin keine richtige … Ich meine, ich fange doch gerade erst an. Was ist denn mit den Hunderten von Schriftstellern, die alle dadrinnen sitzen? Warum nicht einer von denen? Warum ich?«

»Weil diese Geschichte zu *dir* gekommen ist und dich hierhergebracht hat, Tuesday McGillycuddy. Der Hund ist mit seiner Nachricht durch Vivienne Smalls Welt gereist, und als er fiel, wurde daraus eine Geschichte geboren. Eine Geschichte, die dich gesucht hat, dich und niemand anderen. Das bedeutet, dass nur du diejenige bist, die sie erzählen kann.«

Baxterr wedelte mit dem Schwanz und bellte laut, als wolle er sich den Worten der Bibliothekarin anschließen.

»Halt, Sie haben Vivienne Small vergessen!«, protestierte Tuesday. »Wir haben sie draußen bei den Löwen stehen gelassen. Vivienne muss auch mitkommen.«

»Jaja, vermutlich hat sie in dieser Geschichte auch ihre Rolle zu spielen«, sagte die Bibliothekarin stirnrunzelnd. »Sie ist immer noch dort, wo du sie verlassen hast. Folge einfach dem Balkon zur Vorderseite des Gebäudes. Jetzt geh, Tuesday. Und sag ihm … Ja, sag ihm …« Sie machte eine lange nachdenkliche Pause. »Wie auch immer. Überbringe ihm meine Nachricht. Sobald er sie gelesen hat, wird er wissen, was zu tun ist.«

Der Gesichtsausdruck der Bibliothekarin wirkte auf eine seltsame Art sanft und entschlossen zugleich.

»Mach deine Geschichte stark, mach deine Geschichte wahr. Und bitte, *bitte*, meine liebe Tuesday, denk gründlich darüber nach, wie sie endet. Oder deine Geschichte könnte die letzte sein … für immer.«

Kapitel 12

Tuesday fand Vivienne Small, wie die Bibliothekarin es versprochen hatte, unverändert an derselben Stelle vor, als wäre mit ihr auch die Zeit für eine Weile stehen geblieben. Der Gärtner, die Tür, die Stadt der Uhren, Silver Nightlys Ratschlag, die Botschaft der Bibliothekarin, Cordwell Jeffersons fehlender Fuß … Tuesday schwirrte vor lauter neuen Informationen ein wenig der Kopf. Wie sollte sie Vivienne das alles nur erklären? Baxterr lief voraus und schnupperte an Vivienne. Tuesday atmete tief durch und wollte gerade sanft Viviennes Wange berühren. Im selben Moment sagte Vivienne: »… sehen? Ich kann keine Löwen sehen.«

Tuesday war so überrascht, als ihre Freundin plötzlich wieder zum Leben erwachte, dass sie sie einen Moment lang stumm anstarrte.

»Was ist los?«, fragte Vivienne empört. »Willst du sie mir nicht zeigen, deine Löwen?«

Seit Tuesday sie vor mehr als einer Stunde verlassen hatte, schien für Vivienne nicht eine einzige Sekunde vergangen zu sein.

»Um die Löwen müssen wir uns nicht kümmern«, erklärte Tuesday und versuchte, möglichst überzeugend zu klingen. »Kennst du die Stadt der Uhren? Ich glaube, dort finden wir, was wir suchen.«

»Na klar, das ist eine der schönsten Städte der Welt«, sagte Vivienne.

»Dann lass uns aufbrechen. Der Geflügelte Hund gehörte einem Mann, der der Gärtner genannt wird – erinnerst du dich an das ›G‹, mit dem der Brief unterschrieben war? Ich glaube, er wohnt dort, in der Stadt der Uhren.«

»Bist du sicher?«, fragte Vivienne verblüfft.

»Ja. Ist das weit von hier?«

»Vom Pfefferminzwald aus sind es mindestens fünf Tagesmärsche«, erklärte Vivienne. »Wir könnten die Abkürzung über die Hügel zum Mabanquo-Fluss nehmen. Dafür werden wir auch einen ganzen Tag brauchen, aber wir könnten im Freien übernachten und uns morgen früh auf den Weg machen.«

Vivienne zog ihren Kompass hervor, doch die Nadel schwirrte nur im Kreis herum und wollte sich nicht für eine Richtung entscheiden. Baxterr winselte und die Spitzen seiner pelzigen Flügel auf dem Rücken zuckten ein wenig.

»Nein, Strubbel, das geht leider nicht«, sagte Vivienne. »Wir können dich doch nicht diesem Vercaka direkt in die Arme fliegen lassen.«

»Wie werden wir den Fluss hinunterkommen?«, erkundigte sich Tuesday. »Gibt es eine Fähre?«

»Auf dem Rythwyck gibt es eine, aber nicht auf dem Mabanquo.« Vivienne legte nachdenklich die Stirn in Falten. »Mit etwas Glück allerdings …«

Sie warf ihre Umhängetasche auf den Boden und begann, die zahlreichen Außentaschen zu durchsuchen. Proviantpakete flogen beiseite, dann nahm sie vorsichtig mehrere Lederbeutel heraus.

»Normalerweise nehme ich es immer mit«, murmelte sie. »Aber wenn man so schnell seine Sachen packt … ich würde doch niemals …«

Aus einem verblichenen roten Lederbeutel zog sie schließlich eine kleine Glasflasche hervor, in der ein winziges knallrotes Segelboot steckte.

»Wildfang!«, rief Tuesday lachend.

»Wo ein Fluss ist, ist auch ein Weg«, strahlte Vivienne. »Aber wir müssen einen Lagerplatz finden, bevor es dunkel wird.«

»Woran hattest du gedacht?«, fragte Tuesday.

»Das kann ich erst sagen, wenn wir aus diesem Nebel herauskommen und ich sehen kann, wo wir genau sind.«

»Auf geht's, Strubbel, zeig uns den Weg«, sagte Tuesday.

Baxterr bellte zufrieden, lief voraus und bahnte ihnen eine Gasse durch den Nebel. Tuesday und Vivienne blieben dicht hinter ihm. Unterwegs beschrieb Vivienne Tuesday in allen Einzelheiten die seltsamen Menschen, die aus einer anderen Welt in den Wald gekommen waren, auf Riesenlibellen ritten und Jagd auf den Vercaka machten. Im Handumdrehen hatte sich der Nebel verzogen, und im Licht der tief am Horizont stehenden Sonne schimmerten die Hügel, als wären sie aus purem Silber.

An einem Weg, der nach links führte, fragte Tuesday: »Wohin?«

»Eigentlich geradeaus.«

Tuesday blickte hinunter in eine tiefe Schlucht, auf ein Dickicht aus Riesenfarnen und blühenden Ranken, die über seltsam spitz zulaufende Bäume wucherten. »Das soll der Weg sein?«

Vivienne grinste. »Na klar.«

Während hinter ihnen die Sonne unterging und der Abend seinen Mantel über das Land breitete, kletterten die beiden Mädchen und Baxterr hinunter in das dämmrige grüne Tal. Hin und wieder versperrten riesige Spinnennetze den Weg, und Vivienne duckte sich jedes Mal vorsichtig, um die Kunstwerke nicht zu zerstören.

»Weißt du, wie viel Arbeit es für eine Spinne ist, so ein Netz zu bauen?«, sagte sie.

Als sie schließlich aus dem dichten Gebüsch auf eine Lichtung traten, staunte Tuesday. Im Halbdunkel erkannte sie eine von meterhohen Farnen umschlossene Waldwiese. Hoch über den Köpfen der Mädchen trafen die langen Farnwedel zu einem schützenden Dach aufeinander. In der Mitte dieser grünen Laube schimmerte ein Teich, von dessen Oberfläche feiner Wasserdampf aufstieg. Rundherum lagen moosbedeckte Steine, dazwischen ragte ein riesiger Baum voller gelber Blüten auf, dessen Äste beinahe die Wasseroberfläche berührten.

»Wow!«, rief Tuesday.

»Wer zuletzt im Wasser ist, ist ein faules Ei!«, schrie Vivienne lachend. In Sekundenschnelle hatte sie ihre Kleider abgestreift und war in den Teich gehüpft.

Tuesday beeilte sich, ihrer Freundin zu folgen, und schleuderte Schuhe und Kleider durch die Luft, bevor sie zunächst ganz zaghaft nur den großen Zeh ins Wasser tauchte. Es war wunderbar warm und duftete leicht nach Vanille. Baxterr schnupperte misstrauisch.

»Das sind die Blüten, Baxterr«, erklärte Vivienne. »Der schönste Duft der Welt!«

Der Hund tauchte einmal kurz ein, dann schüttelte er sich kräftig und streckte sich auf den moosigen Steinen am Ufer aus, um nach dem langen Marsch ein Nickerchen zu halten. Die Mädchen paddelten und plauderten, bis ihre Finger schrumpelig geworden waren und Vivienne plötzlich sagte: »Ich bin am Verhungern!«

Sie trockneten sich ab, so gut es ging, dann führte Vivienne sie ein Stück vom Teich weg hinter den großen Baum.

»Dieser Unterschlupf ist leider nicht besonders gut ausgestattet«, entschuldigte sie sich, als sie einen Blättervorhang beiseiteschob, »hier komme ich nur selten vorbei.«

Einen Moment lang tastete sie im Dunkeln herum, bis sie eine Streichholzschachtel gefunden hatte und eine Laterne anzündete, die an einem Haken von der Decke hing. In dem schummrigen Licht erkannte Tuesday eine Art Hütte, deren Wände aus dicht nebeneinander wachsenden Riesenfarnen bestanden. Ihre ineinanderragenden Wedel bildeten das Dach. Auf dem Boden lag ein weiches Polster aus getrocknetem Moos. An mehreren Haken im Stamm eines Farns hingen diverse nützliche Utensilien, unter anderem ein Ersatzbogen, ein Köcher mit Viviennes türkis gefederten Pfeilen, Lederbeutel, Behälter und Kürbisflaschen in allen Größen und Formen. Draußen stimmten gerade die Nachtvögel ihr Lied an. Sie riefen sich gegenseitig zu und rundherum im Farndickicht raschelte es. Baxterr spitzte sofort die Ohren, behielt die Umgebung wachsam im Blick. Gelegentlich gab er ein leises Knurren von sich.

Unter einem Haufen abgestorbener Farnwedel zog Vivienne eine abgenutzte Holztruhe mit einem großen, rostigen Schloss hervor. Den Schlüssel dazu trug sie an einem Lederband um den Hals.

»Dann wollen wir mal!« Vivienne öffnete die Truhe und reichte Tuesday ein Glas eingelegten Fisch, ein Glas Marmelade, eine Blechdose getrockneten Zwieback und ein paar mit Pfeffer bestreute Streifen Trockenfleisch. Außerdem holte sie Proviantpäckchen aus ihrem Umhängebeutel, darunter zwei Sorten Käse, eine Tüte Nüsse und getrocknete Pikwan-Scheiben. Sie teilte alles unter ihnen auf, nachdem sie für den kommenden Tag einen ausreichenden Vorrat beiseitegelegt hatte. Dann brachte sie aus den Tiefen der Truhe zwei dicke braune Decken zum Vorschein und zwei Kissen, die sich so weich anfühlten, als wären sie mit Daunen gefüllt.

»Heute leider kein Lagerfeuer«, sagte Vivienne. »Das ist zu gefährlich für die Farne. Aber ein Picknick können wir trotzdem machen. Und wenn uns kalt wird, springen wir einfach noch mal in den Teich.«

Kurz darauf saßen die beiden, in ihre warmen Decken eingewickelt, bei gemütlichem Laternenlicht in Viviennes Laube und verspeisten glibberige Fischstückchen und Zwieback mit Käse und Marmelade. Sie kauten an den getrockneten Fruchtstücken und knabberten scharfes, gepfeffertes Trockenfleisch. Auch Baxterr bekam von allem seinen Teil. Bei dem Fisch rümpfte er ein wenig die Nase und von dem Pfeffer musste er niesen. Das erinnerte die Mädchen wieder an den Tag, an dem sie sich zum ersten Mal begegnet waren, und an ihr erstes gemeinsames Abenteuer. Vivienne erzählte von der Zeit, als am Himmel über dem Pfefferminzwald noch Geflügelte Hunde zu sehen waren, und Tuesday beschrieb ihrer Freundin die merkwürdigsten Fische, die sie in ihren Ferien beim Schnorcheln im Pazifischen Ozean beobachtet hatte. Baxterr hörte zu und ließ sich von den beiden Mädchen am Bauch kraulen.

»Wir sollten uns lieber schlafen legen, morgen haben wir eine lange, anstrengende Reise vor uns«, sagte Vivienne gähnend und machte es sich auf ihrem Kissen bequem. Baxterr kuschelte sich eng an Tuesday, die sich neben Vivienne ausgestreckt hatte, winselte müde und gähnte herzhaft. Vivienne sprang noch einmal auf, um die Laterne zu löschen, und tauchte ihren Unterschlupf in schwarze Finsternis. Vor dem Einschlafen dachte Tuesday daran, was noch vor ihnen lag.

»Sobald wir in der Stadt der Uhren sind, müssen wir eine Tür suchen«, sagte sie in die Dunkelheit hinein. »Jede Tür könnte die richtige sein. Baxterr wird uns dabei helfen. Mehr weiß ich nicht.«

»Das ist nicht besonders viel«, sagte Vivienne.

»Ich weiß.«

»Aber wenn wir wüssten, was passiert, wäre es auch kein echtes Abenteuer«, meinte Vivienne.

Tuesday zog die braune Decke bis zum Kinn hoch. Eine Sache ging ihr nicht aus dem Kopf. Von Viviennes Baumhaus hatte sie schon immer gewusst und in der Höhle bei den Klippen von Cartavia war sie selbst gewesen. Aus den Büchern ihrer Mutter kannte Tuesday außerdem noch Viviennes Hängematten-Haus in einer gigantischen Himmelsblume in der Oase von Immermehr und ihr Schlupfloch im Stamm eines Herzholz-Baums im Eldritch-Wald. Doch über diese Laube hatte Tuesday bisher noch nie etwas gelesen. Ob ihre Mutter von diesem Unterschlupf überhaupt wusste?

»Wie viele Unterschlupfe hast du eigentlich genau, Vivienne?«, fragte sie laut.

»Sieben«, antwortete Vivienne wie aus der Pistole geschossen. Doch dann fiel ihr das schon wieder zerstörte neue Baumhaus ein, und sie berichtigte sich: »Nein, warte, es sind sechs. Warum müssen eigentlich immer meine Lieblingshäuser zu Bruch gehen?«

»Wirst du ein neues Baumhaus bauen?«, fragte Tuesday.

»Auf jeden Fall«, versicherte Vivienne entschlossen. »Und mein nächstes wird so stabil sein, dass nichts und niemand es kaputtmachen kann. Weder Piraten noch Hunde, die vom Himmel fallen! Es wird das stabilste und schönste Baumhaus der Welt werden. Basta!«

Tuesday lachte und drückte ihren Hund im Dunkeln fest an sich. Sie genoss die Wärme, die sein kleiner Körper ausstrahlte, und mochte den Hundegeruch seines noch immer leicht feuchten Fells. Sie war sehr glücklich in diesem Moment und konnte sich kaum etwas Schöneres vorstellen, als hier in dieser Welt wieder mit Vivienne Small zusammen zu sein. Gleichzeitig hatte sie ein schlechtes Gewissen, dass sie sich so rundum wohlfühlte, während ihre Eltern sicher zu Hause saßen und auf sie warteten. Bestimmt waren sie schon vollkommen verzweifelt vor Angst. Auch wenn sie wahrscheinlich ahnten, dass eine Geschichte sie hierhergeführt hatte, machten sie sich sicher große Sorgen, dass ihre Tochter nicht wieder zu Hause, sondern auf Malta oder irgendwo südlich von Kapstadt landen könnte. Kurz bevor sie einschlief, sah Tuesday ihre Eltern vor sich, wie sie in der Brown Street zusammen am Küchentisch saßen und warteten.

Mir geht es gut, und ich komme nach Hause, sobald ich kann, dachte sie und versuchte, diese Botschaft wie eine Sternschnuppe hinunter in die Brown Street zu schicken.

Denis McGillycuddy und Serendipity Smith saßen jedoch weder am Küchentisch noch sonst irgendwo in ihrem Haus in der Brown Street. Stattdessen waren sie im städtischen Krankenhaus. Denis war kaum noch wiederzuerkennen. Serendipity saß an seinem Bett, hielt seine Hand und flehte ihn im Stillen an, wieder gesund zu werden.

Ein Rettungswagen hatte Denis ins Krankenhaus gebracht. Serendipity war ihm in einem gelben Taxi gefolgt und hatte den Fahrer ständig gedrängt, schneller zu fahren. Glücklicherweise war an diesem ruhigen Sonntagabend kaum Verkehr auf den Straßen gewesen. Im Krankenhaus hatte man Denis in großer Eile durch verschiedene Räume mit großen Geräten geschoben, die sein Gehirn fotografiert, mit ihm diverse Tests durchgeführt und alles gemessen hatten, was es in seinem Körper zu messen gab. Er war die ganze Zeit nicht wieder zu sich gekommen. Serendipity hatte Formulare ausgefüllt, die Krankengeschichte ihres Mannes erzählt, erst einmal, dann noch einmal. Sie hatte berichtet, was zu Hause mit Denis geschehen war, immer wieder. Irgendwann wünschte sie, sie hätte gleich beim ersten Mal alles aufgeschrieben, sodass sie jedes Mal, wenn wieder ein neuer Arzt auftauchte, ihm sofort eine Kopie davon in die Hand drücken könnte. In den frühen Morgenstunden hatten sie Denis dann den Kopf geschoren und ihn in einen Operationssaal gebracht, aus dem er irgendwann mit einem dicken Verband um den Kopf zurückgekehrt war. Dünne Schläuche schauten darunter hervor und verbanden ihn mit piependen Bildschirmen oder mit Beuteln, aus denen in regelmäßigen Abständen unterschiedliche Flüssigkeiten in ihn hineintropften. Eine Maschine übernahm für ihn das Atmen. Serendipity wurde gesagt, dass er erst zu sich kommen würde, wenn sein Gehirn sich erholt hätte.

In der Brown Street hatte sie zwei hastig auf ein Stück Papier gekritzelte Nachrichten hinterlassen, eine auf dem Küchentisch, die andere in Tuesdays Zimmer auf dem Bett. Auf beiden stand: *Ruf mich sofort an. Papa im Krankenhaus.* Darunter eine Telefonnummer. Alle paar Minuten fragte sie im Schwesternzimmer nach, aber von Tuesday war kein Anruf gekommen.

»Sie sollten wirklich lieber nach Hause fahren, Mrs McGillycuddy«, sagte einer der freundlichen Krankenpfleger.

Serendipity fiel auf, dass er ziemlich abgetragene Tennisschuhe mit violetten Schnürsenkeln trug.

»Er wird sicher erst gegen Morgen aufwachen.«

»Ich kann ihn nicht allein lassen«, wehrte Serendipity ab.

»Das verstehe ich«, sagte der Pfleger. »Wenn Sie versuchen möchten, ein wenig zu schlafen … die Rückenlehne lässt sich nach hinten kippen. Und wenn Sie etwas brauchen, klingeln Sie einfach.«

Als Serendipity auf dem Liegesessel schon halb eingeschlummert war, kam er zurück und brachte ihr eine Decke. Im Halbschlaf registrierte sie, wie hin und wieder jemand vom Pflegepersonal vorbeischaute, die Monitore überprüfte, Infusionen austauschte und bei Denis Fieber maß. Denis schlief die ganze Zeit tief und fest und rührte sich nicht.

Um neun Uhr am nächsten Morgen erledigte Serendipity von der öffentlichen Telefonzelle im Krankenhauseingang aus einen Anruf.

»Hallo?«, meldete sich Miss Digby knapp.

»Ich rufe aus dem Krankenhaus an«, begann Serendipity.

Miss Digbys Stimme bekam sofort einen fast panischen Unterton.

»Warum haben Sie nicht schon eher angerufen? Geht es Tuesday gut?«

»Nein. Ja, aber –«

»Was ist mit ihr?«

»Nicht Tuesday. Denis«, erklärte Serendipity schwach. »Wissen Sie, nachdem Sie gestern gegangen waren …«

Dann gab sie Miss Digby eine Zusammenfassung der Ereignisse, die dazu geführt hatten, dass Denis ins Krankenhaus eingeliefert worden war und sie die Nacht an seinem Bett verbracht hatte.

»Aber wenn Sie im Krankenhaus sind, wo um alles in der Welt ist Tuesday?«, fragte Miss Digby.

»Tuesday … ist …« Serendipity stockte.

»In der Schule?«

»Natürlich«, stammelte Serendipity.

»Soll ich sie vielleicht heute Abend von der Schule abholen und sie zu Ihnen ins Krankenhaus fahren?«, bot Miss Digby an.

Ihre Assistentin war Kindern gegenüber oft eher etwas unterkühlt. Deshalb fand Serendipity es besonders rührend, dass sie sich auf einmal um Tuesday sorgte. Andererseits hatte man sich auf Miss Digby in Notsituationen schon immer hundertprozentig verlassen können. Meistens hatte es sich dabei allerdings um gestrichene oder verspätete Flüge gehandelt und die damit verbundenen Terminverschiebungen von Fernsehshows, Interviews, Schullesungen oder Buchvorstellungen. Oder es ging um vertauschtes Gepäck, falsch gebuchte Hotelzimmer, Mietwagen oder Züge, eine überraschende Grippe oder, eher selten, ein leichter Fall von Lebensmittelvergiftung. Egal, in welcher Situation, Miss Digby hatte stets die Ruhe bewahrt und umgehend alles Notwendige veranlasst. Daher war es eigentlich wenig erstaunlich, dass sie auch diese besondere Notlage spielend bewältigen würde.

Aber wenn Miss Digby nun herausfand, dass Tuesday immer noch nicht wieder aufgetaucht war … was dann? Serendipity hatte nicht die leiseste Ahnung, wie sie ihr erklären sollte, wo Tuesday steckte. Würde sie am Ende ihre Sekretärin in das Geheimnis aller Schriftsteller einweihen müssen? Sie musste versuchen, für Tuesday noch ein wenig Zeit zu gewinnen.

»Nein, nein«, versicherte Serendipity hastig. »Nicht nötig. Sie ist sehr selbstständig. Möchte lieber in Ruhe gelassen werden. Besonders nach der Schule. Sie verschwindet oft direkt in ihrem Zimmer und wir sehen und hören bis zum Abendessen nichts von ihr. Sie wissen ja, wie Mädchen in diesem Alter sind. Außerdem bin ich bis dahin längst wieder zu Hause.«

»Ich werde auf jeden Fall bei Ihnen vorbeischauen«, sagte Miss Digby. »Ihren Ersatzschlüssel habe ich noch. Ich werde etwas zu essen mitbringen. Dann müssen Sie sich um nichts kümmern und können in aller Ruhe den Tag mit Denis verbringen. Wir sehen uns dann, wenn Sie nach Hause kommen.«

»Ja, gut«, sagte Serendipity. »Und machen Sie sich keine Gedanken, wenn es bei Tuesday etwas später werden sollte. Es könnte durchaus sein, dass sie nach der Schule noch mit zu einer Freundin geht und …«

»Am ersten Schultag nach den Ferien?«

»Natürlich, warum nicht.«

Als es Serendipity endlich gelang, Miss Digby abzuwimmeln, legte sie mit einem Stoßseufzer den Hörer auf.

»Ohne dich macht das Erfinden von Lügengeschichten nur halb so viel Spaß«, sagte sie kurz darauf zu Denis.

Sie gab ihm einen Kuss auf seine kühle, blasse Stirn unter dem Verband und sagte ihm leise, wie sehr sie ihn liebte. Einen Augenblick rechnete sie halb damit, dass er ihr mit einem seiner Lieblingsschüttelreime antworten würde. Doch ihr Mann sagte nichts, ganz still lag er da. Viel zu still.

»Werde bitte ganz schnell wieder gesund«, flüsterte Serendipity. »Ich könnte es nicht ertragen, wenn du nicht mehr aufwachst.«

Gleichzeitig dachte sie an Tuesday. Bitte, komm bald zurück, bat sie ihre Tochter stumm.

Trotzdem war Denis von den beiden derjenige, um den sie sich die größten Sorgen machte.

Kapitel 13

Baxterr und die beiden Mädchen wanderten durch Wälder und an kleinen smaragdgrünen Seen vorbei. Eine Weile folgten sie schmalen Pfaden, die sich auf halber Höhe an den Hängen tiefer Täler entlangschlängelten und auf denen offensichtlich sonst nur Schafe unterwegs waren. Vielleicht aber auch Ziegen. Beide, Schafe und Ziegen, grasten friedlich nebeneinander auf den abschüssigen Wiesen. Die kleinen Glöckchen, die die Ziegen um den Hals trugen, klingelten leise, sobald sich die Tiere bewegten. Baxterr hielt sich bemerkenswert zurück, auch wenn er sie sicher liebend gern ein wenig herumgejagt hätte. Dafür scheuchte er umso mehr Kaninchen auf.

Als sie eine offene, morastige Waldfläche durchquerten, verkündete Vivienne nach einem kurzen Blick auf den Stand der Sonne, es sei jetzt Zeit für eine Mittagspause. Die drei Wanderer ließen sich auf ein paar halb verrotteten, bemoosten Baumstümpfen nieder. Kaum hatten sie sich hingesetzt, ein paar Schlucke aus ihren Feldflaschen (Baxterr aus dem nahen Bach) getrunken und etwas von ihrem Proviant hinuntergeschlungen, als Vivienne schon wieder zum Aufbruch drängte.

»Können wir nicht noch ein bisschen Pause machen?«, bat Tuesday.

»Hier willst du bestimmt nicht ausruhen«, stellte Vivienne sachlich fest.

»Warum nicht?«

»Blutegel«, antwortet Vivienne.

»Die Blutegel sind mir egal«, sagte Tuesday, streckte sich auf dem weichen Moosbett des Baumstammes aus und genoss die warme Mittagssonne, die auf ihr Gesicht schien.

»Wart's ab«, sagte Vivienne. »Siehst du den da?«

Tuesday folgte Viviennes Zeigefinger und sah einen hässlichen, überdimensionalen, knollenähnlichen Blutegel – er hatte ungefähr den gleichen Durchmesser wie ihr Unterarm – auf sie zukriechen. Normalerweise gehörte Tuesday nicht zu den Mädchen, die beim Anblick einer Spinne, eines Skorpions oder auch eines normalen Blutegels einen Kreischanfall bekamen, doch jetzt schrie sie wie am Spieß. Und während Vivienne gluckste vor Lachen und Baxterr bellte, schnappte Tuesday ihre Sachen und lief los. Um sicherzugehen, dass die Blutegel ihnen nicht folgten, drehte sie sich sogar noch ein paarmal um.

Einige Stunden später fühlten sich ihre Füße nicht mehr heiß und wund gelaufen an, sondern nur noch taub. Ihre Beine wurden immer schwerer. Der Pfad führte durch eine weite, mit kurzen, goldgelben Grashalmen bewachsene Ebene. Der Wind strich in sanften Wellen über die vertrockneten Halme. Tuesday glaubte die ganze Zeit, in ihrer Nähe Kriechgeräusche zu hören, und bestand darauf, dass Baxterr dicht neben ihr blieb.

Irgendwann am späten Nachmittag marschierte Vivienne mit gleichmäßigem, festem Schritt ein Stück voraus. Als sie auf eine Anhöhe zukamen, breitete Vivienne ihre Flügel aus und flatterte auf die Spitze. Mit einer Hand schirmte sie die Augen ab und sah in die Ferne.

»Ja!«, rief sie. »Beeilt euch! Kommt schnell hoch!«

Müde kraxelten Tuesday und Baxterr den Hügel hinauf. In der Ferne schlängelte sich ein breiter Fluss durch eine Landschaft aus grünen Hügeln und gelbbraunen Tälern. Kleine Dörfer mit flachen Häusern aus Holz und Stein reihten sich an seinem Ufer.

»Der Mabanquo«, erklärte Vivienne.

»Woher hat er diesen Namen?«, fragte Tuesday, während sie, jetzt allerdings mit frischer Kraft in den Beinen, versuchte, mit ihrer Freundin Schritt zu halten.

»Der Fluss wurde nach einer berühmten Entdeckerin benannt, Letitia Mabanquo«, erklärte Vivienne. »In der Stadt der Uhren gibt es sogar ein Denkmal von ihr.« Vivienne stellte sich mit nach oben weisendem Zeigefinger vor ihnen auf. »So ungefähr sieht die Statue aus. Wenn wir erst dort sind, werdet ihr sie sehen.«

Als sie den Fluss erreichten, brach bereits die Abenddämmerung herein. Die beiden Mädchen setzten sich am Ufer ins Gras, legten ihre Essensvorräte zusammen und bereiteten eine Mahlzeit für Baxterr. Nach der langen Wanderung hatte jeder von ihnen einen Bärenhunger, und sie aßen fast alles auf, sodass, anders als ursprünglich geplant, für den kommenden Tag kaum noch etwas übrig blieb. Satt und müde und in der Gewissheit, keinen einzigen Schritt mehr laufen zu müssen, genoss Tuesday das wohlige Gefühl, das sich einstellt, wenn man einen ganzen Tag in der freien Natur verbracht hat.

»Sollen wir langsam wieder aufbrechen?«, fragte Vivienne.

»Wir segeln bei Nacht?«, fragte Tuesday überrascht.

»Ich bin für alles bereit, und du?«

»Grrrrrrr«, sagte Baxterr, der wenig erfreut schien, als Vivienne das kleine rote Boot in seinem Flaschenhafen auspackte. Tuesday wusste, warum.

»Keine Angst, Strubbel«, versuchte sie, ihren Hund zu beruhigen, »dieses Mal wirst du nicht über Bord gehen … hoffe ich.«

Wie können ein kleines und ein durchschnittlich großes Mädchen und dazu noch ein kleiner bis mittelgroßer Hund in einem winzigen Buddelschiff einen tiefen Fluss hinuntersegeln, werden einige von euch sich jetzt fragen. Nun, es ist durchaus möglich, erfordert allerdings eine kleine Portion Zauberkraft.

Vivienne legte die Flasche mit dem Miniatur-Segelboot am Flussufer möglichst nah am Wasser ins Gras. Aus ihrer Hosentasche fischte sie eine kleine Glasmurmel und schraubte die beiden Hälften der Murmel auseinander. Die silberne Halbkugel ließ sich wie ein Schraubverschluss auf den Flaschenhals drehen, die goldene passte genau in die kleine Vertiefung im Flaschenboden. Schon nach kurzer Zeit fing die Flasche an, zu wackeln und zu zittern, brach in zwei Hälften auseinander, und das kleine rote Schiff begann zu wachsen.

Fasziniert beobachtete Tuesday die magische Verwandlung, obwohl sie sie früher schon einmal selbst miterlebt und mindestens hundertmal davon gelesen hatte. Sie erinnerte sich an ihr erstes eigenes Abenteuer mit der *Wildfang* und war sehr froh, dass dieses Mal Vivienne dabei war und sie nicht allein auf dem Schiff war.

Innerhalb weniger Sekunden wurde die *Wildfang* so groß wie eine normale Ein- oder Zweimannjolle. Sie hatte einen lackierten Holzrumpf mit einem Kielschwert, einen Mast und zwei Segel, vorne ein kleines und ein größeres in der Mitte. Die Leinen lagen sauber aufgerollt an Deck. Vivienne zog ihre langen Stiefel aus und schleuderte sie ins Boot, Tuesday warf ihre Turnschuhe hinterher. Sie konnte es kaum erwarten, ihre müden Füße ins kühle Wasser zu tauchen.

»Hinein mit dir«, forderte Vivienne Baxterr auf.

Baxterr winselte wenig begeistert.

»Nun hab dich nicht so, Strubbel«, schimpfte Vivienne. »Was gibt es Schöneres als einen abendlichen Segeltörn? Komm schon, wenn du als Erster reinspringst, kriegst du nicht einmal nasse Pfoten.«

Baxterr zögerte einen Augenblick, dann schien er einzusehen, dass Viviennes Angebot gar nicht so schlecht war. Als der Hund sicher im Boot saß, schoben die beiden Mädchen es ein Stück hinaus ins Wasser und hüpften selbst hinein. Sobald sich das weiße Segel der *Wildfang* in der sanften Brise aufbauschte, steuerte Vivienne die kleine Jolle geschickt bis in die Flussmitte. Allmählich brach die Nacht herein und ein Stern nach dem anderen flammte am Himmel über ihnen auf.

»Wenn man die tausend Sterne da oben leuchten sieht, kann man sich gar nicht vorstellen, dass irgendetwas Böses unsere Welt bedroht«, sagte Tuesday und wickelte ihre warme Decke eng um sich. »Vielleicht hat sich bis morgen schon wieder alles beruhigt und alles geht seinen normalen Gang.«

Vivienne warf ihr einen verständnislosen Blick zu. »Du weißt schon, dass das in einem Abenteuer normalerweise nicht so läuft, oder?«

»Ja. Ich weiß«, sagte Tuesday und kicherte.

Und so trieben Tuesday, Vivienne und Baxterr in der *Wildfang* auf dem Mabanquo flussabwärts auf die Stadt der Uhren zu. Obwohl keine der beiden es aussprach, hatten die Mädchen das gleiche seltsame Gefühl, dass bald etwas passieren würde. Tuesday erinnerte es an die Stille in einem Konzertsaal, eine Sekunde bevor das Orchester einsetzt. Die Menschen im Publikum sitzen bereits alle an ihren Plätzen, und es herrscht gespannte Stille, in der jeder auf den ersten Ton wartet, aber eigentlich niemand weiß, wie er klingen wird.

Wie so oft nach einem anstrengenden Tag fiel Tuesday nach kurzer Zeit in einen tiefen, traumlosen Schlaf.

»Schlaf ist eine wunderbare Erfindung«, hatte Denis schon oft zu ihr gesagt. »Genieß ihn, solange du jung bist, denn wenn du älter wirst, bekommst du herzlich wenig davon.«

Denis und Serendipity hatten nie etwas dagegen, wenn Tuesday den ganzen Tag im Bett lag und las, solange sie irgendwann zwischendurch mit Baxterr spazieren ging und eine ihrem Alter angemessene Zeit an der frischen Luft verbrachte – was laut Denis' Berechnungen mindestens siebenundachtzig Minuten sein sollten.

»Bei Regen, Hagel oder Sonnenschein«, sagte Denis. Dabei duldete er keinen Widerspruch und ließ keinerlei Ausreden gelten.

Somit warteten an den Garderobenhaken im Hausflur immer zahlreiche Regenmäntel auf ihren Einsatz und im Schirmständer daneben standen Regenschirme in allen Variationen parat.

Doch kein Regenschirm dieser Welt hätte dem plötzlichen Regenschauer standgehalten, der sich in den frühen Morgenstunden über die kleine rote Segeljolle ergoss. Dicke Tropfen klatschten Tuesday ins Gesicht und rissen sie aus dem Tiefschlaf. Sie japste und schnappte nach Luft, als habe ihr jemand einen Kübel Eiswasser über den Kopf geschüttet. Erst als sie sich verschlafen aufsetzte, wurde ihr klar, dass das eisige Wasser sintflutartig vom Himmel auf sie niederrauschte und drohte, die *Wildfang* komplett unter Wasser zu setzen. Baxterr bellte wie wild, Vivienne kämpfte mit der Ruderpinne.

»Was ist hier los?« Tuesday musste laut schreien, um das Geprassel des Regens zu übertönen. »Ist das Regen oder sind wir unter einen Wasserfall gesegelt?«

»Wasserfall? Wir sind mitten auf dem Fluss! Ich wünschte, ich hätte ein Schiff mit Kabine!«, brüllte Vivienne zurück.

Baxterr bellte den Regen an, als ließe er sich dadurch abstellen. Tuesday legte die Arme um ihn und versuchte, ihn zu beruhigen. Sie hätte ihm auch ihre Decke gegeben, wenn die nicht schon vollkommen durchnässt und damit nutzlos gewesen wäre.

»Wuff, wuff, wuff!«, schnauzte Baxterr wütend den Regen an.

»Still, Strubbel, das nützt doch nichts«, sagte Tuesday.

Wie konnte plötzlich, ohne Vorwarnung, so viel Regen auf einmal fallen?

»Was ist das?«, schrie sie durch das ohrenbetäubende Geprassel.

»Keine Ahnung«, schrie Vivienne zurück. »Von einer Sekunde auf die nächste waren plötzlich alle Sterne verschwunden. Und in allen Häusern am Ufer ging auf einmal das Licht aus. Ich kann nichts mehr sehen!«

Der Wolkenbruch schien gar nicht mehr aufhören zu wollen. Tuesday tastete nach dem Schöpfeimer, den Vivienne glücklicherweise immer an Bord hatte. Doch genauso schnell, wie Tuesday Wasser aus dem Boot schöpfte, füllte der sturzbachartige Regen es auch wieder.

»Nasser können wir nicht mehr werden«, rief Tuesday Vivienne zu.

Ihre Freundin nickte. »Ich hoffe, wir laufen nicht auf einen Felsen oder eine Mole auf. Die Strömung wird immer reißender, das bedeutet, dass der Fluss über die Ufer tritt. Halt Ausschau nach Treibgut im Wasser.«

Immer schneller schoss das Boot mit der Strömung flussabwärts.

»Bei dem Tempo werden wir die Stadt der Uhren verpassen. Die Strömung treibt uns direkt aufs Meer hinaus!«, rief Vivienne.

»Können wir denn nichts dagegen tun?«

»Weiter Wasser schöpfen!«

Also schöpfte Tuesday weiter eimerweise Wasser aus dem Boot, während Vivienne versuchte, die *Wildfang* auf Kurs zu halten, und Baxterr in der Dunkelheit irgendetwas anbellte, das nur er allein sehen konnte.

Wo sie sich gerade befanden oder beim ersten Tageslicht sein würden, konnte niemand sagen. Tuesday war in ihrem ganzen Leben noch nie so nass geworden, nicht einmal in der Badewanne oder im Swimmingpool.

Und dann war der Wolkenbruch so plötzlich, wie er begonnen hatte, vorbei. Helle Sterne erschienen wieder am Himmel, auch die glitzernden Lichter am östlichen und am westlichen Ufer des Flusses waren wieder zu sehen. Doch hinter ihnen hörten Tuesday und Vivienne immer noch, wie der Regen sich wasserfallartig in den Fluss ergoss.

»Was war das?«, fragte Tuesday.

»Keine Ahnung«, sagte Vivienne. »Aber ich bin heilfroh, dass wir es hinter uns haben.«

Nach einiger Zeit erschien ein seltsamer Lichtfleck am Himmel. Die Morgendämmerung war es eindeutig nicht, denn das Licht stieg nicht tief hinter den Hügeln oder am fernen Horizont auf. Der helle Fleck tauchte sehr weit oben am Himmel auf, als würde jemand von irgendwoher mit einer Taschenlampe durch die Wolken leuchten. Wie gebannt starrten Tuesday und Vivienne auf das rätselhafte Licht. Baxterr begann zu winseln. Man hätte meinen können, die drei erblickten das Ende der Welt.

Tatsächlich war es ein Sonnenaufgang, den sie dort sahen, allerdings fand er nicht in ihrer eigenen, sondern in einer anderen Welt statt, die offensichtlich mit ihrer Welt kollidiert war. Der Himmel schien durch das Gewicht dieser anderen Welt, die auf ihm lastete, eingedrückt zu werden und wölbte sich nach innen wie der Boden eines Goldfischglases. Im Licht der aufgehenden Sonne sahen die Mädchen, dass das Meer der anderen Welt sich in einer merkwürdigen Schieflage befand. Sein Wasser ergoss sich wie ein Wasserfall durch den Himmel direkt in den Mabanquo.

»Siehst du, was ich sehe?«, flüsterte Tuesday halblaut.

»Ja«, sagte Vivienne, »wenn das, was du siehst, auch völlig verrückt und unglaublich ist.«

Tuesday nickte stumm. Die drei Gefährten waren von dem seltsamen, wunderschönen und zugleich erschreckenden Anblick wie gebannt. Sie konnten einfach nicht glauben, was sie dort sahen. Die Worte des Gärtners in seiner Nachricht an die Bibliothekarin fielen Tuesday wieder ein. *Ich kann die Welten nicht länger auseinanderhalten. Hast Du unsere Antwort gefunden?*

Wer *war* dieser Gärtner?, fragte sie sich. Was für unglaubliche Kräfte besaß er? *Hilf ihm*, hatte die Bibliothekarin ihr aufgetragen. Aber die Frage war: *Wie?* Der Mann musste ein Genie sein, wenn er eine so monumentale, alles entscheidende Aufgabe erfüllte. Vielleicht war er auch ein Wesen mit übernatürlichen Kräften? Wie konnte sie, Tuesday, ihm dann eine Hilfe sein? Sie spürte plötzlich, wie aus dem knietiefen Wasser, das im Bauch der *Wildfang* um ihre Füße schwappte, eine eisige Kälte in ihr hochkroch. Wie sollte sie diese Aufgabe bewältigen und ihren großen Auftrag erfüllen? Ratlos und verzweifelt blickte sie hinüber zu Vivienne, die immer noch sprachlos neben der Ruderpinne hockte und fasziniert auf das Schauspiel am Himmel starrte. Baxterr schien ihre Gedanken zu erraten, er leckte sanft über ihr Gesicht.

Plötzlich zeigte Vivienne aufgeregt zum Horizont. »Sieh nur, die Sonne geht auf!«

Und tatsächlich wurde es auch in Vivienne Smalls Welt allmählich Tag. Ein blassrosafarbenes Licht erstrahlte über den Fluten des Mabanquo, verwandelte sich fließend in Orange und ging dann in sanfte Goldtöne über. Es war ein faszinierendes Schauspiel, wie die Welt sich in ein zart leuchtendes Aquarell verwandelte.

Erst jetzt im hellen Tageslicht sah man, wie weit der Fluss über die Ufer getreten war. Wohin man auch blickte, überall schwammen Boote auf dem Wasser: Segelboote in allen Größen, Formen und Farben, aber auch eine große Anzahl von Hausbooten, in leuchtendem Blau, Grün, Gelb und Rot gestrichen. Auch andere

Dinge schwammen, von der Strömung mitgerissen, an der *Wildfang* vorbei: drei Ziegen und vier Hühner auf einem Scheunendach, ein Fahrrad, ein Bett und ein Stuhl und eine völlig durchnässte Katze, die auf einem umgedrehten Schubkarren hockte.

»Oh!«, sagte Tuesday, als sie einen hoch aus den Fluten ragenden, kegelförmigen Hügel erblickte. Ein schimmerndes Meer aus unzähligen schlanken goldenen Türmchen und Spitzen, die weit in den Himmel ragten.

»Die Stadt der Uhren«, hauchte Vivienne ehrfürchtig. »Habe ich dir nicht gesagt, wie wunderschön sie ist?«

Tuesday hatte auf ihren Reisen mit Denis und Serendipity schon viele wunderbare Orte kennengelernt. Aber das hier war zweifellos die zauberhafteste Stadt, die Tuesday je gesehen hatte.

»Oje, Ärger im Anflug«, stöhnte Vivienne und deutete zum Ufer hinüber.

Hinter den Türmen der Stadt tauchte ein Schwarm Vögel am Himmel auf. Zuerst erkannte Tuesday nur ein paar schwarze Punkte. Sie kamen über den Fluss direkt auf sie zu. Doch schon im nächsten Augenblick war ihr klar, dass diese Vögel viel größer waren als alles, was sie je gesehen hatte. Selbst ein Vogel Strauß im Flug wäre nicht einmal auf ein Viertel ihrer Körpergröße gekommen.

»Was sind das für Vögel?«, fragte sie entsetzt.

»Vercakas!« Vivienne hatte bereits Pfeil und Bogen gezückt. Sie wusste sofort, dass dies die Vögel aus Tarquins und Harlequins Welt waren. Mit ihrem birnenförmigen Körper erinnerten sie im Flug an extrem langhalsige Schafe.

Die Vögel setzten zum Tiefflug an und stießen auf die Segelschiffe und Hausboote herab. Panische Schreckensschreie erfüllten plötzlich die Luft. Einer der hässlichen Vögel landete auf dem Dach eines nahen Hausbootes und ließ einen Riesenschwall schmierigen, stinkenden Vogeldreck fallen, der wie zäher Schleim an den Fensterscheiben hinunterlief. Der mörderische Schnabel der Bestie glänzte metallisch und war an den Rändern scharf gezackt wie ein Brotmesser. Im Gegensatz dazu verliehen die stumpf blickenden Augen und das schmutzig weiße, zerrupfte Gefieder seiner mächtigen Schwingen dem Riesenvogel einen eher dümmlichen und reichlich heruntergekommenen Ausdruck.

Ein dunkler Schatten flog über die *Wildfang* hinweg. Vivienne schickte ihm sofort einen Pfeil hinterher, der jedoch am schuppigen Bauch des Vercakas abprallte und ins Wasser fiel. Der Vogel machte kehrt und kam auf das Boot herabgeschossen.

»Ich glaube, du hast ihn wütend gemacht!«, rief Tuesday.

»Duck dich!«, schrie Vivienne.

Tuesday warf sich auf dem Boden der Jolle schützend über Baxterr. Sie zitterte vor Angst. Was sie jedoch am meisten erschreckt hatte, war weder die Schnelligkeit des Vogels noch die enorme Spannweite seiner Flügel, sondern das, was der Vogel gekrächzt hatte, als er über sie hinweggefegt war.

»Dein Vater ist tot.« Das grausige heisere Krächzen schien nicht nur in ihren Ohren, sondern in ihrem tiefsten Inneren widerzuhallen.

War Denis tot? Wie konnte der Vercaka das wissen?

»Tot, tot. Mausetot.« Wieder durchdrang sie sein Kreischen bis ins Mark. »Das ist alles deine Schuld.«

»Vivienne«, schrie Tuesday entsetzt, »hast du das gehört?«

»Hör nicht auf sie!«, rief Vivienne. »So versuchen sie, dich in deinem Innersten zu verletzen. Du darfst nicht auf sie hören.«

Der Vogel richtete seine Aufmerksamkeit auf Vivienne. »Ich sehe Spinnen auf deinem Rücken. Sie krabbeln direkt auf deinen Hals zu.«

»Funktioniert bei mir nicht!«, schrie Vivienne und feuerte einen weiteren Pfeil ab. Tuesday war sicher, dass er den Vogel mitten ins Gesicht treffen würde, doch der Vercaka entkam dem spitzen Geschoss, indem er seinen hässlichen Kopf blitzschnell zwischen die dicht gefiederten Schultern einzog.

»Und du«, zischte der Vogel und streckte Tuesday seinen langen nackten Hals entgegen, »du bist erblindet.«

Seine Worte bohrten sich tief in ihr Gehirn, und sofort fühlten sich ihre Augen wie verklebt an, die Welt sank in sich zusammen und verschwamm.

»Vivienne!«, rief Tuesday mit erstickter Stimme. »Was passiert mit mir?«

»Nichts, mit dir ist alles in Ordnung. Das sind alles nur Lügen. Hör nicht auf sie. Es sind nur dumme, abscheuliche, gehässige Vögel.«

»Sie will dich nicht«, kreischte der Vercaka dicht über ihnen. »Sie hat dich nie gewollt.«

Baxterr, der sich immer noch unter Tuesday duckte, winselte und zitterte.

»Nein, Strubbel, glaub ihm kein Wort,« schrie Tuesday.

Ermutigt von Tuesdays Worten, schoss Baxterr aus seinem Versteck hervor und schnappte wütend nach dem Vercaka, der knapp über ihnen vorrüberrauschte.

Viviennes nächster Pfeil durchbohrte den grauen, faltigen Hals des Vercakas. Der Vogel stieß ein paar erstickte Laute aus und geriet ins Wanken. Dann stürzte er wie ein Stein in den Fluss, wo er hilflos mit den Flügeln um sich schlug, bis er im schäumenden Wasser unterging.

»Juhu!«, jubelte Tuesday, riss die Arme hoch und führte einen kleinen Freudentanz auf.

Da fiel erneut ein Schatten über das Boot. Tuesday blieb nicht einmal mehr Zeit, nach oben zu blicken, als sich die Krallen des

Riesenvogels auch schon in ihre Schultern gruben. Er riss sie in die Luft und flog mit ihr davon. Baxterr bellte und wollte sich auf den Vogel stürzen, doch Vivienne erwischte ihn gerade noch und hielt ihn fest. »Vivienne! Vivienne!«, schrie Tuesday in ihrer Verzweiflung, während der Vogel hoch und immer höher in den Himmel schoss.

Kapitel 14

Viviennes Pfeil sirrte dicht an Tuesdays Ohr vorbei. Wo er den Vogel traf, konnte sie nicht sehen. Es hätte ohnehin nichts geändert, denn die Bestie hielt sie fest in ihren Klauen. In rasender Geschwindigkeit feuerte Vivienne einen Pfeil nach dem anderen ab. Obwohl Tuesday wusste, was für eine hervorragende Bogenschützin ihre Freundin war, kniff sie jedes Mal vor Angst die Augen zu. Die Pfeile trafen zwar ihr Ziel, doch sie schienen dem Vogel nichts anhaben zu können. Im Gegenteil, er machte sich offenbar einen Spaß daraus, Vivienne zu ärgern, und rauschte immer wieder im Sturzflug über die *Wildfang* hinweg.

Verzweifelt zerrte Tuesday an den Krallen, die wie ein Schraubstock ihre Schultern umklammerten, sie zappelte und trat mit den Füßen in die Luft, doch es nützte nichts. Der Vercaka ließ nicht eine Sekunde locker. Kein Pfeil würde seine harte, ledrige Haut durchdringen.

Von unten hörte sie wütendes Gebell. Ohnmächtig sah sie zu, wie Baxterr an Deck der *Wildfang* seine goldbraunen Flügel aufstellte, bereit, sich in die Lüfte zu schwingen und die Verfolgung aufzunehmen. Ihr war klar, dass er sie beschützen wollte, sah aber gleichzeitig, dass mindestens drei weitere Vercakas in ihrer Nähe auf ihn aufmerksam geworden waren.

Mit zerzausten Flügeln vollführten sie eine scharfe Kehrtwende, schossen geradewegs auf Baxterr zu und rissen gierig ihre sägemesserscharfen Schnäbel auf.

»Gleich ist dein süßes Hündchen nur noch ein Stück totes

Fleisch.« Das hämische Gekrächze des Vercakas, der sie fest in seinen Klauen hatte, ließ Tuesday das Blut in den Adern gefrieren.

»Nein, Strubbel, nein! Das darfst du nicht!«, schrie sie, so laut sie konnte. »Halt ihn fest, Vivienne!«

Tief unter ihr warf Vivienne sich auf ihren Hund und drückte mit beiden Armen seine Flügel nach unten.

»Bleib … bei … Vivienne!«, rief Tuesday Baxterr zu. »Sei ein braver Hund. Bleib! Bleib!«

Trotz der Entfernung schien er ihren Ruf gehört zu haben und legte brav seine Flügel auf dem Rücken zusammen, hörte jedoch nicht auf, zu bellen und zu knurren und wütend die Zähne zu fletschen.

»Wir kriegen ihn sowieso«, knarzte die heisere Stimme des Vercakas in ihren Ohren und jedem Winkel ihres Kopfes.

Ein stechender Schmerz durchzuckte sie, als der Vercaka seine Krallen noch tiefer in ihre Schultern bohrte, während ein anderer die Segel der *Wildfang* mit einem einzigen Hieb seiner scharfen Klauen in Stücke riss.

Auf dem Schiff griff Vivienne nach ihrem Blasrohr und den Giftpfeilen, die jeden Angreifer auf der Stelle einschläferten. Mit etwas Glück, dachte sie, würden die Vögel in den Fluss stürzen und ertrinken. Erst einer, dann der zweite und der dritte Vercaka kreischten laut auf, als Viviennes nadelspitze Pfeile ihr Ziel trafen – das Nasenloch, den Schlund, die empfindliche Haut unter dem Flügel – doch das Gift zeigte keinerlei Wirkung. Unbeeindruckt umkreisten die Riesenvögel das kleine Schiff.

»Sie ist verloren«, schrie einer von ihnen zu Baxterr hinunter.

»Kommt niemals zurück«, ein anderer.

»Du bist ein Feigling«, kreischte der Nächste, und Vivienne musste ihre ganze Muskelkraft aufbieten, um Baxterr am Boden zu halten.

Mit zerfetzten Segeln war die *Wildfang* der reißenden Strömung ausgeliefert, die sie unaufhaltsam aufs offene Meer hinaustrieb. Aus großer Höhe blickte Tuesday auf den Ozean. Hier und dort entdeckte sie vereinzelte, von weißen Stränden umrandete Inseln, doch sie konnte Vivienne und Baxterr nicht helfen, genauso wenig, wie die beiden etwas für sie tun konnten. Zu allem Überfluss hatte eine ganze Meute Vercakas Tuesday in den Klauen ihres Artgenossen erspäht.

»Fleisch!«, krächzten sie gierig und kamen näher.

Für diese Bestien war sie nur ein kleiner Happen. Genauso gut hätte sie ein Stück Weißbrot sein können, das die kleinen Kinder am Stadtparksee den Enten zuwarfen. Der Vercaka, der sie erbeutet hatte, spürte die Bedrohung durch seine Gefährten. Er schien seine ganze Kraft zu sammeln und schraubte sich mit mächtigen Flügelschlägen höher und immer höher. Tuesday fröstelte, als eine eisige Windböe durch den Riss in der Oberfläche der anderen Welt fegte.

Der Vercaka flog direkt auf die Stelle zu, an der der Ozean dieser anderen Welt sich wasserfallartig in den Mabanquo ergoss. Und für eine kurze Zeit wurden Tuesdays Füße durch reißendes Wasser gezogen.

Flüchtig bemerkte sie in der anderen Welt eine große, blasse Sonne hoch am Himmel stehen, darunter eine etwas kleinere. Sie sah den seltsam schiefen Verlauf des Horizonts, der an einem Ende nach unten gekippt war, und die zweifachen Bogen der aneinandergestoßenen Himmel. Plötzlich verstand sie, dass der Vercaka sie in eine vollkommen andere Welt mitnahm, eine Welt, in der wasserblaue Eisberge auf einem milchigen Ozean trieben. Nein, ihr Herz hämmerte in ihrer Brust, nein, ich will da nicht hin. Ich werde nie wieder zurückkommen können. Ich darf nicht. Das ist nicht der Ort, zu dem ich gehen sollte.

»Lass mich los!«, schrie sie den Vogel an.

Dann fiel ihr auf, dass das, hoch in der Luft, vielleicht keine so gute Idee war. »Bring mich zurück!«, schrie sie. »Du musst mich sofort zurückbringen.«

»Gleich wirst du tot sein«, zischte der Vogel und grub seine Klauen noch tiefer in ihre Schultern.

Plötzlich hörte Tuesday unter sich ein Geräusch, ein scharfer Schnabel versuchte, nach ihren Füßen zu schnappen. Sie stieß einen gellenden Schrei aus. Die anderen Vercakas hatten sie eingeholt. Der Vogel, der sie ergriffen hatte, versuchte, seinen Verfolgern durch eine Seitwärtsrolle zu entkommen, doch sie waren eindeutig in der Überzahl. Der Vogel konnte noch so viele Ausweichmanöver fliegen, die Beutediebe ließen sich nicht abschütteln, drängelten und zeterten und schnappten mit ihren furchtbaren Schnäbeln nach Tuesday. Plötzlich spürte sie, wie der Druck an ihren Schultern leicht nachließ. Sofort rutschte sie ab, sodass der Vercaka nur noch ihre Jacke zu fassen bekam. *Ratsch* machte es und seine Krallen hatten den Stoff zerrissen. Entsetzt sah Tuesday, wie ihr Silberknäuel – das einzige Mittel, wieder nach Hause zu kommen, das, was ein Schriftsteller niemals verlieren durfte – herausfiel.

»Nein!« Mit einem gellenden Schrei fiel sie hinterher. Schnell, viel zu schnell stürzte sie hinab, als würde sie von irgendeiner Kraft in die Tiefe gesogen.

»Nein!«, schrie sie im Fallen, aber niemand schien sie zu hören. Nicht einmal die Vercakas, die weit hinter ihr zurückblieben. Aus einem unerfindlichen Grund fiel Tuesday schneller, als die Riesenvögel fliegen konnten.

Ihr war, als würden im Zeitraffer beide Welten – die tausend Türme der Stadt der Uhren, die tief unter ihr in der Sonne glitzerten, und der auslaufende eisblaue Ozean – auf sie zurasen. Erst dann bemerkte sie, dass sie weder in die eine noch in die andere Welt hineinfiel, sondern in ein dunkles, mit Sternen übersätes Dreieck dazwischen. Über allem lag eine tiefe Stille, in der sie nur sich selbst fallen hörte. Es erinnerte sie ein wenig an das leere Geräusch in einem abwärts fahrenden Fahrstuhl.

Alles wurde langsamer. Sie flog an einer Welt mit rosarotem Sand und hohen, spitzen Pyramiden vorbei. Dann kam eine Welt, in der Herden von bunt bemalten Pferden durch bernsteinfarbene Wüsten trabten. In der nächsten sah sie hohe schneebedeckte Berge und einen schmalen Felsenweg, Ziegen und Mädchen mit Kopftüchern. Es gab eine Welt, in der rot-weiß gekleidete Menschen eine Partie Crocket spielten. Einen Augenblick später sah sie einen Mann in seinem Boot sitzen, an dem gerade ein Schwarm fliegender Fische vorbeiflatterte. Kurz darauf spazierte eine Katze über die Dächer einer Stadt. Sie kam an einem Riesen vorbei, der von einem kleinen Mädchen begleitet wurde, an zwei Kindern, die in einem herrlichen, von einer hohen Mauer umgebenen Garten spielten, und an einem Zauberer mit seinem Feuer speienden Drachen. Die nächste Welt sah aus wie ein kleines Schmuckkästchen, eine andere wie eine Windmühle. Wieder eine andere erinnerte an ein Goldfischglas, die nächste war in den Stoff eines Flanellhemdes eingehüllt.

Tuesday fiel immer weiter, und die Welten um sie herum wurden gleichzeitig sehr groß oder sehr klein, sodass sie nicht mehr wusste, ob sie selbst unglaublich groß oder winzig klein war. Sie hatte das Gefühl, sehr lange nicht geatmet zu haben, womit sie absolut recht hatte und was ihr immer mehr Probleme bereitete. Winzige Punkte begannen, vor ihren Augen zu tanzen. Tuesday schloss die Augen und fragte sich, ob sie jemals irgendwo landen oder bis in alle Ewigkeit fallen würde. Es sah jedenfalls so aus, als könnte es noch eine ganze Weile so weitergehen, sodass sie sogar überlegte, ein wenig zu schlafen. Sie war auf einmal unendlich müde.

Immer andere Welten glitten an ihr vorüber und Tuesday an ihnen. Sie hätte es sicher faszinierend gefunden, wie vertraut ihr einige von ihnen waren, doch da hatte sie die Augen bereits fest geschlossen und war in einen tiefen, ruhigen Ort hineingesunken, irgendwo zwischen Schlaf und Traum, an dem sie nichts sah, nichts hörte und nichts fühlte, während sie immer weiter fiel.

Kapitel 15

Mrs McGillycuddy«, flüsterte der Krankenpfleger mit den violett geschnürten Tennisschuhen.

Serendipity hatte eine weitere unruhige, recht unbequeme Nacht auf dem Liegesessel neben Denis' Krankenbett verbracht. Der Pfleger legte ihr die Hand auf die Schulter und wiederholte leise: »Mrs McGillycuddy … es ist Dienstag.«

Serendipity richtete sich kerzengerade auf.

»Was? Wo? Ist sie zurück? Geht es ihr gut?«

Allmählich gewöhnten sich ihre Augen an das Licht im Krankenzimmer, und ihr fiel wieder ein, wo sie war. Denis lag noch genauso da wie vorher.

Ihre Augen wanderten durch den Raum, fanden jedoch nicht, wonach sie suchten.

»Wo ist sie?«, fragte Serendipity den Pfleger. »Ist sie hier?«

»Ich wollte nur sagen, dass es Dienstagmorgen ist und Sie hier schon …«

»Oh, ich dachte, Sie meinten meine Tochter.« Serendipity sank zurück auf ihren Stuhl. »Ich dachte, vielleicht …«

»Ihre Tochter heißt Tuesday? Wie das Mädchen, das vermisst wird?«

Serendipity starrte ihn an. »Was wissen Sie darüber?«

»Es kam gegen Mitternacht in den Nachrichten. Sie haben eine Riesensuchaktion gestartet und die ganze Nacht lang den Stadtpark durchkämmt. Mir war gar nicht klar … Der Nachname McGillycuddy hätte auch ein Zufall sein können. Außerdem machten Sie nicht den Eindruck einer Mutter, deren Tochter vermisst wird.«

Serendipity fiel plötzlich ein, dass sie nicht, wie sie Miss Digby versprochen hatte, in die Brown Street zurückgefahren war. Die Ereignisse der vergangenen Nacht hatten sie so mitgenommen, dass sie es vollkommen vergessen hatte. Nach der eher traurigen Mahlzeit in der Krankenhauskantine musste sie vor Erschöpfung auf dem Ruhesessel eingeschlafen sein. Sicher hatte Miss Digby in der Brown Street stundenlang auf sie gewartet, nachdem sie Serendipitys Nachricht auf dem Küchentisch und Tuesdays Bett unberührt vorgefunden hatte.

»Ich muss sofort nach Hause fahren.« Hastig sprang Serendipity auf und suchte ihre Sachen zusammen.

»Selbstverständlich. Ich verspreche Ihnen, dass sich das Krankenhaus bei Ihnen meldet, sobald sich Mr McGillycuddys Zustand verändert. Das mit Ihrer Tochter tut mir leid … ich wusste ja nicht …«

Als sie im Taxi saß, kam in den Radionachrichten die Meldung von einem Mädchen namens Tuesday McGillycuddy, das seit Sonntagabend vermisst wurde. Serendipity erkannte die Stimme des alten Mr Garfunkle, ihres Nachbarns.

»Eine sehr ruhige Familie. Tuesday ist ein entzückendes Mädchen und ihr Hund hat noch nie meinen Vorgarten durchwühlt wie so manche andere Hunde aus der Nachbarschaft. Wer immer sie verschleppt hat, soll sie sofort zurückbringen. Was sind das nur für Zeiten, in denen ein Mädchen nicht einmal mehr mit ihrem Hund an einem Sonntagnachmittag im Stadtpark Gassi gehen kann, ohne dass ihm etwas zustößt.«

Serendipity hatte bis dahin gar nicht gewusst, wie sympathisch ihr der alte Mr Garfunkle war.

»Begonnen hat die Suchaktion der Polizei vergangene Nacht gegen null Uhr und dauert zur Stunde noch an«, erklärte der Nachrichtensprecher. Dann gab er eine Beschreibung von Tuesday und nannte eine Telefonnummer, unter der Hinweise und Informationen durchgegeben werden konnten. Nach diesem Bericht stellte der Taxifahrer das Radio leiser, sodass Serendipity von den weiteren Meldungen über einige Schriftsteller kaum etwas verstand, die auf rätselhafte Weise in der Mongolei, in Beirut und auf Tristan da Cunha, einer entlegenen Insel im südlichen Atlantik, aufgefunden worden waren.

»Furchtbare Geschichte, das mit dem jungen Mädchen, finden Sie nicht?«, sagte der Taxifahrer, als sie in die Brown Street einbogen. Bevor Serendipity ihm antworten konnte, blieb ihr vor Schreck fast das Herz stehen. Vor ihrem Haus hatte sich eine ganze Armee von Journalisten und Kameramännern mit ihren Stativen versammelt. Sämtliche Objektive waren auf die Fenster des Hauses ausgerichtet, obwohl überall die Vorhänge zugezogen waren. Serendipity drückte dem Taxifahrer ein Bündel Scheine in die Hand, kletterte aus dem Taxi und hastete die Stufen zu ihrer Haustür hinauf. Während sie mit dem Türschloss kämpfte, klickten sämtliche Fotoapparate gleichzeitig, und ein regelrechtes Blitzlichtgewitter ging über sie nieder, während mehr als zwanzig Leute sie gleichzeitig mit ihren Fragen bombardierten. Eigentlich war ein solcher Medienrummel für sie nichts Neues, allerdings war sie normalerweise als Serendipity Smith verkleidet, mit roter Langhaarperücke, hochhackigen Stiefeln und extravagantem Samtmantel. Aber jetzt, mit ungeschminktem Gesicht und in ihrer zerknitterten schwarzen Sarah-McGillycuddy-Kluft fühlte sie sich den Journalisten gegenüber hilflos und unsicher.

»Wo ist Ihre Tochter, Mrs McGillycuddy?«, rief jemand.

»Haben Sie etwas mit ihrem Verschwinden zu tun?«, wollte ein anderer Journalist wissen.

»Haben Sie einen Verdacht? Irgendwelche Hinweise, Mrs McGillycuddy? Mrs McGillycuddy? Mrs McGillycuddy?«

Serendipity reagierte nicht auf ihre Fragen, und als sie es endlich bis in den Hausflur geschafft hatte, lehnte sie sich erschöpft gegen die Wand und atmete erleichtert auf. Ihre Assistentin lief ihr entgegen und rang nervös die Hände.

»Miss Digby, was haben Sie getan?«

Wie sich herausstellte, hatte Miss Digby eine ganze Menge getan. Sie hatte die Polizei alarmiert und eine stadtweite Suchaktion ausgelöst. Die ganze Nacht über hatten sie jede Parkbank und jedes Ruderboot am See abgesucht. Sämtliche Wege, Bäume, Felsvorsprünge, Höhlen und unterirdische Gänge waren auf Spuren analysiert worden, und als die erste Suche ergebnislos geblieben war, hatten sie sogar alles noch ein zweites Mal durchgekämmt. Laut Miss Digby hatten sich nach den Abendnachrichten mehrere Zeugen bei der Polizei gemeldet, die Tuesday und Baxterr am Sonntagnachmittag im Park gesehen haben wollten. Einer wusste sogar noch genau, dass er sie bei der Telefonzelle gesehen hatte. Aber niemand konnte sagen, wohin sie danach gegangen war.

»Ich bin wie besprochen hierhergekommen, um das Abendessen vorzubereiten«, berichtete Miss Digby. »Ich habe gewartet und gewartet und schließlich in der Schule angerufen, wo ich erfuhr, dass Tuesday gestern nicht zum Unterricht erschienen war. Als ich im Krankenhaus anrief, haben Sie gerade geschlafen, und weitere Besucher waren nicht gekommen, demnach war Tuesday weder bei Ihnen noch zu Hause, wo sie offenbar schon seit zwei Nächten nicht mehr gewesen war.«

»Sie haben in der Schule angerufen?«, fragte Serendipity nach.

»Natürlich habe ich das. Ihre Tochter wird vermisst, Serendipity. Ist Ihnen das nicht klar? Ich kann nur annehmen, dass Denis' Zustand der Grund für Ihr höchst ungewöhnliches Benehmen in letzter Zeit ist. Es tut mir leid – ich konnte es nicht länger mit ansehen. Ich musste etwas unternehmen. Die Suchaktion der Polizei ist in vollem Gange. Sie sind übrigens gerade auf dem Weg hierher. Sicher werden sie Sie befragen und sich hier im Haus umsehen wollen.«

Außerdem habe sie eine Pressemitteilung herausgegeben, berichtete Miss Digby weiter, nach der die weltberühmte Autorin Serendipity Smith aufgrund einer Verzögerung erst später ins Hotel Mirage zurückkehren würde. Es gehe ihr jedoch gut und sie sei genau dort, wo sie sein sollte. *Serendipity Smith wird nicht vermisst, sondern widmet sich gerade mit Leib und Seele den Recherchen zu ihrer neuen Abenteuerserie.*

»Ich habe nur ein klitzekleines Problem«, erklärte Miss Digby. »Sie werden verstehen, dass ich unmöglich das Haus verlassen kann. Nicht bei all den Reportern da draußen! Selbstverständlich habe ich darauf geachtet, dass alle Vorhänge zugezogen sind. Niemand weiß, dass ich hier bin. Also wird auch niemand eine Verbindung zwischen mir und Ihrem zweiten Ich herstellen. Das bedeutet aber gleichzeitig, dass ich hier vorerst festsitze.«

Serendipity ging mit ihr in die Küche, wo sie auf den ersten Blick sah, dass ihre zuverlässige Assistentin sich wieder einmal selbst übertroffen hatte. Alles war blitzblank aufgeräumt, auf der Anrichte stand ein frischer Auflauf. Hühnchen, vermutete Serendipity, und plötzlich fiel ihr auf, wie ausgehungert sie war. Als sie durch einen Spalt zwischen den Vorhängen nach draußen blickte, wusste sie, dass Miss Digby absolut recht hatte. Das Haus unbemerkt zu verlassen und sich an den neugierigen Reportern und unerbittlichen Kameras vorbeizuschleichen, war beinahe unmöglich.

»Also, was schlagen Sie vor?«, fragte sie Miss Digby.

Bevor ihre Assistentin antworten konnte, sank Serendipity auf einen Stuhl am Küchentisch und brach in Tränen aus.

Nachdem Miss Digby Serendipity mit Auflauf gefüttert hatte (es war tatsächlich Hühnchen und schmeckte hervorragend, und auch wenn eigentlich eher Frühstückszeit war, war es genau das, was sie jetzt brauchte), flößte sie ihr noch mehrere Tassen Tee ein, versorgte sie mit einigen Packungen Papiertaschentücher und schickte sie schließlich nach oben unter die Dusche. Als Serendipity aus dem Bad kam, traf sie in Tuesdays Zimmer auf vier Polizeibeamte, die jede einzelne Schublade und jeden Schrank durchsuchten. Im Anschluss verhörte die Polizei Serendipity und Miss Digby, sowohl einzeln als auch zusammen.

»Wir werden zu Mr McGillycuddy ins Krankenhaus fahren müssen, um ihm einige Fragen zu stellen«, erklärte einer der Polizeibeamten.

»Ich fürchte, das wird nicht möglich sein«, entgegnete Serendipity.

»Das zu beurteilen, müssen Sie schon uns überlassen«, gab der Polizist zurück.

Als Serendipity protestieren wollte, schnitt er ihr das Wort ab.

»Ich fürchte, es sieht nicht besonders gut für Sie aus. Ihre Tochter verschwindet und Sie melden es nicht einmal der Polizei. Ihre Freundin war es schließlich, die uns alarmiert hat. Ich schlage vor, Sie begleiten uns ins Krankenhaus, für den Fall, dass wir noch weitere Fragen haben sollten. Holen Sie jetzt bitte Ihre Sachen.«

Der Anblick von Serendipity, die von ihrer Haustür zu einem wartenden Polizeiwagen geführt wurde, genügte, um alle Journalisten, die mittlerweile sogar die Hintertür belagert hatten, in den Vorgarten zu locken. Miss Digby nutzte die Gelegenheit, um das Haus unbemerkt über den Hinterhof zu verlassen.

Als die Polizeibeamten in der Tür zu Denis' Krankenzimmer standen – Gott sei Dank untersagte ihnen der Pfleger mit den Tennisschuhen, auch nur einen Zentimeter weiterzugehen –, glaubten sie endlich, dass Serendipity ihnen die Wahrheit gesagt hatte: dass Denis vernehmungsunfähig war.

Die Polizisten zogen wieder ab, dafür kamen am späten Nachmittag zwei andere, die nachsehen wollten, ob Denis aufgewacht war. Als sie ihn unverändert vorfanden, verhörten sie stattdessen Serendipity erneut, dieses Mal in einem kleinen Büro am anderen Ende des Flurs, an dem Denis' Zimmer lag, wo Handtücher, Kartons voller Einweghandschuhe und rosafarbene Handseife aufbewahrt wurden. Serendipity wiederholte alles, was sie ihren Kollegen bereits gesagt hatte, dass sie nicht wusste, wo Tuesday war, dass Tuesday am Sonntagnachmittag mit ihrem Hund spazieren gegangen und nicht nach Hause zurückgekehrt war.

»Warum haben Sie uns dann nicht schon am Sonntagabend informiert?«

»Nun … ich …« Serendipity wusste, wie sie sich anhörte. »Das kann ich Ihnen nicht beantworten.«

Sie fragte sich, wie lange sie die Wahrheit noch zurückhalten konnte. Doch jedes Mal, wenn sie sich ausmalte, wie das Gespräch dann ablaufen würde, biss sie sich auf die Lippen und schwieg.

»Sie wollen uns also weismachen, Ihre Tochter wäre in eine mysteriöse andere Welt verschwunden, in der sich Schriftsteller aufhalten, um Geschichten zu schreiben?«

»Ja.«

»Und woher wollen Sie das so genau wissen?«

»Oh, weil ich in Wirklichkeit Serendipity Smith bin, die berühm-

teste Schriftstellerin der Welt, und selbst einen Großteil meines Lebens dort verbracht habe.«

»Ich verstehe. Warum reisen Sie ihr dann nicht nach, suchen sie und holen sie wieder zurück nach Hause?«

»Nun ja, momentan ist es dort gerade ziemlich gefährlich, und da Tuesday einen Geflügelten Hund an ihrer Seite hat, ist sie viel sicherer, wenn …«

Sie würde sich anhören, als wäre sie nicht mehr ganz bei Trost.

Wenn Denis doch nur endlich aufwachen würde! Sie wünschte sich nichts so sehr, als dass er die Augen aufschlug und sie mit »Hallo, meine Liebe« begrüßte. Dass er nach Tee und Toast verlangte. Gleichzeitig fragte sie sich, was die Polizei machen würde, wenn Denis wieder wach war. Würden sie ihn im Zusammenhang mit Tuesdays Verschwinden eines Verbrechens beschuldigen?

Den ganzen Abend saß Serendipity am Bett ihres Mannes, der mit geschlossenen Augen und verbundenem Kopf dalag, mit Schläuchen und Tropfinfusionen verbunden war, während eine Maschine das Atmen für ihn übernommen hatte.

»Du weißt, dass sie *dort* ist, nicht wahr, Denis?«, flüsterte Serendipity, wenn gerade kein Ärzte oder Krankenpfleger in der Nähe waren. »Sie ist in Wirklichkeit gar nicht verschwunden. Wahrscheinlich erlebt sie gerade die schönste Zeit ihres Lebens. Aber ich brauche dich, bitte, bitte komm zurück. Bitte sei wieder Denis. Wo immer du auch gerade bist, bitte komm zu mir zurück.«

Kapitel 16

In der Stadt der Uhren gab es tausendundeinen Turm mit neunhundertundeiner Uhr. Über die genaue Anzahl wurde viel gestritten.

Einige Einwohner behaupteten, es seien exakt neunhundert Uhren, andere beharrten auf neunhundertundzwei. Es gab sogar welche, die glaubten, es seien in Wirklichkeit neunhundertdreiundzwanzig Uhren, aber die wurden als verrückte Radikale angesehen, und nur wenige schenkten ihnen Beachtung.

Was die Anzahl der Katzen in der Stadt betraf, waren sich hingegen alle einig, dass sie unmöglich zu zählen waren. Viele Besucher meinten sogar, dass man die Stadt eigentlich umbenennen müsste. Der Ort war das reinste Katzenparadies. Der Mabanquo speiste die Stadt mithilfe zahlreicher Pumpen und Auffangbecken nicht nur mit Wasser, sondern auch mit Fischen. Die Bewohner werteten es als Glückszeichen, wenn ein Fisch aus ihrem Wasserhahn kam. Wasserhähne mit extra weiter Öffnung kamen deshalb auch nie aus der Mode. Essen gab es für alle im Überfluss und ebenso jede Menge Knochen.

Aus nah und fern waren die Katzen herbeigeströmt, um sich in der Stadt der Uhren niederzulassen. Und ihr wisst ja, wie das ist: Wo zwei Katzen sind, gibt es bald schon sieben, dann siebenundvierzig, dann einhundertundsieben. Auf jedem Dachfirst spazierte eine, auf jeder sonnigen Türschwelle, in jedem sonnigen Winkel, neben jedem Ofen und auf jedem Zaunpfahl hockte eine. Doch es handelte sich hier nicht um irgendwelche Katzen, die die Stadt der

Uhren bevölkerten, es waren die hübschesten Katzen der Welt – vielleicht sogar aller Welten. Sie hatten einen schlanken Körper und glänzendes Fell, wunderschöne Augen und perfekt geformte Ohren. Ihr Schnurren war tief und melodisch. Wenn ihr Fell weiße Flecken hatte, dann nicht irgendwo, sondern immer perfekt platziert: auf den Tatzen, unter dem Kinn oder fein gezeichnet über einem Auge. Ihre Fellfarben reichten von dunklem Rauchgrau, glänzendem Braun, gescheckten Schildpatt über geflecktes Orange bis hin zu makellosem Weiß und tiefstem Nachtschwarz. Jede Katze war so schön wie ein einzigartiges Gemälde.

Ihr könnt euch wahrscheinlich vorstellen, dass diese edlen Geschöpfe wenig begeistert waren, als sie einen Hund in ihre Stadt kommen sahen. Einige der am weitesten gereisten Katzen erinnerten sich noch an wildere Landschaften, in denen einst Geflügelte Hunde gelebt hatten. Aber selbst wenn sie noch nie einen gesehen hat, würde jede Katze sofort wissen, was ein Hund ist. Genauso wie sie seit Urzeiten weiß, was eine Maus ist.

Einige Katzen sträubten ihre Nackenhaare, als sie den braunen Hund erblickten, der traurig neben einem kleinen Mädchen mit wild zerzausten Haaren herlief. Dieser Tag hatte ihnen schon genug böse Überraschungen und Schrecken gebracht. Bei Morgengrauen hatten die Bewohner der Stadt der Uhren – Menschen ebenso wie Katzen – feststellen müssen, dass eine andere Welt mit ihrer zusammengestoßen war, deren eiskalter Ozean sich wie ein rauschender Sturzbach in den Mabanquo ergoss. Nur wenig später war die Stadt von riesigen Vögeln heimgesucht worden. Sie hatten sich frech auf einige der schönsten Türme niedergelassen und zu den Menschen so schreckliche Dinge hinuntergeschrien, dass manche Stadtbewohner unter die Bettdecke geflüchtet und bis jetzt noch nicht wieder aufgestanden waren. Zu allem Überfluss hatten die Vögel dann auch noch unsagbaren Schaden angerichtet, indem sie mit ihren Hinterlassenschaften viele bedeutende Uhren bekleckert hatten. Woraufhin besorgte Bürger mit Leitern, Eimern und Putzlappen bewaffnet auf die Türme geeilt waren.

Bei der ersten Katze, die ihnen begegnete, kribbelte es in Baxterrs Schnurrhaaren. In der Regel mochte er diese Wesen nicht besonders. Er hatte sie schon immer reichlich eingebildet gefunden. Aber als Hund von Welt wusste er sich zu benehmen. Am besten beachtete man diese überheblichen Geschöpfe überhaupt nicht. Bei der zweiten, dritten, fünften und fünfzehnten Katze lief ihm ein kalter Schauer den Rücken hinunter. Seine Nerven zuckten vor Anspannung. Die nächste Katze, der er begegnete, hockte auf einer nahen Mauer, machte einen Buckel und fauchte ihn herausfordernd an.

Vielleicht hätte ihn das alles kaltgelassen, wenn an diesem Tag nicht schon so vieles schiefgelaufen wäre, wenn er nicht unter einem eisigen Wasserfall beinahe ertrunken und nicht von Vercakas angegriffen worden wäre. Wenn er nicht hilflos hätte mit ansehen müssen, wie seine geliebte Tuesday von einer dieser Riesenbestien entführt wurde, hätte er sich vielleicht sogar jetzt noch zurückhalten können. Aber als dann auch noch dieses Katzenwesen auftauchte und es wagte, ihn anzufauchen! Da stürzte sich Baxterr mit einem Satz auf die Katze.

Überrascht ging diese sofort zum Angriff über, sprang ihm in den Nacken und grub ihre scharfen Krallen in seinen Rücken. Baxterr heulte laut auf vor Schmerz, schoss die Straße hinunter und versuchte alles, um seine ungebetene Reiterin abzuschütteln. Er fegte im Zickzackkurs um Hausecken herum, drehte sich im Kreis und rollte gegen Mauern und Hauswände, doch die Katze ließ nicht locker.

Immer mehr Katzen ließen sich von der wilden Jagd anstecken.

Sie sprangen über Zäune, hüpften über Vordächer und Dachrinnen, flüchteten über enge Gassen und Fahrwege. Was er auch versuchte, es schien die Katze nicht im Geringsten zu beeindrucken.

Überall wurden Fenster aufgerissen, und Leute liefen aus den Häusern, um nachzusehen, wer dort draußen ein solches Tohuwabohu veranstaltete.

Viviennes Plan war es eigentlich gewesen, sich in der Stadt der Uhren möglichst unauffällig zu verhalten. Schließlich wollte sie ungestört nach dieser Tür suchen, die sie hoffentlich zu jenem Gärtner führen würde, der das ganze Schlamassel mit den Vercakas, den Bergen und den aufeinanderprallenden Welten hoffentlich beenden konnte. Wenn es nach ihr gegangen wäre, hätte niemand erfahren, dass sie in der Stadt war. Stattdessen hetzte sie, halb laufend, halb fliegend, hinter einem bellenden Hund durch die Straßen. Um Laternenpfähle herum, durch enge Gassen, vorbei an Marktständen, an denen Stoffe und Früchte, Kräuter und Hängelampen, Gemälde und Topfpflanzen, Flaschen und Badesalz angeboten wurden. Die meisten Menschen auf der Straße feuerten mit lauten Rufen die Katzen an, nur einige wenige schrien für den Hund. Schließlich öffnete sich vor Baxterr ein riesiger Platz, in dessen Mitte eine Statue von Letitia Mabanquo aufragte. Ihr langes Haar floss in steinernen Wellen um ihre Schultern. Mit einem Arm zeigte sie in den Himmel. Sie stand unter einem mächtigen Wasserstrahl, der sich wie ein immerwährender Regenbogen von einer Seite des Brunnens auf die andere wölbte. Vivienne ahnte, beinahe mehr als Baxterr selbst, was der Hund vorhatte.

»Nein, Strubbel, nicht!«, schrie sie.

Baxterr stürmte geradewegs auf den Brunnen zu, während sich die Katze immer noch mit aller Kraft auf seinem Rücken festkrallte und etwa tausend Katzen hinter ihnen herjagten. Vivienne sah, wie Baxterr zum Sprung ansetzte, seine Flügel entfaltete und direkt auf den großen Wasserbogen über der Statue zuflog. Der ganze Platz, Männer, Frauen, Kinder und tausend Katzen blieben wie vom Donner gerührt alle auf einmal stehen und sahen staunend zu, wie der Hund durch den sprühenden Regenbogen segelte. Als der Wasserstrahl sie traf, heulte die Katze entsetzlich auf und purzelte vom Hunderücken hinunter in das Brunnenbecken.

Wenn der spektakuläre Vorfall damit beendet gewesen wäre, hätten sich die Leute bestimmt noch lange an diesen fliegenden Hund erinnert, der diskret seine Flügel auf dem Rücken gefaltet hatte, nachdem er geschickt wieder auf allen vier Pfoten gelandet war. Mit hängender Zunge sah er höchst zufrieden zu, wie die triefnasse Katze aus dem Brunnen krabbelte und ganz und gar nicht mehr elegant, erhaben und würdevoll aussah. Unter normalen Umständen hätte Baxterr sich eine eingehende Untersuchung gefallen lassen müssen. Doch im nächsten Augenblick geschah etwas, was selbst den Anblick eines fliegenden Hundes sofort in Vergessenheit geraten ließ.

Zwei der seltsamsten Wesen, die man je in dieser Stadt gesehen hatte, tauchten plötzlich am Himmel auf: Auf den ersten Blick schien es sich um übergroße Libellen zu handeln. Auf ihren Rücken saßen zwei weiß gekleidete Reiter mit muschelähnlichen Helmen. Sie schimmerten von Kopf bis Fuß heller als der Regenbogen über dem Letitia-Mabanquo-Brunnen. Schon zum zweiten Mal an diesem Tag trafen die Bewohner der Stadt der Uhren auf unbekannte fliegende Wesen, die über ihrer Stadt vom Himmel zu fallen schienen. Ängstlich wichen die Menschen bis an den äußeren Rand des Platzes zurück.

Nur Vivienne Small trat einen Schritt vor und winkte. Obwohl die Ankömmlinge noch über der Statue schwebten, hatte sie den melodischen Klang ihrer Stimmen sofort erkannt.

»Wir freuen uns sehr, dich wiederzusehen, Vivienne Small«, hörte sie Harlequin aus weiter Ferne und zugleich nah in ihrem inneren Ohr rufen.

Die fliegenden Reittiere setzten zur Landung an, und die Menschenmenge beobachtete staunend, wie die beiden Reiter vom Rücken ihrer Libellen glitten und Hände schüttelnd ein kleines blau geflügeltes Mädchen begrüßten, das niemandem hier bekannt vorkam.

»Harlequin, Tarquin«, rief Vivienne.

»Unser Feind ist in eure Himmel eingefallen«, sagte Tarquin, und wieder erklang seine gespenstische Stimme sowohl aus seinem Mund als auch direkt in Viviennes Kopf.

»Sie sind noch viel schrecklicher, als ich es mir vorgestellt hatte«, antwortete Vivienne. »Sie haben meine Freundin verschleppt. Ich weiß nicht einmal, ob sie noch lebt.«

»Wir sind gekommen, um zu helfen, Vivienne Small«, sagte Harlequin.

Vivienne spürte die ängstliche Anspannung, die über dem Platz lag, flatterte auf den steinernen Rand des Brunnenbeckens und rief, so laut sie nur konnte: »Menschen! Katzen! Habt bitte keine Angst. Das hier sind Harlequin und Tarquin. Sie kommen aus einer anderen Welt zu uns und sind erbitterte Feinde der Vercakas, der furchtbaren Vögel, die eure Stadt angegriffen haben. Diese beiden … wollen euch helfen, eure Stadt ein für alle Mal von diesen Vögeln zu befreien.«

Während die Stadtbewohner nervös in Aufruhr gerieten und ein unsicheres Raunen durch die Menge ging, rauschte aus dem Rathaus am anderen Ende des Platzes Miranda Templeton herbei, an ihrem alles überragenden roten Federhut als die Bürgermeisterin der Stadt der Uhren zu erkennen. Baxterr schlüpfte einigen sprachlosen Zuschauern durch die Beine und ließ sich in aller

Ruhe neben Vivienne nieder, während die Katzen der Stadt wieder ihren Alltagsbeschäftigungen wie Fellpflege und Yoga nachgingen und so taten, als wäre der Hund Luft für sie.

»Uhrianer, alle miteinander«, rief Miranda Templeton mit ihrer honigsüßen und gleichzeitig überwältigend festen Stimme. »Wir wollen diese Neuankömmlinge mit der uns eigenen Gunst und Großzügigkeit willkommen heißen.« Sie tippte an ihren eindrucksvollen Hut und nickte nacheinander jedem einzelnen der Besucher zu. Dann lud sie sie mit einer großzügigen Geste ein, ihr ins Rathaus zu folgen.

»Ich schlage vor, die Ratsversammlung pünktlich um zwölf Uhr Mittag einzuberufen«, verkündete sie. Und zu Harlequin und Tarquin gewandt fügte sie hinzu: »Und wenn *ich* Mittag sage, richte ich – als Bürgermeisterin – mich nach der Rathausuhr, die, wie Sie sehen können, nicht nur auf dem höchsten und herrlichsten unserer träumenden Türme angebracht ist, sondern auch größer und lauter ist als jede andere Uhr in der Stadt.«

»Entschuldigen Sie bitte«, sagte Vivienne und verrenkte sich beinahe den Hals, um die Bürgermeisterin dabei anzusehen, die sie selbst ohne ihren hohen Hut weit überragt hätte. »Könnte ich Sie kurz unter vier Augen sprechen?«

Miranda beugte sich zu dem kleinen Mädchen mit den funkelnden grünen Augen und den blauen Flügeln hinunter.

»Worum geht es denn?«, fragte sie mit gedämpfter Stimme.

»Mein Name ist Vivienne Small«, sagte Vivienne leise. »Dieser Hund hier und ich haben eine wichtige Aufgabe zu erfüllen. Wir sind in Ihre Stadt gekommen, um eine Tür zu finden, die zu einem Gärtner führt, der verhindern kann, dass die Welten aufeinanderprallen.« Sie zeigte auf die Welt über ihnen, deren eisiges Wasser sich noch immer in den Mabanquo ergoss, obwohl der Strahl mittlerweile nur noch ein breites Rinnsal war.

»Dieser Gärtner, wie du ihn nennst, ist mir nicht bekannt«, sagte die Bürgermeisterin. »Aber deinen Namen kenne ich sehr wohl, Vivienne Small, und wenn es jemanden gibt, der unserer Welt in diesen gefahrvollen Zeiten helfen kann, dann bist du es. Bis dahin lade ich euch beide, dich und deinen Hund, ein, meine Gäste zu sein, solange ihr hier in der Stadt der Uhren seid.«

Vivienne errötete ein wenig und bedankte sich bei der Bürgermeisterin. Sie verabschiedete sich von Harlequin und Tarquin und versprach, sie später zu treffen, um ihr weiteres Vorgehen zu besprechen. Dann bog sie in die breiteste Straße ab, die von dem großen Platz durch die Stadt führt, und musterte mit prüfendem Blick jede Tür, an der sie vorbeigingen.

»Der Katze hast du es aber gezeigt, Strubbel«, lobte sie Baxterr, der ihr nicht von der Seite wich.

»Wuff!«, antwortete der Hund geschmeichelt.

Kapitel 17

Als Serendipity am Donnerstagmorgen in der Krankenhaus-Cafeteria saß, wo gerade die aktuellen Kurznachrichten über den Fernsehbildschirm flimmerten, hätte sie sich beinahe an ihrem Kaffee verschluckt: Entgeistert starrte sie auf eine Großaufnahme ihres Hauses in der Brown Street – aber wer war diese *Person*, die dort in der Eingangstür stand? Serendipity hatte sie noch nie vorher gesehen – die Frau mit der rosarot gefärbten Kurzhaarfrisur steckte in einem ziemlich hässlichen blassblauen Velours-Overall und hielt einen Staubsauger in der Hand.

»Wie lange arbeiten Sie schon für die Familie McGillycuddy?«, krähte ein Journalist.

»Was wissen Sie über Tuesday und ihren Vater?«, ein anderer.

»Haben Sie eine Ahnung, wo Tuesday sein könnte?«, fragte jemand, stürmte die Stufen zur Haustür hinauf und hielt ihr das Blitzlicht seiner Kamera vors Gesicht. »Hat die Polizei schon irgendwelche Spuren gefunden?«

»Warum schwingt ihr euch nicht alle auf eure stinkenden Motorräder und haut endlich ab?«, sagte die Frau.

Sie hatte zwar eine für Miss Digby eher untypische Wortwahl, aber unverkennbar die Stimme ihrer Assistentin, wie Serendipity verblüfft feststellte.

»Los jetzt, packt eure Sachen, und haut ab! Verfluchte Bande!«

Sofort wählte Serendipity vom nächsten Telefon aus ihre Nummer zu Hause in der Brown Street.

»Bei Familie McGillycuddy, und wenn Sie von der Presse sind, können Sie sofort wieder auflegen«, meldete sich Miss Digby, die ganz und gar nicht nach Miss Digby klang.

»Anscheinend habe ich eine neue Hausangestellte. Mit rosaroten Haaren und einer interessanten Vorliebe für Velours-Overalls«, sagte Serendipity.

Am anderen Ende der Leitung kicherte Miss Digby in den Hörer.

»Eigentlich hat es sogar Spaß gemacht«, sagte sie dann. »Aber Sie müssen unbedingt nach Hause kommen. Es ist jemand hier, den Sie unbedingt treffen sollten.«

»Doch wohl kein Journalist?« Serendipity verzog das Gesicht zu einer Grimasse.

»Nein, selbstverständlich nicht«, versicherte Miss Digby.

»Schon wieder die Polizei?«

»Nein, auch nicht.«

Serendipity seufzte. Sie wünschte, Tuesday würde wieder nach Hause kommen, sie wünschte, Denis würde endlich wieder aufwachen, sie wünschte sich ein ausgedehntes heißes Bad, und sie wollte endlich wieder in ihrem Bett schlafen. Was sie nicht wollte, war, mit irgendjemandem reden. Es sei denn …

»Es ist nicht zufällig Tuesday, oder?«, fragte sie zaghaft und voller Hoffnung.

»Nein, tut mir leid«, sagte Miss Digby.

»Aber ist es dann wirklich so wichtig?«

»Ich glaube, es könnte lebenswichtig sein«, antwortete Miss Digby.

Bevor sie aufbrach, nahm Serendipity ihrem Lieblingspfleger noch das Versprechen ab, dass er sie sofort anrufen würde, wenn Denis auch nur mit dem kleinen Finger zuckte. Dann stand sie im strömenden Regen vor dem städtischen Krankenhaus und winkte ein Taxi herbei. Auf der Fahrt nach Hause fielen ihr mehrere Male die Augen zu und ihr Kopf sackte auf die Brust. Und jedes Mal fuhr sie mit einem Ruck hoch und starrte durch die regennassen Fenster hinaus auf die trostlosen Straßen der Stadt. Die ganze Zeit klammerte sie sich an die vage Hoffnung, dass Miss Digby sie vielleicht doch überraschen wollte und es *tatsächlich* Tuesday war, die in der Brown Street auf sie wartete.

Offenbar hatte der Regen die meisten Journalisten vor ihrem Haus vertrieben, nur zwei von ihnen harrten noch dicht zusammengedrängt unter den Bäumen an der Straße aus. Sie riefen nach ihr, fragten, ob es Neuigkeiten gäbe. Serendipity antwortete mit einem Kopfschütteln und lief die Treppe zur Eingangstür hinauf. Sobald sie im Hausflur stand, sagte sie laut: »Hallo?«

Miss Digby eilte aus dem Wohnzimmer. Ihre rosarote Perücke und der hellblaue Overall sahen in Wirklichkeit noch furchtbarer aus als im Fernsehen.

»Er ist hier drin«, sagte sie.

Ein hoch gewachsener junger Mann saß auf dem Sofa im Wohnzimmer. Als Serendipity hereinkam, stand er auf. Nein, dachte sie, eigentlich ist es eher ein Junge. Er kam ihr irgendwie bekannt vor.

»Guten Tag, Mrs McGillycuddy«, begrüßte er sie und strich sich seinen langen Pony aus dem Gesicht. »Mein Name ist Blake Luckhurst. Ich bin Schriftsteller, und ich weiß, wo Tuesday ist.«

»Vorhin an der Tür machte er jedenfalls einen sehr aufrichtigen Eindruck«, schaltete sich Miss Digby ein. »Und er war äußerst hartnäckig. Also habe ich ihn hereingelassen. Wenn ich einen Fehler gemacht habe, kann ich schnell die Polizei anrufen. Was meinen Sie, *Sarah*?«

Serendipitys Blick wanderte nachdenklich zwischen Blake und Miss Digby hin und her. Zwei Mal hatte der Junge die berühmte Serendipity Smith bisher getroffen, bei Fernsehaufnahmen zu einer Büchersendung und dann bei einem Literatur-Festival, als sie

Blake eine Auszeichnung überreicht hatte. Allerdings hatte Serendipity in diesem Augenblick nicht die geringste Ähnlichkeit mit der berühmten Autorin. Noch dazu sah ihr Sarah-McGillycuddy-Outfit, bestehend aus schwarzer Bluse, schwarzer Hose und flachen schwarzen Schuhen, reichlich zerknittert aus. Ihre wie immer kurz geschnittenen braunen Haare standen wild durcheinander vom Kopf ab. Auch Miss Digby, die bei diesen beiden Zusammentreffen mit Blake Luckhurst ebenfalls dabei gewesen war, war in einer Verkleidung nur schwer wiederzuerkennen. Trotz ihrer Niedergeschlagenheit konnte Serendipity sich ein Lächeln kaum verkneifen.

»Nein, nein, vielen Dank, Miss Digby«, sagte sie. »Könnten Sie uns bitte etwas Tee bringen?« Jetzt hatte *sie* einen Fehler gemacht und Miss Digby mit ihrem richtigen Namen angesprochen. Sie hatte vollkommen vergessen, die Miss Digby mit der rosaroten Perücke nach ihrem neuen Namen zu fragen. Im Fernsehen war nur von einer Haushälterin die Rede gewesen. Serendipity schob den ärgerlichen kleinen Ausrutscher auf ihren akuten Schlafmangel. Der Junge brauchte jetzt doch nur zwei und zwei zusammenzuzählen. Miss Digby warf ihr stirnrunzelnd einen kurzen Blick zu, bevor sie Richtung Küche verschwand und Serendipity mit ihrem unerwarteten Gast allein ließ.

»Ihre Haushälterin kommt mir ziemlich bekannt vor«, sagte Blake. »Diese Perücke ist zwar etwas verwirrend, aber …«

»Ach, wirklich?«, fragte Serendipity unschuldig.

Blake beugte sich im Sitzen nach vorne und legte die Hände zusammen. Dann holte er tief Luft. »Sie wissen es vielleicht nicht, Mrs McGillycuddy, aber ich bin Schriftsteller. Ich habe schon mehrere Millionen Bücher verkauft und bin wahrscheinlich, einige wenige ausgenommen, der berühmteste Schriftsteller der Welt.«

Serendipity machte große Augen.

Blake zuckte lässig mit den Schultern. »Die Verfilmung einer meiner Romane kommt demnächst in die Kinos. Vielleicht haben Sie davon gehört? *Jack Bonner?*«

Serendipity antwortete mit einem leichten Nicken.

»Was ich Ihnen mitzuteilen habe, wird sich für Sie bestimmt sehr merkwürdig anhören.«

»Über Tuesday?«

»Ja, es geht um Tuesday. Ich bin nur hergekommen, weil ich mir dachte, dass Sie bestimmt außer sich sind vor Sorge.«

Serendipity biss sich auf die Lippen.

»Sicher werden Sie mich für verrückt halten, aber die Hauptsache ist, dass es Tuesday gut geht. Ehrlich.«

Serendipity wartete ab.

»Wahrscheinlich wissen Sie, dass Tuesday und ich schon seit einigen Monaten in Kontakt stehen. Sie ist ...« Blake starrte angestrengt auf seine Hände. Es entstand eine längere Pause. »Sie ist ein großer Fan von mir ... und am Sonntagnachmittag hat sie mich angerufen, um mir zu sagen, dass sie ... mich besuchen wollte.«

»Tatsächlich«, sagte Serendipity sanft und zog erstaunt eine Augenbraue hoch.

»Ich bin nicht früher zu Ihnen gekommen, weil ...« Blake druckste ein wenig herum, »weil sie zu mir gekommen ist, um an ihrem ersten Roman zu schreiben! Ich weiß, das war leichtsinnig von ihr. Ich habe auch versucht, es ihr auszureden. Aber sie war nicht davon abzubringen. Kurz gesagt, sie ist jetzt zu Hause bei meinen Eltern und schreibt vor sich hin, in einem eigenen Zimmer, wo wir einen Schreibtisch für sie aufgestellt haben. Sie ist dort absolut sicher und zufrieden. Sie meint, sie braucht wahrscheinlich noch ... noch eine Woche, dann kommt sie wieder nach Hause.«

»Das heißt, wenn ich sie anrufen wollte, könnte ich sie bei euch zu Hause erreichen?«, fragte Serendipity.

»Ja … ich meine, nein, sie möchte nicht angerufen werden. Aber ich soll Ihnen ausrichten, dass es ihr und Baxterr gut geht.«

»Ihr *und* Baxterr?«

»Ja.«

»Du kennst also Baxterr?«

»Ja«, antwortete Blake wieder.

Serendipity nickte.

»Und ich soll Ihnen sagen, dass es ihr wirklich gut geht. Beiden geht es gut. Und es tut ihr sehr leid, dass sie Ihnen solche Sorgen gemacht hat«, fuhr Blake fort.

»Und das ist alles, was du mir sagen wolltest?«

»Ja.«

»Unsere Tochter soll ausgerissen sein, um ein Buch zu schreiben?«

»Ja!«, bekräftigte Blake. »Genau so ist es! Und Tuesday will nicht, dass Sie sich Sorgen machen.«

»Das hat sie gesagt?«

»Wortwörtlich.«

Serendipity nickte wieder. Miss Digby brachte den Tee herein. Sie stellte das Tablett auf den Tisch, schenkte zwei Tassen ein und bot Blake einen Ingwer-Nuss-Keks an. Blake lehnte den Keks dankend ab und schlürfte seinen Tee.

»Jetzt weiß ich, wo wir uns schon mal begegnet sind!«, sagte er plötzlich, als Miss Digby sich zum Gehen wandte. »Beim Fernsehsender, stimmt's?«

Miss Digby lächelte geheimnisvoll. »Ich scheine ein Allerweltsgesicht zu haben. Ich werde häufig verwechselt.«

»Ich könnte schwören, dass Sie es waren«, sagte Blake. »Natürlich ohne die Perücke. Das war bei diesem Interview mit Serendipity Smith. Sie haben nebenan im Aufenthaltsraum gesessen und Kreuzworträtsel gelöst!«

»Ich habe noch nie Kreuzworträtsel gelöst«, entgegnete Miss Digby, ohne mit der Wimper zu zucken.

»Dann war es bei dieser Preisverleihung? Als ich als bester Nachwuchsautor ausgezeichnet worden bin? Sie haben mir geholfen, meine Manschettenknöpfe zu befestigen.«

»Das glaube ich kaum«, sagte Miss Digby mit einem nachsichtigen Lächeln, dann nickte sie Serendipity und Blake kurz zu und verschwand.

»Ich weiß es sehr zu schätzen, Blake, dass du mich benachrichtigt hast«, sagte Serendipity schnell, um ihn von Miss Digby abzulenken. »Tuesdays Vater wird mindestens so erleichtert sein wie ich, wenn er von unserer kleinen Ausreißerin erfährt. Ein Buch schreiben will sie! Ausgerechnet! Und wir haben uns solche Sorgen gemacht, es war wirklich eine schlimme Zeit. Wir beide sind dir sehr dankbar.«

Blake nickte.

»Da ist noch etwas, Blake«, fuhr Serendipity sanft fort. »Ich werde die Polizei über alles informieren müssen, was du mir gesagt hast, und sie werden dir sicher ein paar Fragen stellen wollen. Dann werden sie zu euch nach Hause kommen und nachsehen wollen, ob Tuesday sich tatsächlich dort aufhält, wo du gesagt hast.«

»Glauben Sie, Sie könnten die Polizei noch eine Weile hinhalten?«, fragte Blake stirnrunzelnd. »Ich meine, bis Tuesday so weit ist, dass sie nach Hause kommen kann?«

»Ich könnte es versuchen. Aber sie werden natürlich misstrauisch sein. Ich weiß, du bist eine sehr prominente Persönlichkeit. Und wenn diese Geschichte ans Licht kommt, werden bald junge Schriftsteller von überall vor deiner Tür stehen, weil sie hoffen, von dir dieselbe Unterstützung und Gastfreundschaft zu bekommen.«

»Oh, das wird nicht passieren«, sagte Blake.

»Bist du dir wirklich sicher, ich meine hundertprozentig sicher, dass die Polizei von der ganzen Sache erfahren sollte?«

Blake blinzelte verwirrt. Tuesdays Mutter sah nicht so aus, als wäre sie sauer. Sie wirkte eher müde und abgespannt. Aber was hatte dieses seltsame Glitzern in ihren Augen zu bedeuten? Machte sie sich über ihn lustig?

»Darf ich kurz Ihre Toilette benutzen?«, fragte Blake.

»Selbstverständlich. Sie ist am Ende des Flurs, hinter der Küche.«

Unterwegs spähte Blake heimlich durch die einen Spaltbreit geöffnete Küchentür und sah, wie Miss Digby drinnen gerade den Tisch abwischte. Wenn er durch die Hintertür entwischen wollte, müsste er irgendwie an ihr vorbeikommen. Oder sollte er doch lieber auf dem Absatz umdrehen und zur Haustür sprinten? Und direkt der Presse in die Arme laufen? In seiner Kapuzenjacke hatte ihn bestimmt niemand erkannt, als er vorhin Miss Digby gedrängt hatte, ihn ins Haus zu lassen. Doch wenn er jetzt fluchtartig das Haus verließ und über die Straße davonrannte, würde es sicher keine drei Sekunden dauern, und er hätte einen Haufen Fotografen und Journalisten am Hals. Ihm blieb vorerst nichts anderes übrig, als sich im Badezimmer einzuschließen.

Er sah in den Spiegel.

»Du musst so schnell wie möglich hier raus«, sagte er zu sich selbst. »Sie glaubt, du hättest ihre Tochter entführt, du Idiot. Sie vielleicht sogar umgebracht. Wahrscheinlich ist die Polizei schon auf dem Weg hierher. Deshalb tut sie so freundlich. Sie versucht, dich aufzuhalten, bis die Polizei hier ist und dich verhaften kann.«

Im Badezimmer gab es nur ein einziges hohes, schmales Fenster.

Es war aussichtslos. Er lauschte an der Tür. Lauerten draußen auf dem Flur Mrs McGillycuddy und Miss Digby und warteten darauf, sich auf ihn zu stürzen und ihn festzuhalten, bis die Polizei kam? Kein Geräusch drang durch die Tür. Nichts.

»Wieso hast du ihr nicht die Wahrheit gesagt, du Schwachkopf?«, schimpfte er mit sich selbst. »Weil sie dann nicht die Polizei, sondern mit Sicherheit einen Psychiater gerufen hätte. Ich bin entweder ein Kidnapper oder ein Irrer. Na super.«

Was habe ich mir nur dabei gedacht?, fragte er sich verzweifelt. Er hatte es einfach nicht ertragen, dass Tuesdays Verschwinden seit Tagen sämtliche Tageszeitungen und Fernsehnachrichten beherrschte. Jedes Mal, wenn er an ihre Eltern dachte, bekam er ein schlechtes Gewissen. Immerhin war er der Einzige, der wusste, wo sie steckte. Er hatte doch nur helfen wollen.

»Was würde Jack Bonner an deiner Stelle tun?«, fragte er sein Spiegelbild.

Er dachte kurz nach, dann nickte er sich mit wissender Miene zu. Leise entriegelte er die Badezimmertür. Auf dem Flur war niemand zu sehen. In der Küche hörte er Wasser rauschen, Miss Digby machte gerade den Abwasch. Es gab nur eine Möglichkeit.

Auf Zehenspitzen schlich Blake durch den Flur und dann die Treppe hinauf. Diese alten Stadthäuser hatten normalerweise immer einen Ausstieg, der aufs Dach führte. Sobald er den gefunden hätte, könnte er zum Nachbarhaus hinüberklettern und von dort aus weiter über die Dächer, bis er irgendwo einen Weg nach unten fand. Wenn irgendjemand ihm Fragen stellen sollte, würde er völlig ahnungslos tun.

Ich war noch nie dort, Herr Kommissar. Ich habe nie behauptet, dass Tuesday McGillycuddy bei mir zu Hause ist. Ich kenne sie überhaupt nicht!

Ich werde im Gefängnis landen, schoss es Blake durch den Kopf.

Ich werde im Gefängnis landen, und sie werden herausfinden, dass sie mich angerufen hat und danach verschwunden ist. Ich bin geliefert. Meine Fingerabdrücke sind auf der Teetasse. Damit werden sie beweisen können, dass ich hier gewesen bin.

Aber *Jack* würden sie nicht kriegen, dachte er weiter. Jack würde entkommen. Er würde behaupten, er wäre nur auf einen Beileidsbesuch vorbeigekommen. Er konnte ihnen die Briefe zeigen, die Tuesday ihm geschrieben hatte. Sie war ein Fan von ihm. Ein Fan!

Im dritten Stockwerk angekommen, spähte er durch einen Türspalt: ein Schlafzimmer. Beim nächsten Treppenabsatz kam er an einem weiteren Schlafzimmer vorbei, das musste Tuesdays sein. Er hielt kurz inne, um nachzusehen, ob sie das signierte Jack-Bonner-Filmplakat aufgehängt hatte, das er ihr geschickt hatte. Das hatte sie. Er nickte zufrieden. Kein Zweifel, sie *war* ein Fan!

Als er endlich das oberste Stockwerk erreicht hatte, suchte er fieberhaft nach einem Fenster oder irgendeiner anderen Möglichkeit, um aufs Dach zu kommen. Hinter einer Tür fand er ein geräumiges Büro mit einem sehr großen Fenster. War dort vielleicht ein Zugang zum Dach? Das Fenster ließ sich zwar öffnen, aber leider führte es nirgends hin, außer fünf Stockwerke nach unten, wo gerade auf der gegenüberliegenden Straßenseite zwei Fotografen ihre Kamerastative auf den Hauseingang ausrichteten.

Blake sah sich in dem Raum genauer um. Einen wunderbaren alten Schreibtisch mit passendem Stuhl gab es da. In einer Ecke stand ein äußerst einladender Liegesessel, der ideale Platz, um stundenlang in einem Buch zu schmökern. Die Regale an den Wänden waren von oben bis unten mit Büchern vollgestopft, alle bunt durcheinander. Hingerissen wanderte Blake an den Regalen entlang und vergaß für einen kurzen Moment vollkommen, wie eilig er es eigentlich hatte. Andächtig strich er mit den Fingern über die Buchrücken. Er fand Gedichtbände, alte und neuere, Bücher über Geschichte und Geografie, Biografien und Autobiografien. Die Romane für Kinder und Erwachsene waren alle alphabetisch sortiert, dicht gedrängt füllten sie die Bretter bis auf den letzten Millimeter. Bei den Autorennamen unter L blieb Blake hängen. Tatsächlich, da stand die komplette Jack-Bonner-Reihe. Er war beeindruckt. War das hier Mr McGillycuddys Büro? Wollte Tuesday deshalb unbedingt Schriftstellerin werden? Weil es bei ihr zu Hause all diese Bücher gab? Ihre Eltern waren anscheinend begeisterte Leser.

Blake strich mit der Hand über die Rücken der Vivienne-Small-Bände. Ihm fiel wieder ein, dass Tuesday bei ihrer ersten Reise in die Welt der Bücher, damals als er sie kennengelernt hatte, Vivienne Small begegnet war. Sie war sogar Carsten Mothwood, dem Bösewicht in dieser Serie, über den Weg gelaufen. Ihm fiel auf, dass es hier im Regal die Vivienne-Small-Bücher auch in vielen anderen Sprachen gab. *Vivienne Small und die Berge von Margolov, Vivienne Small et la lutte finale, Yo se acerca de Vivienne Small.* Von jedem Band fand er mindestens zwanzig verschiedene Ausgaben. Vielleicht auch dreißig. Blake zog eine davon aus dem Regal und schlug die letzte Seite mit dem Autorenfoto auf. Serendipty Smith mit ihren roten Haaren und der Brille lächelte ihm freundlich entgegen. Und mit einem Schlag wurde ihm einiges klar. Glasklar.

»Du hast es also herausgefunden«, sagte hinter ihm eine sanfte Stimme.

Tuesdays Mutter. Blake wurde leichenblass. Konnten diese kleine, zierliche Frau und die hochgewachsene rothaarige Starautorin mit den langen Samtmänteln und den legendären Stiefeln wirklich ein und dieselbe Person sein?

Er sah wieder auf das Foto. »Das kann doch nicht wahr sein. Oder doch?«

»Doch, es ist wahr«, sagte sie lächelnd. »Die Verkleidung ist nur eine Tarnung, damit meine Familie und ich ein ungestörtes Privatleben führen können.«

»In Wirklichkeit sind Sie Serendipity Smith.« Blake grinste. »Wow!« Dann verzog er verlegen das Gesicht. »Es tut mir leid. Ich bin nicht hier, weil ich Sie ausspionieren wollte.«

»Schon gut, Blake, ich bin dir nicht böse. Im Gegenteil, ich finde es sehr rührend, dass du den ganzen Weg hierhergekommen bist, um uns zu sagen, dass Tuesday in Sicherheit ist.«

»Die Story war nicht besonders gut«, gab Blake zu. »Eigentlich wollte ich Ihnen die Wahrheit sagen, aber dann hatte ich nicht mehr den Mut dazu. Ich hatte Angst, Sie würden mich für komplett verrückt erklären, wenn ich Ihnen von einer Welt erzählen würde, in die Schriftsteller reisen, um ihre Geschichten zu schreiben. Es tut mir leid. Ich dachte, Sie würden mich für einen Kidnapper halten, deshalb wollte ich …«

»Über das Dach entkommen?«, sagte sie lächelnd. »Das klingt ganz nach Jack Bonner.«

Blake grinste verlegen. Serendipity nahm ihm das Buch aus der Hand und betrachtete das Foto. »Bis jetzt hat es ziemlich gut funktioniert.«

»Bis jetzt?«, wiederholte Blake.

»Ich fürchte, wenn Tuesday nicht bald wieder nach Hause kommt, werde ich der Polizei die Wahrheit sagen müssen. Wer ich wirklich bin und dass es einen besonderen Ort gibt, an dem Schriftsteller ihre Geschichten finden. Dass es außerhalb unserer Welt noch viele andere gibt und dass dort im Augenblick einiges schiefläuft, sodass eine Rückkehr von dort alles andere als sicher ist.«

»Das dürfen Sie nicht«, warnte Blake. »Niemand wird Ihnen glauben.«

»Vielleicht hätte ich eine Chance, wenn Blake Luckhurst mich dabei unterstützen würde«, sagte sie und zog eine Augenbraue hoch. »Der berühmteste Schriftsteller der Welt, von einigen Ausnahmen einmal abgesehen?«

Er verzog das Gesicht. »Das hätte ich niemals behauptet, wenn ich gewusst hätte, dass ich mit Ihnen spreche, Serendipity. Ich wollte doch nur …«

»… glaubwürdig erscheinen. Ich weiß. Berühmt zu sein, hat manchmal auch seine Vorteile.«

»Sie können nicht einfach losgehen und den Leuten die Wahrheit sagen«, erklärte Blake. »Was ist, wenn irgendjemand dazwischenfunkt und alles kaputt macht? Irgendjemand, der meint, er habe etwas zu sagen, und der uns am Ende zwingt, irgendwelche Reiseerlaubnisse oder Genehmigungen zu beantragen? Nicht umsonst haben es alle so lange geheim gehalten. Tausende von Jahren …«

»Hast du von einem Schriftsteller gehört, der nach Hause zurückgekehrt ist? Jetzt kürzlich, meine ich?«, fragte Serendipity.

»Kein Wort. Alle Autoren, die ich kenne, schreiben gerade nicht. Oder werden vermisst.« Blake setzte sich in den großen roten Sessel und presste die Hände aneinander. »Und wenn ich selbst hinreise? Wirklich, ich könnte hinreisen. Wer weiß, vielleicht braucht Tuesday Hilfe.«

»Nein, Blake, das wäre viel zu riskant.«

»Wenn ich es nicht tue und sie nicht zurückkommt, könnten Sie ins Gefängnis wandern.«

»Möglicherweise«, sagte Serendipity. »Aber das würde alles Monate dauern und bis dahin ist sie bestimmt längst wieder zu Hause.«

»Wie werden Sie der Polizei erklären, dass sie auf einmal wieder da ist?«

»Meinst du nicht, ich könnte behaupten, sie wäre ausgerissen, um bei ihrem Freund Blake Luckhurst an ihrem Roman zu arbeiten?«

Blake grinste reumütig. »Okay … aber warum habe ich dann nicht die Polizei informiert?«

»Weil sie sich auf eurem Dachboden versteckt und sich heimlich nachts in der Küche etwas zu essen besorgt hatte.«

»Und Baxterr?«

»Genauso.«

»Gespannt«, sagte Blake.

»Wie bitte?«, fragte Serendipity verwirrt.

»Es ist mir eben erst wieder eingefallen, kurz bevor Sie hereingekommen sind. Das war das Wort, nach dem Miss Digby bei ihrem Kreuzworträtsel gesucht hat, damals im Fernsehstudio. Ich fragte sie, wie die Frage lautete, und sie antwortete ›begeistert, erwartungsvoll, neugierig auf etwas‹.«

»Und du sagtest ›gespannt‹?«, fragte Serendipity.

»Ja. *Sie* weiß es also, Miss Digby meine ich? Wo Tuesday ist.«

»Nein. Ich denke, sie wäre sehr aufgeregt, wenn wir es ihr sagen würden.«

»Wissen Sie, ich habe mich immer schon gefragt, wie Tuesday es schaffen konnte, den Romanfiguren aus Ihrer Welt zu begegnen.«

»Oh ja.« Serendipity lächelte. »Das hätte niemand erwartet, nicht wahr? Andererseits hat sie mir sehr oft beim Geschichtenerfinden geholfen. Sie hat mir immer davon erzählt, was Vivienne sagen oder machen würde. Ich bin sehr stolz auf meine beiden starken Mädchen.«

»Ja, die beiden sind ziemlich in Ordnung«, gab Blake zu.

Serendipity schmunzelte in sich hinein. »Hör zu, Blake, ich muss jetzt dringend etwas Schlaf bekommen. Aber vorher versuchen wir noch, etwas zu essen für dich aufzutreiben. Dann kannst du dir überlegen, ob du lieber nach Hause gehen oder hierbleiben willst, bis Tuesday zurückkommt.«

»Ich würde lieber hierbleiben, wenn es Ihnen nichts ausmacht«, sagte Blake.

»Kein Problem. Ich werde Miss Digby bitten, dir ein Bett zu machen.«

Unten im Flur kam Serendipitys Assistentin gerade aus der Küche.

»Blake weiß alles, Miss Digby. Er wird ein paar Tage bei uns bleiben. Vielleicht so lange, bis Tuesday zurückgekehrt ist.«

»Was genau weiß er?«, fragte Miss Digby und sah die beiden durchdringend an. »Gehe ich recht in der Annahme, dass Sie beide wissen, wo Tuesday steckt?«

»Es tut mir leid, Miss Digby«, sagte Serendipity hilflos. »Ich wollte nur …«

»Ist das so eine Art Schriftsteller-Code zwischen Ihnen beiden?«, fragte Miss Digby.

»So etwas Ähnliches«, antwortete Blake.

»Ach, das ist schwer zu erklären. Verstehen Sie –«, setzte Serendipity an.

»Nein, nein«, wehrte Miss Digy ab. »Sie müssen sich weder entschuldigen noch irgendetwas erklären. Für Geheimnisse habe ich großes Verständnis, wie Sie wissen.« Sie seufzte. »Warum haben Sie mir nur nicht gleich gesagt, dass es keinen Grund gibt, sich Sorgen zu machen? Wir hätten uns eine Menge Ärger mit der Polizei ersparen können. Also wann *kommt* sie denn nun nach Hause?«

»Das wissen wir nicht. Wenn sie bereit ist«, erklärte Serendipity ausweichend.

»So wie es aussieht, können wir sowieso nichts mehr daran ändern. Dann sollten wir das Beste daraus machen. Vielleicht kann einer von Ihnen beiden das alles eines Tages in einer Geschichte verarbeiten.«

»Gespannt«, sagte Blake. »Ich bin gespannt, Miss Digby.«

Sie lächelte. »Ach ja. Sehr gut, Blake, du hast wirklich ein gutes Gedächtnis. Aber sobald Tuesday zurück ist, solltest du ein paar Dinge sofort wieder vergessen.«

»Wie meinen Sie das?«, fragte Blake höflich.

»Wenn du jemals, und ich meine *jemals*, verstehst du, irgendeine Andeutung machen solltest, dass Serendipity Smith nicht Serendipity Smith ist oder dass ein Mitglied dieser Familie jemand anderes ist, als der Rest der Welt glaubt, werde ich höchstpersönlich dafür sorgen, dass du einen langsamen, qualvollen Tod erleidest.«

»Miss Digby! Ich finde, das geht etwas zu weit«, protestierte Serendipity.

»Im Gegenteil«, erwiderte Miss Digby, und ihr Ton ließ keinen Widerspruch zu. »Ich denke, das ist genau die Sprache, die Blake Luckhurst versteht. Habe ich recht?«

»Ja, Miss Digby«, murmelte Blake eingeschüchtert.

»Was hast du gesagt? Sprich lauter!«, herrschte Miss Digby ihn an.

»Ich schwöre, dass ich die Geheimnisse dieser Familie für immer für mich behalten und selbst unter Todesqualen niemandem etwas verraten werde«, sagte Blake.

Mit einem zufriedenen Lächeln reichte Miss Digby Blake die Hand, der wiederum sein Versprechen per Handschlag auch mit Serendipity besiegelte.

»Sie sind einfach unglaublich, Miss Digby«, sagte Serendipity.

»Das müssen Sie gerade sagen«, antwortete ihre Assistentin milde.

Kapitel 18

Schon ganze drei Wochen lang besetzten die Vercakas jeden Tag bei Morgengrauen sämtliche Türme der Stadt der Uhren und schrien mit ihrem furchtbaren Kreischen den Menschen unten in den Häusern Gemeinheiten zu.

»Deine Frau liebt dich nicht.«

»Dein Nachbar wird dein Haus niederbrennen.«

»Deine Eltern sind nicht deine Eltern.«

»Deine Tochter stiehlt dir dein Geld.«

»Jeder weiß, wie hässlich du wirklich bist.«

Ein unkontrollierbares Chaos brach aus. Lange gehütete Geheimnisse kamen ans Tageslicht. Ehemänner stellten Ehefrauen zur Rede, Nachbarn lagen miteinander in Streit, Kinder weinten, Katzen kämpften und die scheußlichen Vögel sahen hämisch dabei zu.

Jeden Tag kamen mehr von ihnen und mit jedem Tag wuchs unter den Menschen in der Stadt die Angst.

Die meisten Bewohner wagten sich vor dem Mittag nicht mehr aus dem Haus, wenn die Vögel sich plötzlich wieder in die Lüfte schwangen und nach Süden flogen, wo sie andere Städte am Mabanquo heimsuchten.

Der Gestank, den die Vercakas hinterließen, war bestialisch. Sämtliche Türme und Uhren waren von oben bis unten mit grünlich gelbem Vogeldreck verklebt. Und als wäre das allein nicht genug, schnappten die grausamen Vögel jeden Morgen wahllos nach Katzen oder Menschen und flogen mit ihnen davon. Lange nachdem sie in der Ferne am Himmel verschwunden waren, hörte man in der Stadt noch ihr Jammern und ihre Schreie. Die Verschleppten wurden nie wiedergesehen.

Drei Wochen lang suchten Vivienne und Baxterr in der ganzen Stadt, in jedem Park und jedem Garten nach einem Tor oder einer Tür, die zu dem rätselhaften Gärtner führen könnte. Vivienne fragte überall nach, wo sie auch nur ein Stück Rasen sah, einen Zaun, an dem Rosen rankten, oder Obstbäume, deren Zweige sich bis zur Straße bogen. Sie befragte jeden Stadtbediensteten, der für die ausgedehnten öffentlichen Parks und Gärten verantwortlich war.

Baxterr schnüffelte an Töpfen und Blumenkästen auf den Fensterbänken und an jedem Grünstreifen an Wegen und Straßen. Mindestens tausend Menschen hatte Vivienne gefragt, ob sie den Gärtner kannten, ob sie jemanden gesehen hatten, der so genannt wurde, oder ob ihnen vielleicht eine Tür aufgefallen war, die ihnen seltsam erschien.

»In welcher Hinsicht *seltsam*?«, fragten die Leute dann. Das konnte Vivienne leider auch nicht sagen. »Wenn wir sie sehen, werden wir sie erkennen«, mehr hatte Tuesday nicht gesagt.

In der dritten Woche verlor Vivienne allmählich die Hoffnung. Und obwohl er ihr unermüdlich überallhin folgte und mit ihr suchte, wurde auch Baxterrs Herz mit jedem Schritt schwerer. Die ganze Stadt drohte vor Trauer und Angst zu ersticken. Diese schönste aller Städte mit ihren langen, von herrlichen Bäumen beschatteten Boulevards, den breiten Straßen und Plätzen mit ihren Blumenbeeten und Brunnen, befand sich in einer Art Belagerungszustand. Und zum ersten Mal in der Geschichte blieben einige ihrer berühmten Uhren stehen, weil der matschige Vercaka-Kot ihre Uhrwerke lahmgelegt und vollkommen ruiniert hatte.

Vivienne hatte angefangen, auch außerhalb der Stadtgrenzen zu suchen. An diesem Nachmittag war sie bis zum Flussufer hinuntergegangen und hatte dabei noch einmal jede Haustür genau unter die Lupe genommen. Bei der langen Hafenmole traf sie auf eine kleine Ansammlung von Menschen, die einen toten Vercaka untersuchten. Er lag auf dem Rücken, die Füße in die Luft gestreckt, und sah aus wie ein gigantisches hässliches Huhn. Eine Frau, eine Fischverkäuferin, berichtete gerade lautstark, wie der Vercaka sie angegriffen hatte.

»Ich schwöre, ich dachte schon, ich wäre tot«, sagte sie gerade. »Stellt euch vor, das Vieh kam direkt auf mich zu. Mit schlagenden Flügeln und weit aufgerissenem Schnabel.«

»Und was hast du gemacht?«, fragte einer aus der Menge.

»Ich sage euch, das war das Verrückteste, was ich je erlebt habe. Das Vieh fing an, meine Fische zu verschlingen. Einfach von meinem Tisch geschlürft hat es sie. Ich bin so wütend geworden, dass ich meine Münzkiste nach ihm geworfen habe. Und ob ihr's glaubt oder nicht, der Vogel ist plötzlich tot umgefallen.«

»Willst du behaupten, du hättest das Riesenvieh mit einem Stück Holz getötet?«

»Ich weiß, es klingt verrückt«, gab die Frau zu, »aber genau so war es. Dabei ist die Kiste aufgesprungen und die Münzen sind durch die Gegend geflogen. Wie dumm von mir, habe ich noch gedacht, jetzt ist nicht nur der ganze Fisch futsch, sondern auch noch mein Geld. Dann ist das Vieh umgekippt.«

Sobald sich die Menschenansammlung aufgelöst hatte, ging Vivienne zu der Fischverkäuferin und bat sie, ihr die Geschichte noch einmal zu erzählen. Nachdem sie der Frau ein paar Fragen gestellt hatte, machte Vivienne sich mit Baxterr im Schlepptau wieder auf den Weg in die Stadt. Vor dem Haus der Bürgermeisterin traf sie Harlequin, die soeben von ihrer letzten Expedition weit in den Norden, Süden, Osten oder Westen zurückgekehrt war. Sie hatte die Hoffnung noch nicht aufgegeben, irgendwo einen Fluss zu finden, der das für Vercakas tödliche Gift enthielt. Und so wiederholte Vivienne alles, was die Fischfrau ihr erzählt hatte.

Am nächsten Morgen brachen Harlequin und Vivienne zu einer sehr gefährlichen Mission auf: Sie wollten den Versuch wagen, einen Vercaka zu fangen.

Manche Menschen sind, wenn sie große Angst haben, wie benebelt und wissen nicht mehr, was sie tun. Anderen wird furchtbar kalt, sodass sie nach Decken und heißem Tee verlangen. Am nützlichsten sind jedoch die Menschen, die in solchen Momenten zu höchster Konzentration fähig sind. Zu Letzteren gehörte auch Miranda Templeton, die Bürgermeisterin der Stadt der Uhren.

Drei Wochen lang hatte sie jeden Tag mit dem Rat der Weisen eine Art Kriegsversammlung gehalten und versucht, sich im Kampf gegen die Vercakas auf eine Strategie zu einigen und die Stadt endlich von den Bestien zu befreien.

Leider standen diese Sitzungen von Anfang an unter keinem guten Stern. Grund dafür war ein Mitglied des Weisenrates namens Nigel Finkwatter.

Vor einigen Jahren wäre Finkwatter selbst gern Bürgermeister geworden, hatte aber nicht genügend Stimmen erhalten. Seitdem setzte er seine ganze Energie dafür ein, Miranda Templeton das Leben so schwer wie möglich zu machen. Zum Zeichen seiner Ablehnung weigerte er sich seitdem, einen Hut zu tragen. Stattdessen ließ er sich seine lange weiße Haarmähne zu Locken drehen und zu beeindruckenden Hochsteckfrisuren auftürmen, die er stolz zur Schau trug.

An diesem Tag sprach Finkwatter sich zum wiederholten Male gegen Tarquins Anwesenheit bei der Sitzung aus.

»Er redet mit dem Mund und gleichzeitig in unseren Köpfen«, wetterte Finkwatter. »Jeder weiß doch, dass so etwas nicht normal ist, sondern eine Sinnestäuschung! Er und diese andere, die zu ihm gehört, sollten in unserer Stadt nicht willkommen sein. Woher wissen wir, ob sie die Vercakas nicht absichtlich hierhergelockt haben? Sie behaupten, die beiden würden nach einem Gift suchen, um die Vögel zu töten, aber wie können wir sicher sein, dass sie nicht planen, in unsere Welt einzumarschieren? Woher wissen wir, dass sie diese Vögel nicht mitgebracht haben, um genau dieses zu tun? Um uns abzulenken? Uns in Angst und Schrecken zu versetzen! Möglicherweise haben wir es diesen beiden zu verdanken, dass jeden Tag mehr Vögel hier auftauchen!«

Nigel Finkwatter war sehr reich, und er war es geworden, weil er sehr überzeugend sein konnte. Er hatte ein hübsches Gesicht mit einer ziemlich breiten Nase und eine sanfte, schmeichelnde Stimme.

Genau wie die Vercakas wusste er genau, wie man mit den Ängsten jedes Einzelnen spielen konnte. Einige Ratsmitglieder nickten zustimmend, während er sprach.

»Wie ich schon sagte«, erwiderte Miranda Templeton, mit ihrer üblichen Würde und Gelassenheit, »wenn wir gegen diese Vögel kämpfen müssen, dann brauchen wir die Hilfe von Wesen, die bereits ihr ganzes Leben lang gegen sie kämpfen.«

»Es tut mir leid, dass wir das geeignete Gift bisher nicht finden konnten.« Tarquins Stimme drang nicht nur aus seinem Mund, sondern hallte gleichzeitig in den Köpfen der Ratsmitglieder wider. »Zur Stunde verfolgt meine Schwester mit Vivienne Small einen neuen Plan. Wir werden bald wissen, ob sie damit Erfolg hatten.«

Finkwatter wackelte so heftig den Kopf, als wollte er Tarquins Stimme herausschütteln.

»Ich werde diese Sinnestäuschungen nicht länger hinnehmen!«, schäumte er.

»Es tut uns leid, wenn es Sie verwirrt«, sagte Tarquin. »Aber stellen Sie sich vor, wie befremdlich es für uns ist, dass Sie nicht mit Ihren Sinnen sprechen können.«

»Er beleidigt uns!«, brüllte Nigel Finkwatter und schlug mit der Faust auf den großen Versammlungstisch. »Ich verlange, dass Sie aus diesem Saal entfernt werden! Sie haben nichts zu bieten. Wir werden diese Vercakas selbst töten.«

Miranda Templeton beharrte erfolgreich darauf, dass Tarquin blieb. Während die Ratsmitglieder immer neue Vorschläge einbrachten und Schlachtpläne entwickelten, von denen keiner besonders erfolgversprechend klang, hörte Tarquin geduldig schweigend zu.

Mitten in Finkwatters nächstem Wutanfall sprach Tarquin in Gedanken direkt zur Bürgermeisterin.

»Entschuldigen Sie bitte, Frau Bürgermeisterin. Meine Schwester wird gleich vor der Tür stehen. Und sie hat gute Nachrichten.«

Zur allgemeinen Verwirrung erhob Miranda Templeton sich von ihrem Platz und riss die Türen auf. Davor standen Harlequin und Vivienne. In dem großen Käfig, den sie hinter sich herzogen, hockte ein Vercaka. Der Anblick des Riesenungetüms verschlug allen im Raum die Sprache.

»Wie um alles in der Welt …« Weiter kam Miranda Templeton nicht.

»Was fällt euch ein, diesen Vogel hierherzubringen«, explodierte Finkwatter.

»Deine Kinder wären viel glücklicher ohne dich«, kreischte das Tier.

»Still, du Vogel«, sagte Harlequin, und ihre Stimme echote in den Köpfen aller Anwesenden. Der Vogel klappte seinen Schnabel zu und starrte sie aus seinen riesigen, dümmlichen Augen böse an.

»Wir möchten dem Rat eine kleine Vorführung darbieten«, sagte Vivienne Small und hielt einen großen Fisch in die Höhe. Dann schob sie ihm eine Goldmünze ins Maul.

»Wir haben die ganze Zeit an den falschen Stellen nach dem Gift gesucht«, erklärte Harlequin.

Dem Vogel schien beim Anblick des Fisches in Viviennes Händen das Wasser im Schnabel zusammenzulaufen. Als sie das glitschige Tier durch die Gitterstäbe warf, schnappte der Vogel gierig danach, würgte ihn im Ganzen hinunter und sackte dann auf den Boden des Käfigs.

»Ist er tot?«, fragte Miranda Templeton.

»Wie bitte? Der Fisch ist das Gift?«, fragte ein anderer aus der Runde.

»Nein«, sagte Harlequin. »Wie wir euch sagten: In unserer Welt ist das Gift, das diese Vögel tötet, eine Flüssigkeit, die in kleinen Rinnsalen über den Boden fließt. Dank Vivienne Small haben wir jedoch herausgefunden, dass es hier nicht flüssig, sondern fest ist. Ihr nennt es, glaube ich, Gold.«

»Das ist Geld!«, rief Nigel Finkwatter aus.

»Und es bringt sie um«, sagte Vivienne.

»Wir können unmöglich Goldmünzen als Munition verwenden! Was würde uns das kosten …«, stieß Finkwatter entrüstet hervor.

»Seid ihr wirklich sicher?«, fragte die Bürgermeisterin und sah von Harlequin zu Vivienne.

Harlequin nickte lächelnd. »Wir werden sehr viel davon brauchen.«

»Wie viel?«, wollte die Bürgermeisterin wissen.

»So viel wir beschaffen können«, antwortete Harlequin.

»Das ist doch gegen jede Vernunft!«, brüllte Nigel Finkwatter, und im Rat brach ein ohrenbetäubender Tumult aus.

Um nichts wird unter Menschen so erbittert gestritten wie um Geld. Und in der Stadt der Uhren konnte man sich keinen unangenehmeren Streit vorstellen als einen, an dem Nigel Finkwatter beteiligt war. Denn es gab weit und breit keinen schlimmeren Geizhals als ihn. Er würde einem nicht einmal genug Geld borgen, um einen Zahnstocher zu kaufen, hieß es. Wenn seine Kinder mit einem abgerissenen Schnürsenkel zu ihm kamen, bezahlte er ihnen keinen neuen, sondern ließ sie den Schnürsenkel zusammenknoten. Seine Familie lebte von Fischsuppe, trockenem Käse und Zwieback. Und wenn noch so viele Vercakas die Stadt der Uhren zerstörten und ihre Einwohner verschleppten, Nigel Finkwatter würde keinen Penny geben, um das Problem zu lösen.

So vergingen drei Tage. Während sich die ganze Stadt auf den Kampf vorbereitete, verweigerte Finkwatter hartnäckig jede Unterstützung.

»Ich sagte es bereits und ich sage es noch einmal«, betonte Miranda Templeton am Ende des dritten Tages. »Die Stadt wird einen Weg finden, dir dein Geld zurückzuzahlen, Nigel, aber wir müssen jetzt *sofort* handeln, ehe es zu spät ist.«

»Euer Plan wird niemals funktionieren«, beharrte er.

Mirandas Hut hing schief, ihre Kleider waren hoffnungslos zerknittert und ihre Augen rot gerändert vor Müdigkeit. Mit Ausnahme von einigen wenigen Stunden, die sie sich zu Hause gegönnt hatte, hatte sie die vergangenen drei Tage unermüdlich an den Vorbereitungen gearbeitet. Als sich herumgesprochen hatte, dass Gold gebraucht wurde, waren die Einwohner der Stadt mit Beuteln und Taschen, Kisten und Koffern voller Münzen herbeigeeilt. Miranda Templeton hatte dafür gesorgt, dass jeder Cent in eine Liste eingetragen wurde, und hatte vor dem Raum, in dem das Geld gelagert wurde, Wachen aufgestellt. Sie stellte fest, dass viele der ärmsten Leute alles gaben, was ihnen geblieben war, und hatte selbst ihre gesamten Ersparnisse beigesteuert.

»Wenn das dein letztes Wort ist, Nigel, dann werden wir es auch ohne dich oder dein Gold schaffen«, sagte Miranda Templeton.

»Ihr werdet scheitern«, gab Finkwatter zurück.

»Und du klingst jeden Tag mehr wie ein Vercaka«, erwiderte sie. Dann wandte sie sich an den Rat: »Bei Morgengrauen fangen wir an. Trefft die notwendigen Vorbereitungen.«

Die Ratsmitglieder zerstreuten sich und verkündeten die Nachricht in der ganzen Stadt.

Erschöpft machte Miranda Templeton sich auf den Heimweg. Wenn sie nach oben geschaut hätte, wäre ihr aufgefallen, dass Hunderte von Katzen auf den Dachfirsten entlangspazierten. Und wenn sie noch genauer hingesehen hätte, hätte sie bemerkt, dass sie sich alle auf einem einzigen Dach versammelten, während hinter ihnen am Abendhimmel der Vollmond erschien. Wenn jemandem auffiel, dass es in dieser Nacht in der Stadt ungewöhnlich still war, schoben die Leute es auf den bevorstehenden Kampf. Sie gaben ihren Kindern ein paar Gutenachtküsse extra, gingen selbst früh zu Bett und fielen in einen unruhigen Schlaf. Nur einige wenige wunderten sich darüber, dass ihre Katzen nicht nach Hause gekommen waren.

Kapitel 19

Aber was war eigentlich mit Tuesday geschehen, nachdem der Vercaka sie fallen gelassen hatte?

Sie selbst wusste es zwar noch nicht, aber sie war in einem seltsamen kreisförmigen Raum gelandet, der von gewölbten Glaswänden umschlossen wurde und von Weitem aussah wie ein überdimensionales Goldfischglas. Durch die gläsernen Wände blickte man, ähnlich wie in einem Planetarium, in einen unendlichen Nachthimmel. Nur dass dieser Himmel nicht mit Milliarden Sternen übersät war, sondern mit Welten. Es waren so viele, dass ihr sie genauso wenig hättet zählen können wie die Sterne über euch am Himmel. Viele dieser Welten schienen schon sehr alt zu sein, einige waren noch dabei zu wachsen und andere wurden gerade geboren.

Die eine Hälfte des Raums, in dem Tuesday war, sah aus wie eine Werkstatt, mit einer langen Arbeitsplatte, auf der sich Bücher und Notizzettel stapelten. Weiter hinten befand sich ein heilloses Durcheinander von Gerätschaften und Werkzeugen. Vergrößerungsgläser und Mikroskope. Pinzetten, Miniaturgartenscheren und winzige Hämmerchen, Scheren in allen Größen und Formen. Winzige Malpinsel und Tabletts mit Stapeln winziger Backsteine. Gläser, die mit verschiedenfarbigem Sand gefüllt waren. Zahnstocher, kleine Spraydosen und Gießkannen. Außerdem gab es eine ganze Anzahl von runden, mit einem grünen Tuch abgedeckten Gegenständen auf Stativen.

Auf jeder Seite des runden Raums gab es ein Art Steg, der hinaus in die Dunkelheit führte. Der eine war breit wie eine Straße, aber wurde zum Raum hin schmaler. Der andere sah eher aus wie ein dünner Pfad. Auf den schmalen Steg kam man durch eine Tür, bei dem breiteren führte nur ein runder gläserner Schacht durch die Wand. Die Stege führten natürlich nicht übers Wasser, sondern hinaus in den raumfüllenden Himmel.

Die zweite Hälfte des Raums diente offensichtlich zum Wohnen. Er war in unterschiedliche Bereiche zum Essen, Lesen oder Schlafen eingeteilt und mit Sofas, Tischen, Teppichen und Stühlen eingerichtet. Trotzdem verstellte – abgesehen von einigen bunt bemalten Trennwänden – kein Möbelstück den Blick nach draußen. In diesem Teil des Raumes lag Tuesday auf einem primelgelben Samtsofa unter einer ebenso gelben weichen Daunendecke und schlief. Sie sah zwar ein wenig blass aus, doch ihr Atem war ruhig und regelmäßig.

Auf einem großen blauen Teppich in der Mitte des Raumes stand ein alter Mann mit grauem Haar und müden Sorgenfalten im Gesicht. Er trug einen primelgelben Anzug, darunter ein leicht zerknittertes weißes Hemd und eine violette Krawatte mit fliederfarbenem Rosenmuster. Der Mann schien ganz in seine Arbeit versunken zu sein. Er hantierte mit einem unvorstellbar langen Bootshaken und versuchte, im unendlichen Universum über ihm die größere von zwei aufeinandergeprallten Weltkugeln beiseitezustoßen. Wieder und wieder holte er mit der langen Stange aus und versuchte, nach der goldenen Schlaufe an der Unterseite der Weltkugel zu angeln. Endlich hatte er es geschafft. Er zog und zerrte mit aller Kraft, um die beiden Welten wieder voneinander zu trennen, bis seine Arme anfingen zu zittern. Beinahe hätte er einen Tisch mit Teekannen und einer riesigen Tortenglocke aus Glas umgekippt, der hinter ihm stand.

»Entspann dich, kläre deinen Geist«, ermahnte er sich selbst. Er versuchte alles, doch die Welten drückten immer weiter ineinander. Schließlich gab er auf und ließ den Bootshaken fallen.

»Eine schöne Bescherung!«, seufzte er, sank erschöpft auf einen Stuhl an der Werkbank und legte den Kopf auf einen großen Stapel Bücher.

»Wenn in einer Welt da draußen ein Baum umfällt und niemand hört es, macht es überhaupt ein Geräusch?«, murmelte er vor sich hin.

In diesem Moment schlug Tuesday die Augen auf. Sie versuchte, sich daran zu erinnern, was sie gerade geträumt hatte, aber als sie sich umsah, stockte ihr der Atem. Sie wollte aufspringen, musste sich jedoch sofort wieder setzen. Ihre Jacke war vollkommen zerrissen, in ihrem Kopf wirbelte alles durcheinander. Der Mann drehte sich um und starrte sie entgeistert an. Er wühlte in den Notizen vor ihm auf dem Tisch. Als er gefunden hatte, was er suchte, strahlte er zufrieden und las laut vor: »Mädchen. Fiel vom Himmel. Ah ja. Richtig.«

Dann sagte er zu Tuesday: »Du bist vom Himmel gefallen. Du fühlst dich bestimmt seltsam.«

»Wo bin ich? Sind Vivienne und Baxterr auch hier?«, fragte sie.

Dicht über ihnen prallten eine orangefarbene und eine grüne Welt zusammen. Langsam, sehr langsam, schoben sie sich ineinander, bis weiße Blitze über den Himmel zuckten.

»Ich glaube, das sollten sie lieber nicht machen«, sagte Tuesday erschrocken.

»Nein, du hast ganz recht«, stimmte der alte Mann zu. »Sieben Mal fallen, acht Mal aufstehen.«

Zu Tuesdays Erstaunen nahm der Mann einen Bootshaken und streckte ihn hoch in den weiten Himmel. Sie traute ihren Augen nicht: Der Bootshaken wuchs in die Länge, bis er die beiden Welten erreicht hatte, dann hielt der Mann eine der beiden fest und versuchte, sie von der anderen zu befreien. Während er noch daran arbeitete, trudelte vom Himmel plötzlich eine Welt herab, landete sanft auf dem breiten Anlegesteg und begann, direkt auf den gläsernen Raum zuzurollen. Die äußere Hülle dieser Welt schien ebenfalls aus Glas zu bestehen, im Inneren sah man einen wolkenverhangenen Sonnenuntergang und eine winterlich verschneite Stadt.

»Entschuldigen Sie, aber da draußen passiert gerade etwas …«, rief Tuesday alarmiert.

Der Mann warf einen kurzen Blick über die Schulter auf die heranrollende Welt.

»Ach, das ist nur eine routinemäßige Wartung«, erklärte er. »Hoffe das Beste, rechne mit dem Schlimmsten.«

Je näher sie kam, desto kleiner wurde die Welt, bis sie kurz vor Ende des Stegs nur noch die Ausmaße eines größeren Goldfischglases hatte. Eine Art automatischer Roboterarm hob die Kugel an und schob sie in den durchsichtigen Glaskanal, der im Kreis einmal um den Raum herum bis zur Werkbank führte. Dort plumpste die Welt auf eine weich gepolsterte Vorrichtung. Ein weiterer Metallarm schnellte hervor und schraubte die obere Hälfte der Welt ab, als wäre sie aus Glas. Der Arm legte den Deckel vorsichtig auf der Werkbank ab und nahm wieder seinen Platz ein. Ein heller Lichtstrahl leuchtete direkt in die Welt hinein.

»Fertig zur Inspektion?«, rief der alte Mann, während er noch immer mit dem Bootshaken kämpfte.

»Ich denke schon … ja«, antwortete Tuesday.

Zu ihrem Entsetzen legte der Mann den Bootshaken beiseite und überließ die kollidierten Welten ihrem Schicksal. Er eilte an seine Werkbank und schob sich eine seltsame Brille auf die Nase, die aussah wie ein Doppelmikroskop. Dann begann er, die neu angekommene Welt zu untersuchen.

»Ach, du meine Güte«, klagte er. »Ach, du meine Güte, ach, du meine Güte.«

»Was ist los?«, fragte Tuesday und spähte ihm über die Schulter. Die Gebäude der Stadt sahen sehr alt aus und die Skyline kam Tuesday bekannt vor.

»Ist das *London*?«, fragte sie ungläubig.

»Hmhm«, brummte der Mann. »Könnte man sagen, ja. Auf der anderen Seite, nicht im Geringsten. Du weißt doch, wie Schriftsteller es mit der Realität halten. Ach, herrje. Ach, du meine Güte.«

»Was? Was ist los?«

»Krokodile«, sagte er. Sein prüfender Blick wanderte vom Miniatur-London hinauf zum Himmel. »Ich kann mir beim besten Willen nicht vorstellen, wo die herausgefallen sind. Es könnte überall sein. Ach, das wird alles noch ein schlimmes Ende nehmen.«

Tuesday dachte an Cordwell Jefferson, der mit einem abgebissenen Fuß auf dem Sofa der Bibliothekarin gelegen hatte. Dann fiel ihr das Wort auf, das in großen Buchstaben auf dem Handrücken des Mannes stand: TASCHE. Er lief eilig hinüber zu seinem Schreibtisch und wühlte wieder in seinem Haufen Notizzettel.

»Krokodile … Krokodile«, murmelte er. »Nicht. Nichts. Habe ich denn nicht … oh, ich muss sie irgendwo unterbringen.«

Der alte Mann kramte auf seiner Werkbank herum und fand schließlich ein kleines Glasgefäß und eine winzige Pinzette. Damit griff er in die Welt hinein und begann, winzig kleine zappelnde Dinge herauszufischen. Tuesday meinte sogar, ein leises Quieken zu hören. In dem Durcheinander auf dem Tisch fand sie eine Lupe und versuchte, mit zusammengekniffenen Augen zu erkennen, was für Wesen da herumzappelten. Sie hielt vor Schreck die Luft an: Winzig kleine Krokodile waren es, die ihre scharfen Zähne zeigten.

»Oh nein, sogar in den Häusern verstecken sie sich«, schimpfte der Mann. »Chaotische Zustände sind das, höchst bedenklich! Und wenn ich mich recht erinnere, sollten wir einen kurzen Blick weiter nach Norden werfen. Ah, ja. Gletscher, Gletscher, Gletscher. Hier hab ich ihn. Dieses Mistding. Bewegt sich viel zu schnell. Eispickel, bitte!«

Tuesday wühlte in dem Haufen, bis sie den mit Sicherheit kleinsten Eispickel gefunden hatte, den es je gegeben hat.

»Sehr hilfreich«, murmelte der Alte, schabte einige Eissplitter ab und warf sie hinter sich auf den Boden.

»Nadeln, bitte! Kleber! Hammer!«

In Windeseile hatte Tuesday gefunden, wonach er verlangte, während seine flinken Hände zwischen den winzigen Eisschollen, Bäumen und Felsen in der Welt vor ihm auf der Platte hin- und herflogen.

»Schon viel besser.« Der Mann nahm die seltsame Brille ab. Seine grauen Augen blitzten. »Ich denke, dieser Gletscher wird vorerst keinen Schaden mehr anrichten. Unwahrscheinlich, dass er sich in den nächsten Jahrhunderten mehr als ein oder zwei Zoll verschiebt.«

Tuesday betrachtete die winzigen Werkzeuge in seinen Händen. Dann dämmerte es ihr.

»Sie sind der Gärtner!«

»Selbstverständlich, was dachtest du denn?« Der automatische Arm schwebte heran und schraubte die obere Hälfte der Welt wieder auf. Dann hob er die Kugel hoch zu einem weiteren gläsernen Schacht, durch den sie direkt in den Himmel hinausschoss. Sie flog zurück in die Dunkelheit und war nach wenigen Sekunden wieder auf ihre normale Größe angewachsen.

»Man wird mit dem Alter nicht weiser, sondern höchstens langsamer«, knurrte der Mann.

»Wie bitte?«, fragte Tuesday.

Er senkte niedergeschlagen den Blick. »Ich komme mit meiner Arbeit einfach nicht mehr hinterher.«

Er hob mehrere der grünen Tücher an und zeigte Tuesday die anderen Welten, die er darunter gelagert hatte. »Schlechte Woche, letzte Woche. Es war doch letzte Woche, oder nicht? So müde. So furchtbar, furchtbar müde. Sorgen spült man am besten mit Suppe fort.«

Der alte Mann schlurfte hinüber an den Tisch mit dem Teegeschirr. Tuesday sah, wie er ein großes Stück Möhrenkuchen mit Käse-Sahne-Füllung für sich abschnitt. Ihr lief das Wasser im Mund zusammen, und sie merkte plötzlich, wie hungrig sie war.

»Wie lange habe ich geschlafen?«, fragte sie.

Der Alte wirbelte herum und starrte sie an, als sähe er sie zum ersten Mal. »Was machst du denn hier? Hier hat niemand Zutritt außer mir. Raus mit dir! Raus!«

Während er aufgeregt mit den Händen wedelte, als wollte er ein lästiges Insekt verscheuchen, lief Tuesday schnell an den Schreibtisch und durchwühlte den ungeordneten Haufen von Notizzetteln. Da war er!

Mädchen vom Himmel gefallen. Schläft auf dem Sofa.

»Das hier, das bin ich«, sagte sie und hielt ihm den Zettel unter die Nase. »Das Mädchen auf dem Sofa. Ich heiße Tuesday. Ich bin gerade aufgewacht.«

Der Gärtner blinzelte und schüttelte verwirrt den Kopf.

»Ach ja, richtig. Du hast mehrere Tage geschlafen. Oder auch nicht. Zeit kann knapp sein, geliehen oder reif. Du brauchst nur dort hinaus zu sehen. Einige Welten bewegen sich schnell und andere langsam. Jahre sind Tage und Tage sind Minuten. Unmöglich zu berechnen, das alles«, nuschelte er und schaufelte sich ein Stück Kuchen in den Mund. Er kaute langsam und nachdenklich, dann warf er Tuesday wieder einen schiefen Blick zu und sagte: »Du kannst eigentlich gar nicht hier sein. Ich weiß zwar nicht, wie du gefallen bist, aber gefallen bist du, soweit ich mich erinnern kann. Der Kuchen ist köstlich. Möchtest du ein Stück? Etwas Tee?«

»Ja, bitte.«

»Du bist direkt auf mein Sofa gefallen. So etwas habe ich noch nie erlebt«, fuhr der Gärtner kopfschüttelnd fort, während er Tuesday einen vollen Teller und eine dampfende Teetasse reichte.

»Vielen Dank.« Dankbar biss Tuesday in den Kuchen, er war wirklich köstlich. Sie trank ein paar Schlucke Tee und fühlte sich sofort wie neugeboren. Endlich konnte sie wieder klar denken.

»Es tut mir leid, dass ich auf so seltsame Weise hier hereingeschneit bin«, sagte sie. »Das war keine Absicht. Zumindest glaube ich das. Ich war gerade unterwegs zur Stadt der Uhren, um dort nach einer Tür zu suchen. Aber eigentlich habe ich nach Ihnen gesucht. Die Bibliothekarin schickt mich.«

Verblüfft fragte der Gärtner: »Lucille? Lucille hat dich geschickt?«

»Frau Bibliothekarin«, berichtigte Tuesday.

»Sie konnte ihren Namen noch nie leiden.« Der Alte lächelte verschmitzt. »Du wirst ihr doch nicht sagen, dass ich ihn dir verraten habe?«

Als Nächstes fischte Tuesday die zusammengerollte Nachricht mit dem violetten Siegel aus der Tasche ihrer Shorts. Sie war ziemlich platt gedrückt und zerknittert. Aber sie hatte schließlich auch einen weiten Weg hinter sich, unter freiem Himmel übernachtet, war vollkommen durchnässt worden und hatte einen Verca-ka-Schwarm heil überstanden. Der Mann schüttelte den Kopf und weigerte sich, das Papier anzunehmen.

»Das kann nicht stimmen.« Er schien auf einmal furchtbar verärgert, als hätte Tuesday ihm gesagt, er solle Erbsen mit Eis essen.

Er rang nervös die Hände, als ihm das Wort ins Auge fiel, das er auf einem Handrücken notiert hatte: TASCHE.

Er tastete seine zahlreichen Taschen ab und zog schließlich ein Stück Papier aus der Innenseite seiner gelben Jacke. Er überflog es still für sich, dann las er es Tuesday laut vor, als handele es sich um ein offizielles Schriftstück.

»*Guten Tag. Ich bin der Gärtner und das hier ist das Gewächshaus. Ich verliere mein Gedächtnis. Ich schaffe mein Arbeitspensum nicht mehr. Ich habe meinen Hund losgeschickt, um Hilfe zu holen. Die Welten kollidieren, und das hat möglicherweise etwas damit zu tun, dass meine Kräfte nachlassen. Ich bin sicher, dass Hilfe kommen wird.*«

Tuesday nickte heftig. »Ja, das bin ich. Ich bin hier, um Ihnen zu helfen. Bitte, lesen Sie die Nachricht.«

Der Gärtner stopfte seinen eigenen Zettel zurück in die Tasche, nahm die Nachricht der Bibliothekarin und brach das Siegel. Als er zu Ende gelesen hatte, knüllte er das Papier wütend zusammen.

»Du bist viel zu jung«, erklärte er. »Du kannst das nicht.«

»Ich muss«, sagte Tuesday. »Ich habe der Frau Bibliothekarin mein Versprechen gegeben.«

»Jaja, das haben wir alle irgendwann einmal«, knurrte er mürrisch, dann schien ihn sein Kampfgeist plötzlich zu verlassen, und er versank in tiefes Schweigen.

»Jung sein ist ein Makel, der mit jedem Tag besser wird«, murmelte er vor sich hin. »Eine Schneeflocke fällt nie an die falsche Stelle.«

Mit lautem Knall zuckte ein weiterer greller Blitz zwischen den aufeinandergeprallten grünen und orangefarbenen Planeten hin und her.

»Meinen Sie nicht, wir sollten uns an die Arbeit machen?«, fragte Tuesday. »Menschen, Tiere, Wesen aller Art … sicher verletzen sie sich dort oben gerade furchtbar.«

»Ich habe meinen Hund ausgesandt, um Hilfe zu holen«, sagte der Gärtner, als wäre es ihm eben erst wieder eingefallen. »Er wird bald zurück sein.«

»Nein, das wird er leider nicht«, sagte Tuesday, zog das Halsband seines Geflügelten Hundes aus der Hosentasche und zeigte es dem alten Mann. »Es … es tut mir sehr leid, aber Ihre Hündin wurde über dem Pfefferminzwald von Vercakas angegriffen.«

Der Gärtner hatte Tränen in den Augen.

»Vercakas? Aber in jener Welt gibt es keine Vercakas. Es war eine vollkommen sichere Strecke. Sie liebte diese Welt, denn dort war sie einst zu Hause.«

»Ich glaube, es ist nirgends mehr sicher.«

»Mein gutes altes Mädchen.« Mit unruhiger Hand setzte er seinen Kuchenteller auf die Teetasse und stellte beides zusammen auf dem Tisch ab, dann nahm er das Hundehalsband. »Geht es ihr gut? Ist jemand bei ihr?«

»Sie ist tot.« Tuesday brachte den furchtbaren Satz nur leise flüsternd über die Lippen. »Es tut mir so leid.«

»Sie … wir … nein …« Der Gärtner umklammerte das Halsband und hielt es unter seine Nase, als wolle er den Geruch seines geliebten Hundes tief in sich aufnehmen. »Oh nein! Dann ist es zu Ende. Alles Gute muss einmal ein Ende haben. Alles Gute …«, schluchzte er.

Auch Tuesdays Augen füllten sich mit Tränen. »Es tut mir so leid. Ich habe auch einen Hund. Ich verstehe das, glauben Sie mir. Aber es ist nicht zu Ende. Ich bin wirklich hier, um zu helfen.«

»Du hast einen Hund …«, wiederholte der alte Mann leise. »Einen Geflügelten Hund?«

»Ja.« Tuesday nickte.

»Eine Schneeflocke fällt nie an die falsche Stelle«, sagte er wieder. Dann blickte er sich um. »Wo ist sie? Wo ist deine Hündin?«

»Es ist ein Er, und er ist dort oben, irgendwo da draußen mit Vivienne Small, hoffe ich.«

»Du wirst ihn brauchen«, sagte der Gärtner.

»Ich weiß«, antwortete Tuesday. »Er ist sonst immer bei mir. Außer in der Schule.«

»Oje. Du bist eindeutig zu jung hierfür. Ich war zu jung.« Der Gärtner redete mit geschlossenen Augen. »Ich hätte sie niemals verlassen sollen. Es war mir nicht klar. Ich hatte keine Ahnung, wie lange für immer sein würde. Für immer ist viel länger, wenn man allein ist.«

Riesige blaue Splitter lösten sich aus der grünen Welt und fielen ins Nichts. Aus der orangefarbenen Welt schlugen grelle Blitze und zischende Flammen.

»Ich habe sie geliebt«, erzählte der Gärtner weiter. »Mir war nicht klar, wie weit voneinander entfernt wir sein würden.«

Tuesday war fast sicher, dass er nicht mehr von seiner Hündin sprach, sondern von der Bibliothekarin. *Meine große Liebe …*

»Ich weiß nicht, ob jetzt der richtige Moment ist, darüber zu reden«, sagte Tuesday. »Bitte, Sie sollten Ihren Bootshaken einsetzen.«

»Wenn du den Haken nimmst …«, murmelte der Gärtner tonlos.

Tuesday durchquerte den Raum und zögerte einen Moment, bevor sie mit beiden Händen den Griff des Bootshakens umfasste. »Sagen Sie mir, was ich tun soll!«

»Wenn du den Haken nimmst …«, wiederholte der Gärtner, dann schüttelte er den Kopf. Er saß immer noch mit geschlossenen Augen da und umklammerte das Halsband seines Hundes.

»Den Teil habe ich verstanden«, rief Tuesday über die Schulter zurück.

»Ich darf dich das nicht tun lassen. Es wäre ein Fehler.«

Aus den beiden Welten über ihnen sprühten Funken, während sie sich immer weiter ineinander verkeilten.

»Sagen Sie mir, was ich tun soll«, rief Tuesday.

»Aber wenn du den Haken nimmst, dann …« Der Gärtner brach ab und ließ sich auf das gelbe Sofa fallen. »Der Kluge macht aus großen Problemen kleinere und löst die kleineren auf.«

Tuesday stieß den langen Bootshaken hoch in den Himmel, und er schoss auf den grünen und den orangefarbenen Planeten zu, die anscheinend fest entschlossen waren, sich gegenseitig zu zerstören. Trotz der riesigen Entfernung erspähte Tuesday an der Außenhülle der orangenen Welt eine Art Schlaufe und schaffte es sogar, die Stange dort einzuhaken. Sie musste ihre ganze Kraft aufbringen, bis sich die Welt endlich ein klein wenig nach unten ziehen und festhalten ließ. Die beiden Planeten lösten sich voneinander und mit der nächsten Drehung hatte sich der grüne Planet plötzlich befreit.

»Ich hab's geschafft!«, jubelte Tuesday.

Der Gärtner öffnete die Augen und drehte sich zu ihr um.

Er stand vom Sofa auf und ging auf sie zu. »Wenn du den Bootshaken nimmst, dann ist es für immer.«

»Was ist für immer?«, fragte Tuesday, während sie im Himmel nach weiteren Welten Ausschau hielt, die sich gefährlich nahe aufeinander zubewegten.

»Die Reise in die Ewigkeit beginnt mit einem einzigen Schritt«, sagte der Gärtner.

»Ich verstehe kein Wort«, sagte Tuesday.

»Du, meine Liebe, bist soeben der Gärtner geworden.«

»Das kann nicht sein«, widersprach Tuesday. »Der Gärtner sind Sie.«

»Nein, das bin ich nicht. Nicht mehr«, seufzte er. »Du hättest niemals herkommen dürfen, hättest nie den Bootshaken aufnehmen dürfen. Ich hätte dich vielleicht davon abhalten können, aber ich …«

Er sah auf einmal vollkommen ratlos und verwirrt aus. Als wäre ihm schon wieder entfallen, wer sie war und wie sie zu ihm gekommen war.

»Ich bin Tuesday. Ich bin vom Himmel gefallen«, erinnerte sie ihn.

»Du bist der Gärtner«, sagte der alte Mann und strahlte plötzlich über das ganze Gesicht. »Herzlichen Glückwunsch! Du hast eine wunderbare Zeit vor dir! Ich bin mir zwar nicht sicher, aber es soll wohl so sein. Sie hat schließlich doch noch Hilfe geschickt. Nur ein schwacher Mann zweifelt an der Stärke einer Frau.«

Und dann, als fiele ihm gerade wieder ein, wie alt er war, sagte er: »Ich bin schrecklich müde. Wenn du erlaubst, werde ich mich hinsetzen und ausruhen.«

»Aber Sie können doch nicht … ich meine, wie soll ich denn … ich habe doch nicht die leiseste Ahnung, was ich hier mache!«

Tuesday hielt immer noch den Bootshaken in der Hand, während in ihrem Kopf alles wild durcheinanderwirbelte. Hier ging gerade etwas fürchterlich schief, und es gab nichts, was sie dagegen tun konnte.

Der alte Mann betrachtete den Himmel.

»Ist es gerade Nacht? Ach ja, ja. Wie dumm von mir. Hier ist es immer Nacht. Daran wirst du dich gewöhnen.«

Er humpelte ein wenig, als er den Raum durchquerte, dann drehte er sich plötzlich um.

»Ein neuer Gärtner. Ha! Gut, gut. Wie war noch gleich dein Name? Hast du nicht gesagt, du hättest einen Hund? Du solltest ihn zu dir rufen. Du wirst ihn brauchen.« Und nach einem Blick auf seine Hand fügte er hinzu: »Wer zum Teufel ist TASCHE?«

Kapitel 20

Noch bevor der alte Mann in seinem Sessel eingeschlafen war, trudelte die nächste Welt bereits auf dem breiten Steg auf das Gewächshaus zu. Während sie zur Öffnung des gläsernen Schachtes rollte, schrumpfte sie wie ihre Vorgängerin, bis sie schließlich vor Tuesday auf dem Arbeitstisch landete. Und wieder schwang der mechanische Arm nach vorn und schraubte den gläsernen Deckel der Welt ab. Helles Licht flammte auf.

»Was willst du?«, fragte Tuesday die Welt, die geöffnet und zur Inspektion bereit vor ihr wartete. »Ich bin nicht der Gärtner, weißt du. Jeder kann sehen, wie verwirrt er ist. Ich bin nur hier, um zu helfen. Nur, um zu helfen …«

Zögernd nahm Tuesday die Brille, die der Gärtner vorhin getragen hatte, stellte sie scharf und spähte in die Welt hinein. Dort stand die Zeit still. Sie sah Menschen an einem Sandstrand, die ihre Netze flickten, mitten in der Bewegung innehalten. Von einem Windstoß zur Seite gebogene Palmen sahen aus wie erstarrt. Mehrere Boote lagen am Ufer, und die Fischer waren gerade dabei, ein Netz einzuholen, aber Tuesday hatte nicht die leiseste Ahnung, was sie tun sollte. Hinter dem Strand lag eine kleine Stadt. Häuser und Bäume, alles hier war klein.

Bei genauerem Hinsehen entdeckte sie am äußeren Rand der Stadt ein paar sehr ärmliche Häuser. Zaghaft hob sie das Dach aus Palmwedeln ein wenig an und spähte hinein. Ein Stuhl und ein Bett standen in dem Zimmer. Auf dem Bett lag eine zerschlissene Decke, daneben eine zerlesene Zeitung. Tuesday fiel auf, dass ein paar Kohlen auf den Boden gerollt waren und die Grasmatte bereits anfing, zu schwelen und zu rauchen. Es schien niemand zu Hause zu sein. Mit der kleinsten Pinzette, die sie finden konnte, entfernte Tuesday die glühenden Kohlen und tauschte die beschädigte Matte durch eine andere aus, die auf der anderen Seite des Dorfes über einem Zaun hing. Dann setzte sie das Dach wieder auf und schlug zur Befestigung mit einem Hammer die winzigsten Nägel hinein, die sie je gesehen hatte. Es war keine große Sache, aber immerhin eine kleine Verbesserung.

Gerade wollte sie auf den Knopf drücken, um die Welt wieder verschließen zu lassen, als sie weit draußen auf dem Meer einen Fischer entdeckte, der von einem Schwarm Haie umkreist wurde. Sein Boot war nicht viel mehr als eine Nussschale, das Segel aus alten Säcken zusammengeflickt. Sollte sie die Haie herausnehmen? Oder das Fischerboot näher zum Ufer bringen? Bevor sie sich entscheiden konnte, rasten über ihrem Kopf zwei Welten aufeinander zu und stießen krachend zusammen.

Ein greller Blitz zerteilte den dunklen Himmel. Sie riss sich die Brille von der Nase, rannte zu dem Bootshaken und versuchte, die beiden Welten zu trennen. Doch sie hatten sich tief ineinander festgefressen und rührten sich nicht von der Stelle. Sie zog und zog. Da, endlich, tat sich etwas. Mit allen Kräften zerrte sie an den Welten, bis sie, gefährlich schwankend und schlingernd, wieder auseinanderdrifteten.

Tuesday wusste nicht, ob sie vor Anstrengung oder vor Angst zitterte. Was machte sie hier überhaupt? War sie wirklich eine Hilfe oder würde sie nur ein noch größeres Chaos anrichten? Sie musste an Baxterr denken und ihr kamen sofort die Tränen. Wo war er nur? Was musste er gerade durchmachen? Was war in Vivienne Smalls Welt noch alles passiert? Konnten ganze Welten zerstört werden, mit allem, was in ihnen lebte? Verzweifelt blinzelte sie die Tränen fort und bemerkte, dass alle Welten am Himmel bebten und zitterten.

»Hört auf damit!«, schrie Tuesday sie an. »Das dürft ihr nicht!«

Dann hörte sie, wie wieder ein Planet auf dem Steg landete. Eine riesige Kugel aus Sand und Sturmwirbeln rollte auf sie zu, wurde dabei jedoch nicht kleiner. Der automatische Fangarm versuchte, die Kugel anzuheben und in die Schachtöffnung hineinzupressen. Tuesday zuckte erschrocken zusammen, als sie hörte, wie die Welt knackte und der automatische Arm unter dem Gewicht ächzte.

»Aufhören! Aufhören!«, schrie sie. Sie stürzte ans andere Ende der Werkbank und suchte vergeblich nach einer Art Steuerung. Wieder krachte die Sturmwelt gegen die Seitenwand, sodass alles im Gewächshaus durcheinandergerüttelt wurde.

»Das klingt nicht gut«, sagte Tuesday und rannte hinüber zu dem Sessel, in dem der Gärtner lag und schlief.

»Herr Gärtner, Herr Gärtner. Wachen Sie auf! Hier geht alles schief.«

Der Gärtner zuckte zusammen und öffnete die Augen. Das kurze Nickerchen hatte ihm offenbar gutgetan.

»Garnet. Habe ich dir das gesagt? So heiße ich. Daran habe ich schon seit Jahren nicht mehr gedacht. Und du bist der neue Gärtner, was? Glückwunsch! Ein wunderbares Leben ist das, einfach wunderbar!«

Ihm fielen schon wieder die Augen zu.

»Garnet!« Tuesday rüttelte an seiner Schulter. »Sie müssen aufwachen!«

»Oh! Es ist die Aufgabe des Gärtners zu gärtnern«, sagte er. »Das Gärtnern ist ein Spiel, das aus Division und Multiplikation besteht. Aus fraktaler Geometrie und organischer Geologie.«

»Sie reden wirres Zeug«, sagte Tuesday. »Da draußen steckt eine Welt fest. Sie passt nicht durch den Schacht.«

»Ah, also ist es wohl eine zu große Aufgabe für unser Fräulein Gärtnerin?« Er schwang seine Beine herum und setzte sich auf.

»Tuesday«, erinnerte sie ihn. »Ich heiße Tuesday.«

»Ich fürchte, es ist an der Zeit, das alles hinter dir zu lassen. Man sollte nicht versuchen, das Leben rückwärts zu leben.«

»Die Welt ist zu dick«, sagte Tuesday ungeduldig.

»Alles, was dort draußen passiert, passiert auch gleichzeitig hier drin.« Er tippte auf seine Brust.

»Sie reden immer noch wirres Zeug«, sagte Tuesday. »Kommen Sie, sehen Sie sich das an!«

»Das kann ich machen.« Der Gärtner erhob sich von seinem Sessel. »In der Tat habe ich mich schon seit Wochen nicht mehr so gut gefühlt. Ach, was sage ich, seit Monaten.«

Obwohl er älter aussah, schien er wieder bei klarem Verstand zu sein. Als er die Sandwelt erblickte, die von außen gegen den Schacht prallte, lächelte er weise.

»Eine Sache musst du verstehen: Weder bist du zu klein noch die Aufgabe zu groß.«

»Die Welt passt nicht hinein«, klagte Tuesday. »Sie müssen sie kleiner machen.«

»*Du* musst sie kleiner machen«, korrigierte er.

»Das ist unmöglich.«

»Du wärst überrascht, wie oft ich selbst diesen Satz gesagt habe, als ich hier ankam«, sagte er.

»Ich bin nur hier, um Ihnen zu helfen«, erklärte Tuesday. »Ich bin nicht hier, um Ihre Arbeit zu übernehmen. Das ist Ihnen doch klar, oder? Ich bin schließlich noch ein Kind. Ich sollte das hier eigentlich gar nicht machen. Ich weiß ja nicht einmal, wie.«

»Zweifel ist immer ein schlechter Ratgeber«, sagte Garnet. »Er macht alles nur …«

Einige Welten wirbelten über ihnen hinweg.

»Wohin fliegen sie?«, fragte Tuesday.

»Wer kann das sagen? Aber bevor du nicht sicherer geworden bist, werden sie nicht zurückkommen. Was alle möglichen Probleme verursachen wird. Ist dein Hund schon hier?«

»Natürlich nicht«, sagte Tuesday. »Er weiß nicht einmal, dass ich noch lebe. Wie sollte er mich je hier finden?«

»Ich verstehe, alles ist unsicher. Aber du wirst Sicherheit lernen«, sagte er. »Ist dir schon einmal aufgefallen, dass die Bibliothekarin und die Bibliothek untrennbar miteinander verbunden sind? Sie kennt jedes Buch, das gerade geschrieben wird. Jedes Buch, das je geschrieben worden ist. Es gibt nichts, was sie über Bücher nicht weiß. Schriftsteller sind nur der Sonnenschein und der Regen, die ein Buch wachsen lassen. Genauso muss ein Gärtner jede Welt kennen. Man erwartet von dir nicht, dass du alles sofort weißt. Doch du wirst überrascht sein, wie schnell du alles kennenlernst. Alles folgt einem bestimmten Muster. An einigen Tagen kümmerst du dich um Pflege und Instandhaltung. An anderen besichtigst du andere Welten. Oder du suchst nach einem Lieblingssee zum Angeln. Dieses ganze Universum gehört dir. Kannst du dir all das Wunderbare vorstellen, das du sehen wirst? Wem du begegnen wirst?«

Tuesday schüttelte unglücklich den Kopf. Schon wieder stieß die Sturmwelt gegen die Außenwand des Gebäudes und dieses Mal fielen durch den Aufprall ein paar Sachen aus dem Regal neben ihnen.

»Bis es so weit ist, Gärtnerfräulein, musst du dich konzentrieren«, sagte Garnet.

»Ich kann mich nicht konzentrieren. Da drüben wartet eine Welt, in der gerade etwas ausgebrochen ist … ein Sandsturm?«

»Und wahrscheinlich ein schwarzer Schneesturm, ein Khamsin, ein Scirocco«, ergänzte der alte Mann.

»Ich schaffe das nicht. Und ich sollte längst wieder zu Hause bei meinen Eltern sein. Ich sollte …« Tuesday atmete tief durch und versuchte, nicht loszuheulen. »Ich brauche meinen Hund.«

»Selbstverständlich. Wo, sagtest du, hast du ihn zurückgelassen?«

»In der Stadt der Uhren.«

»Ah, in der Welt von Vivienne Small. Ausgezeichnete Welt. Wahrhaft majestätische Berge. Und diese Hunde! Wenn es nach diesem scheußlichen Mothwood gegangen wäre, hätte er sie allesamt versklavt. Aber ich habe sie in Sicherheit gebracht.«

»Die Geflügelten Hunde? Wo?«

»Oh, ich habe sie versteckt. Wunderschöne Wesen. Und wie gut sie sich entwickelt haben! Es gibt nichts Treueres als einen Geflügelten Hund. Aber das weißt du natürlich selbst am besten. Wir werden später nach deinem Hund suchen, einverstanden? Wenn du dich beruhigt hast. Man sollte nie Welten einholen, wenn einem gerade die Nerven durchgehen.«

»Das verstehe ich nicht. Welten einholen? Was meinen Sie damit?«

»Ah, du warst schon fleißig, wie ich sehe«, sagte Garnet und untersuchte die Welt mit den Palmen und dem Fischer, in der Tuesday gegärtnert hatte. »Ausgezeichnet, ganz ausgezeichnet.«

Er nahm eine große Lupe zur Hand.

»Gute Arbeit, gute Arbeit. Was hältst du von den Haien?«

»Ich weiß nicht«, sagte sie. »Ich habe überlegt, das Boot herauszunehmen und es näher an den Strand zu bringen.«

»Das hätte eine wunderbare Geschichte ruinieren können«, sagte er. »Ihr Autor wäre bestimmt nicht begeistert.«

»Dafür habe ich das Haus vor einem Feuer bewahrt.« Tuesday zeigte auf die Hütte mit dem Palmdach.

»Ja, das stimmt.« Garnet nickte. »Santiago, der Fischer, wäre dir dankbar, wenn er es wüsste. Aber er wird es nie erfahren. In Ordnung, ich denke, die können wir wieder entlassen. Drück bitte auf den Knopf.«

Tuesday drückte den Knopf, auf den Garnet zeigte, und sofort erschien der mechanische Arm, um die Welt wieder zu verschließen und in den Ausgangskanal zu befördern. Sie schoss durch die Röhre nach draußen und war bald wieder an ihrem Platz im Universum der Welten.

»Meinst du, du bist jetzt bereit für die Welt dort drüben?«

Seltsam, dachte Tuesday. Der Sturmplanet erschien ihr auf einmal viel kleiner und handlicher.

»Vielleicht möchtest du sogar eine kleine Nachricht hinterlassen.«

»Eine Nachricht?«, fragte Tuesday.

»Ja. Wenn ich meine Arbeit erledigt habe, hinterlasse ich manchmal einen Regenbogen. Niemand außer mir weiß, was es bedeutet, dennoch ist es so etwas wie ein kleines Zeichen, um zu sagen, dass alles in Ordnung ist. Wenn man einen Regenbogen sieht, fühlt man sich sofort ein wenig beruhigt, man kann gar nicht anders, egal, was man gerade erlebt.«

»Erlebt?«, sagte Tuesday.

»Man kann Kriege erleben, furchtbare Tragödien, bei denen einem das Herz bricht, oder Liebesgeschichten. Man kann bösartigen Kreaturen begegnen oder tapferen Heldinnen. Diese Welten leben von der wundersamen Kraft der Fantasie und sie wirkt in ihnen Tag für Tag.«

»Werden Sie denn nie gesehen?«

»Nicht bei einer Routine-Wartung. Nein, nein. Alles wird angehalten. Für jeden Einzelnen dort unten bleibt die Zeit stehen. Bist du bereit?«

Tuesday nickte, und schon war die aufgewühlte Welt aus Wind

und Sand in den gläsernen Schacht gefallen, rollte über ihren Köpfen einmal rund um den Raum herum und landete schließlich in der Vorrichtung auf der Werkbank.

Garnet reichte ihr einen sehr kleinen Staubsauger und die spezielle Mikroskop-Brille. Tuesday stellte sie scharf, schaltete den Staubsauger an und beseitigte – auf ein Zeichen von Garnet – den Sandsturm, unter dem leuchtend gelbe Graswiesen zum Vorschein kamen.

Zur einen Seite hin breitete sich eine riesige Zeltstadt aus. Fahnen wehten im Wind. Sie sah Hunderte von Pferden. Jenseits der Stadt erstreckte sich eine Wüstenlandschaft aus schimmerndem Sand.

»In dieser Welt finde ich jedes Mal, dass das Gras dringend geschnitten werden muss«, bemerkte Garnet und reichte ihr einen winzigen elektrischen Rasierer. Tuesday drückte auf den kleinen Schalter und mähte über die gelben Grashalme.

»Dann solltest du das Schilf entfernen, das ständig versucht, den Fluss zu verstopfen.«

Tuesday befolgte auch diese Anweisung.

Winzig klein und hutzelig, aber mit lebhaft leuchtenden Augen, stand Garnet an den Tisch gelehnt neben ihr und warf selbst die ganze Zeit über nicht einen einzigen Blick in die Welt.

»Als Nächstes musst du etwas Sand austauschen. Ich füge gern einige Riffel und Muster ein.« Er gab Tuesday eine Ampulle mit Sand und eine Nadel, mit der sie Wellen in den Wüstensand malte.

»Ein wenig Regen, damit die Wildblumen besser wachsen können«, sagte Garnet und kramte eine Miniaturgießkanne hervor.

Dann drückte er ihr eine kleine Sprühdose in die Hand. »Hier, versuch's mal hiermit. Oben am Himmel.«

Tuesday drückte auf den Knopf und heraus kam der allerschönste Regenbogen. Sie war so überrascht, dass sie mittendrin aufhörte.

»Mach dir darüber keine Gedanken«, sagte Garnet. »Es ist immer schwer, einen perfekten Bogen hinzukriegen.«

»Das macht Spaß, aber bald werden Sie den Job doch wieder übernehmen, nicht wahr?« fragte Tuesday. »Immerhin sind Sie derjenige, der alles weiß.«

Garnet lächelte und nahm Tuesday vorsichtig die Brille ab. »Fräulein Gärtnerin«, sagte er.

»Tuesday«, erinnerte sie ihn.

»Als du ankamst, habe ich mir wirklich Sorgen gemacht. Ich dachte, die Bibliothekarin hätte einen großen Fehler begangen. Ich hätte dir niemals erlaubt, der neue Gärtner zu werden. Du bist noch so jung. Ich nehme an, du möchtest noch eigene Bücher schreiben. Du hast dich noch nie verliebt. Ich bin sicher, dass du eine Familie hast, die auf dich wartet. Aber bevor ich dich warnen konnte, hattest du den Bootshaken schon in der Hand. Und diese beiden Welten voneinander getrennt, als wüsstest du genau, wie es geht. Und wie du diese Welt wieder in Ordnung gebracht hast und auch die davor – es kommt mir so vor, als hättest du nie etwas anderes gemacht. Und ich denke, Lucille hatte recht.«

»Wirklich?«

»Sie war die Liebe meines Lebens, musst du wissen.«

Tuesday errötete.

»Sie wird immer die Liebe meines Lebens sein. Sie und Nordwind, meine Hündin.«

Wieder dachte Tuesday an Baxterr. Sie sah hinauf in den dunklen Himmel. Selbst wenn sie wüsste, welche der unzähligen Welten dort draußen Viviennes war – wie sollte sie Baxterr hierherbringen?

»Gute Frage, gute Frage«, sagte Garnet, als habe er ihre Gedanken gelesen. »Mir geht schon langsam wieder die Puste aus. Am besten, ich zeige dir jetzt gleich, wo die Türen sind.«

Auf dem Weg durch den Raum fiel Tuesday auf, dass der Tisch nicht mehr mit Kuchen und Teekannen, sondern fürs Abendessen gedeckt war. Es duftete nach Pilzsuppe und wahrscheinlich Lasagne.

»Kommt das Essen automatisch?«, fragte Tuesday.

»Drei Mahlzeiten pro Tag plus Morgen- und Nachmittagstee. Verhungern wird man hier nie.«

»Wer hat diesen Ort eingerichtet?«, wollte Tuesday wissen und fragte sich, was es in diesem galaktischen Gewächshaus noch alles zu entdecken gab.

»Könnte mir vorstellen, dass es ein Schriftsteller war«, meinte der alte Gärtner und gluckste in sich hinein. »Wer immer es war, hat jedenfalls an alles gedacht. Es gibt immer heißes Wasser, gute Handtücher, saubere Bettwäsche. Ich habe gern frische Bettwäsche, du nicht auch? Nimm deinen Haken.«

Tuesday hob den Bootshaken vom Boden auf.

»Und jetzt angeln wir uns diese Welt … da. Ja, die hübsche kleine dort. Siehst du die Schlaufe?«

Mühelos fand Tuesday mit dem Haken die Schlaufe einer kleinen Welt, in der grüne und goldgelbe Felder zu erkennen waren und hier und dort ein Bauernhaus mit einer Scheune.

»Zieh sie runter bis zum Ende.« Garnet wies mit einem Kopfnicken auf den gegenüberliegenden Steg.

Es ging erstaunlich leicht, wie von einem Magneten angezogen dockte die Welt am Ende des Stegs an.

»Bereit?« Garnets Augen glitzerten. »Jetzt kommt das Beste am Gärtnern. Diesen Teil deiner Aufgabe solltest du niemals vernachlässigen. Geh in die Welten hinein, lerne ihre Geografie kennen, ihre Atmosphäre, ihr Wesen. Lerne, wie alles beschaffen sein sollte, sprich auf deinen Reisen mit den Menschen. Davon kann ich nie genug bekommen. Niemals.«

Die Glastür zum Steg öffnete sich automatisch, und Tuesday folgte Garnet zu der Welt, die sie draußen auf dem Steg erwartete. Überrascht stellte sie fest, dass die Welt als Eingang eine unscheinbare Holztür hatte. Besonders war nur das kleine Messingschild mit einem eingravierten Spinnennetz, in das einzelne Buchstaben eingewebt waren. FANTASTISCH las Tuesday mit leuchtenden Augen.

»Wir werden nicht lange bleiben. Ein kurzer Blick muss für heute genügen«, erklärte Garnet. »Wenn ich erst fort bin, wirst du alle Zeit der Welt haben.«

Tuesday hörte kaum, was er sagte, gespannt, was sie hinter dieser Tür erwartete. Sie blinzelte verwundert, als sie sich plötzlich in einer Scheune wiederfand. Es roch nach Misthaufen und irgendwo wieherte ein Pferd. In einem Stall lag ein sauberes, wohl genährtes Schwein, unter dessen Trog Tuesday einen dünnen Rattenschwanz verschwinden sah. Garnet zeigte in die Ecke einer großen Türöffnung, wo sich eine Spinne in der Mitte ihres wunderschönen Netzes ausruhte.

»Ist es …?«, fragte Tuesday erstaunt.

Garnet nickte. »Du darfst nie vergessen, die Tür hinter dir zu schließen.«

Die Tür, durch die sie eben hereingekommen waren, sah aus wie eine ganz gewöhnliche Scheunentür.

»Was würde passieren, wenn jemand aus dieser Welt durch die Tür dort ginge?«, wollte Tuesday wissen.

»Sie würden bei den Gänsen im Gehege landen«, sagte Garnet.

»Ich habe das Gefühl, dass ich diese Welt schon kenne«, seufzte Tuesday. »Es ist eine meiner Lieblingswelten.«

»So etwas nennt man Schlüsselwelt, Fräulein Gärtnerin. Das

erste Mal, wenn ein Schriftsteller eine ganz neue Idee entwickelt, entsteht eine Schlüsselwelt. Und sie existiert wie eine Sonne in einem Sonnensystem. Wenn sich dann Schriftsteller von ihr inspirieren lassen, sind ihre Welten wie Planeten, die um diese Sonne kreisen. Nicht weniger wichtig, aber verbunden …«

»Ist Vivienne Smalls Welt auch eine Schlüsselwelt?«, fragte Tuesday.

»Natürlich. Komm, komm mit. Machen wir uns auf den Weg nach Hause.«

»Meine Zuhause ist weit, weit weg«, sagte Tuesday, und die Erkenntnis versetzte ihr einen schmerzhaften Stich.

»Unsinn«, sagte Garnet. »Du musst nur hier durchgehen.« Er führte Tuesday aus der Scheune zurück auf den Steg. Als er einen Hebel neben der Glastür herunterdrückte, löste sich die Welt vom Steg und verschwand wieder an ihrem Platz zwischen den anderen Planeten. Auf dem Weg zurück ins Gewächshaus fiel Tuesday auf, dass der alte Mann schon wieder viel schwerfälliger und gebückt ging.

»Mach bitte weiter. Ich werde ein kleines Schläfchen halten«, sagte Garnet.

Er machte es sich auf dem Sofa bequem, schloss die Augen und öffnete sie dann wieder halb. Sein Körper wirkte so zerbrechlich, als wollte er nie wieder aufstehen.

»Das Letzte, was du noch wissen musst«, sagte er, »ist, dass du dich nicht ablenken lassen und unaufmerksam werden darfst. Egal, was du dort draußen machst oder wen du triffst, du hältst das alles hier zusammen, so lange, bis ein neuer Gärtner kommt. Der Bootshaken gehört dir und nur dir allein, bis jemand kommt, der bereit ist, an deine Stelle zu treten. Bis dahin musst du weitermachen. Sonst ist alles hier vorbei.«

Er legte seine Beine hoch, schloss die Augen und sagte: »Warum ruhst du dich nicht auch ein wenig aus? Nur weil es immer Nacht ist, heißt es nicht, dass es nicht Nacht ist.«

Schlaf. Tuesday war, als hätte sie bereits mehrere Tage geschlafen. Also streckte sie sich nur auf dem blauen Teppich in der Mitte des Raumes aus und sah hinauf zu dem überwältigenden flirrenden Firmament über dem Gewächshaus.

So viele Welten, so viele Leben kreisten dort oben. Zu jedem Buch, das man sich vorstellen konnte, gab es eine eigene Welt. Und jede einzelne von ihnen könnte sie sich ansehen. Unendlich viele Möglichkeiten taten sich vor ihr auf. Dann dachte sie an all die Dinge, die sie nie wieder tun könnte, wenn sie die Aufgaben des Gärtners übernehmen würde.

Sie würde nie wieder zur Schule gehen oder in ihrem Bett in der Brown Street schlafen. Sie würde sich auf ihrer himmelblauen Schreibmaschine nie wieder Geschichten ausdenken oder an einem Silberfaden zum Fenster hinausfliegen. Noch schlimmer fand sie die Vorstellung, sich nie wieder mit Serendipity ins Bett zu kuscheln, um gemeinsam zu lesen. Nie wieder würde sie einen von Denis' leckeren Blaubeerpfannkuchen essen. Und wie würde ein anderer sie hier jemals finden? Wer würde kommen und ihr diese Aufgabe wieder abnehmen? Sicherlich war es eine ungemein wichtige Arbeit. Immerhin ging es darum, Bücher für immer am Leben zu erhalten. Auch sie könnte für immer hier leben. Inmitten all dieser Geschichtenwelten. Und nie mehr nach Hause zurückkehren. Der Gedanke versetzte ihr einen so schmerzhaften Stich ins Herz, dass sie anfing zu weinen.

Kapitel 21

Ach, Strubbel, du fehlst mir so«, flüsterte sie. »Wenn du bei mir wärst, wäre alles nicht mehr so schwer.«

Zwei riesige Planeten, die oben am Himmel vorüberschwebten, knirschten und ächzten, so eng schrammten sie aneinander vorbei. Ein entferntes Knallen und Rumpeln verriet ihr, dass irgendwo wieder zwei Welten zusammengestoßen sein mussten. Dazwischen flammte grelles Blitzgewitter auf, weil es in einigen entfernten Welten anscheinend zu Unruhen gekommen war, bei denen gelbe, grüne und rote Blitze über den Himmel zuckten wie bei einem Feuerwerk. Die plötzliche Helligkeit zerschnitt das Dämmerlicht im Gewächshaus, wo die Beleuchtung auf den Werkbänken und Stegen schwächer geworden war, als wüsste sie, dass Garnet schlafen wollte.

Mit sorgenvollem Blick betrachtete Tuesday den Himmel. Die Aufgabe des Gärtners sollte es sein, sich um die Welten zu kümmern, sie ruhig und voneinander getrennt zu halten. Aber es herrschte noch immer ein großes Chaos da draußen. Wieder Ruhe und Sicherheit herzustellen, schien zu einer gewaltigen und beinahe unlösbaren Aufgabe geworden zu sein. Tuesday konnte nur von ganzem Herzen hoffen, dass Baxterr und Vivienne noch nichts zugestoßen war.

Sie schloss die Augen und zwang sich, so ruhig und langsam zu atmen wie möglich. Irgendwann hatten sich die Welten am Himmel ein wenig beruhigt. Als Tuesday einschlief, träumte sie von Serendipity und Denis und Blaubeerpfannkuchen. Sie konnte nicht sagen, wie lange sie geschlafen hatte, als sie von einem seltsamen, leisen Geräusch geweckt wurde, das nicht aus dem Himmel über ihr, sondern aus dem Raum selbst zu kommen schien. *Tapp, tapp … tapp, tapp, tapptapp, tapp …*

Tuesday lauschte in die Dunkelheit. Es hörte sich an, als ob jemand im Gewächshaus umherlief, doch Garnet konnte es nicht sein, dafür waren die Schritte zu schnell. Außerdem hörte sie ihn auf dem gelben Sofa schnarchen.

Tuesday stand auf und im selben Moment leuchteten die Lampen im Raum heller.

»Ach, du liebe Zeit!«, schrie eine erschrockene Stimme.

Drüben an der Werkbank stand eine kleine Gestalt und blickte mit großen Augen um sich. Von der Taille abwärts war ihr Körper von schimmerndem schwarzem Fell bedeckt, darüber trug sie nichts als einen eng um den Hals gebundenen, flauschigen roten Schal. Aus den lockigen Haaren, die genauso schwarz waren wie das Fell, schauten zwei kurze knubbelige Hörner hervor wie bei einer Ziege. Das lebhafte Gesicht zierte ein kleiner Spitzbart. Ihr Regenschirm hing in Fetzen.

»Hallo?«, sagte Tuesday und blinzelte ungläubig.

Die kleine ziegenartige Person stutzte, sie kam erst einen, dann einen zweiten Schritt näher. Ihre zarten Hufe klapperten, *tapptapp*, über den polierten Holzboden. Es – oder genauer gesagt, *er* – war tatsächlich ein Faun, wie Tuesday sofort erkannte. Und ein ganz besonderer noch dazu.

»Oh … ah …«, stammelte er nervös. »Seid gegrüßt, junge Dame. Ich frage mich, ob Sie mir möglicherweise sagen könnten … äh … wo genau ich mich gerade befinde?«

»Herr Tumnus?«, stotterte Tuesday. Sie blickte verwundert zum Himmel und dann wieder auf den Faun. »Sind Sie wirklich Herr Tumnus?«

Der Faun lächelte höflich, aber doch etwas verwirrt.

»Zufälligerweise, ja, der bin ich. Sind wir uns schon einmal begegnet?«

Tuesday wäre ihm am liebsten um den Hals gefallen, konnte sich aber gerade noch zurückhalten.

Stattdessen streckte sie ihm ihre Hand entgegen und begrüßte ihn herzlich.

»Es tut mir leid, aber ich erinnere mich nicht …«, entschuldigte er sich.

»Ich kann Ihnen gar nicht sagen, wie sehr ich mich freue, Sie endlich zu treffen«, sagte Tuesday.

Der Faun runzelte die Stirn.

»Also sind wir uns noch nie begegnet. Heißt das, ich bin tot? Ja, ich glaube, so muss es sein. Es gab einen furchtbaren Knall und eine Seite meines Hauses wurde fortgerissen. Bevor ich mich versah, flog ich hinaus in den Schnee. Ich versuchte noch im Fallen, mich an einem Laternenpfahl festzuhalten, aber Sie wissen ja, wie unglaublich rutschig diese Dinger sind. Doch so wie es aussieht, atme ich noch. Ist das normal, wenn man tot ist?«

»Sie sind nicht tot«, beruhigte Tuesday ihn. »Sie sind im Gewächshaus. Sie sind … also, wie soll ich sagen … Sie sind aus Ihrer Welt herausgefallen. Ich frage mich, ob es eine Schlüsselwelt ist. Doch natürlich, es kann gar nicht anders sein. Oh, tut mir leid, ich rede mit mir selbst. Ich bin nämlich die neue Gärtnerin, müssen Sie wissen. Und wenn mit Ihrer Welt nicht etwas wirklich Furchtbares geschehen ist, können wir Sie wahrscheinlich wieder dorthin zurückbringen. Ich könnte sie reparieren. Ihre Welt, meine ich. Wenn ich es wirklich versuche.«

Herr Tumnus sah sie vollkommen ratlos an.

»Sehen Sie, da oben«, Tuesday zeigte zum Himmel, »das sind einzelne Welten. Ihre ist dort auch irgendwo.«

Sprachlos folgte der kleine Mann ihrem Blick. Nach einer Weile fasste er sich an den Kopf. »Ich glaube, ich muss mich hinsetzen.«

»Das war vielleicht ein bisschen viel auf einmal«, sagte Tuesday verständnisvoll und führte Herr Tumnus zu einem der Stühle neben dem Esstisch. Da sie gerade aufgewacht war, erwartete Tuesday, unter der gläsernen Speiseglocke etwas zum Frühstücken zu finden, eine Schale Haferbrei vielleicht oder Bananen mit Joghurt. Stattdessen gab es weich gekochte Eier, Sardinen auf Toast, fein mit Puderzucker bestreute Rosinenbrötchen und eine Kanne Tee.

»Haben Sie vielleicht Hunger, Herr Tumnus?«, fragte sie.

Beim Anblick der leckeren Auswahl auf dem Tisch hellte sich die Miene des Fauns ein wenig auf. »Ich glaube, ich könnte in der Tat eine Kleinigkeit vertragen. Trotz oder vielleicht auch wegen meines Sturzes. Ich bin nicht tot, sagen Sie? Kaum zu fassen. Verzeihen Sie, wie war noch gleich Ihr Name?«

»Tuesday.«

»Oh, Tuesday, wie Dienstag«, freute sich Herr Tumnus. »Das war schon immer mein Lieblingstag in der Woche! Bestens geeignet, um Dinge anzufangen. Weitaus besser als Montage, sage ich immer. Montage sind dazu da, sich für das, was am Dienstag erledigt werden muss, in Schwung zu bringen, finden Sie nicht auch?«

Tuesday lächelte und schenkte ihnen Tee ein, dann unterhielten sich die beiden, als wären sie seit Jahren miteinander befreundet. In gewisser Weise waren sie das ja auch. Schon bald war außer Eierschalen, ein paar Krümeln und leeren Tellern und Tassen von dem leckeren Frühstück nichts mehr übrig. Mit vollem Bauch hielten Tuesday und der Faun unter den unzähligen Himmelskörpern über dem Gewächshaus Ausschau nach der Welt, die zu Herr Tumnus gehörte.

»Woran erkennen wir, welche meine ist?«, fragte der Faun.

»Wenn ich das wüsste«, seufzte Tuesday. »Ich habe die Aufgabe erst vor Kurzem übernommen, verstehen Sie? Und ich muss noch furchtbar viel lernen. Mein Vorgänger, der alte Gärtner, ist dort drüben.«

Sie zeigte auf das gelbe Sofa, auf dem Garnet immer noch leise vor sich hin schnarchte.

»Ich möchte ihn nicht aufwecken, wenn es nicht unbedingt nötig ist«, sagte Tuesday und suchte weiter den Himmel ab. »Wo könnte sie sein? Wo?«

Herr Tumnus lachte leise.

»Ich habe einmal ein kleines Mädchen getroffen, wissen Sie? Jünger als Sie, doch sie war Ihnen nicht unähnlich, muss ich sagen. Und sie behauptete immer, meine Welt sei in einem Schrank. Ist das nicht amüsant? Ich sagte dann jedes Mal, dass es wohl ein sehr großer Schrank sein müsste.« Er lachte meckernd wie eine Ziege.

»Das ist es«, sagte Tuesday. Es war, als würde in ihrem Oberstübchen plötzlich eine Glühbirne aufleuchten. »Genau das ist es. Herr Tumnus, Sie sind ein Genie.«

Und fast im selben Moment sah sie sie vor sich – eine mahagonifarbene Welt, die gefährlich schlingernd auf ihrer Umlaufbahn kreiste. Tuesday kniff die Augen zusammen und erkannte, dass die Oberfläche mit fein geschnitzten Eichenblättern, Eicheln und Tieren in allen Formen und Größen dekoriert war. Ein Teil der rund gewölbten Außenwand war herausgerissen und aus dem ausgefransten Rand der Öffnung ragten spitze Holzsplitter. Bei dieser Welt wäre eine gründliche Reparatur fällig, sobald sie Herr Tumnus heil nach Hause gebracht hätte. Tuesday hievte den Bootshaken hoch und angelte nach der goldenen Schlaufe des Planeten.

»Außerordentlich«, staunte Herr Tumnus, als er sah, wie Tuesday die Welt auf das äußerste Ende des Steges hinunterzog. »Das dort draußen ist also meine Welt?«

»Ja, das ist sie«, sagte Tuesday.

»Oh, gut gemacht, Miss Tuesday. Wirklich gut gemacht. Fantastische Arbeit! Bemerkenswert.« Herr Tumnus machte einen kleinen Freudensprung und landete klappernd auf seinen glänzenden gespaltenen Hufen.

Mit einem Klicken landete die beschädigte Welt auf dem Steg. Tuesday legte den Bootshaken beiseite und bot dem Faun ihren Arm.

»Gehen wir?«, fragte sie.

»Gehen wir«, nickte er.

Ich nehme an, ihr ahnt bereits, was Tuesday und Herr Tumnus als Erstes fanden, als sie durch die Tür am Ende des Stegs gingen. Wahrscheinlich wisst ihr, dass dort eine lange Reihe dicker, warmer Pelzmäntel auf sie wartete.

Aber ihr könnt euch bestimmt nicht vorstellen, was Tuesday in den tiefen Taschen des Pelzmantels entdeckte, den sie etwas atemlos vom Haken nahm: Sie fand zwei quadratische, in abgenutztes Silberpapier eingewickelte Schokoladenstücke, die sicher sehr, sehr alt waren – zu alt, um sie zu essen, aber dennoch wertvoll.

Tuesday und Herr Tumnus bahnten sich einen Weg durch die dicken Mäntel, bis die Pelze plötzlich von dichten Tannen abgelöst wurden.

Ein weihnachtlicher Duft von Tannennadeln stieg Tuesday in die Nase, Schnee knirschte unter ihren Füßen.

Das Wetter hatte sich beruhigt, doch der Wind, der bei der Kollision durch das aufgerissene Loch gefegt war, hatte seine Spuren hinterlassen. Überall lagen entwurzelte Bäume, ein paar Meter vor ihnen war ein Laternenpfahl auf halber Höhe abgeknickt. Tuesday machte sich in Gedanken eine Notiz, die Schäden so bald wie möglich zu reparieren.

»Oje«, stöhnte Herr Tumnus und zeigte auf eine Gruppe umgestürzter Bäume, hinter der ein riesiges Loch in der Außenhülle der Welt klaffte. Dahinter sah man am dunklen Himmel andere Welten vorüberschweben.

Der Faun jammerte leise.

»Keine Sorge«, sagte Tuesday. »Das kommt ganz oben auf meine Liste. Aber können Sie vorübergehend irgendwo anders unterkommen? Bis ich es geschafft habe, Ihr Haus zu reparieren?«

»Jaja. Machen Sie sich um mich keine Gedanken. Ich komme schon zurecht. Meine Schwester wird mich sicher aufnehmen. Und wenn mein Haus wieder repariert ist, kommen Sie zum Tee, nicht wahr? Ich werde Brötchen aufbacken.«

Tuesday lächelte, dann verabschiedeten sie sich herzlich. Herr Tumnus klemmte seinen nutzlos gewordenen Regenschirm unter den Arm, und Tuesday sah ihm nach, wie er mit wehendem rotem Schal durch den Schnee davonstapfte.

Seufzend hängte Tuesday den Pelzmantel zurück auf seinen Haken. Eigentlich hatte sie nie die Absicht gehabt, die Aufgaben des Gärtners zu übernehmen, doch sie musste zugeben, dass diese Arbeit auch einige unbestreitbare Vorteile mit sich brachte. Wieder auf dem Steg angekommen, entließ sie die Mahagoniwelt ins Universum, auch wenn das klaffende Loch in ihrer Seite wirklich bedrohlich aussah. Sie nahm sich fest vor, es zu reparieren, sobald sie konnte. Doch zuerst musste sie sich um eine andere Sache kümmern. Etwas, was keinen Aufschub duldete.

Während ihrer Abwesenheit hatten sich die Lampen im Gewächshaus verdunkelt, doch sobald sie den Raum betrat, wurde es allmählich wieder heller. Unter der Glasglocke auf dem Esstisch warteten ein dampfender Becher heiße Schokolade und dazu auf einem kleinen Teller zwei dicke Marshmallows. Nachdem sie getrunken und gegessen hatte, wurde ihr wieder warm. Garnet lag immer noch auf dem gelben Sofa und schlief.

Tuesday setzte ihren Kakaobecher ab und atmete einmal tief durch.

»Du schaffst das«, sprach sie sich selbst leise Mut zu.

Sie griff nach dem Bootshaken, stellte sich auf den blauen Teppich in der Mitte des Raums und spähte hinauf zum Himmel, wo es vor Welten nur so wimmelte. Wenn sie Herr Tumnus' Welt gefunden hatte, warum sollte sie dann nicht auch Viviennes finden? So fest sie konnte, dachte sie an Vivienne und Baxterr, an den Pfefferminzwald, den Mabanquo und die Berge von Margolov. Und plötzlich hatte sie sie entdeckt. Weit, weit entfernt kreiste eine Welt mit blauen Himmeln, in der eine zweite feststeckte. Wenn man genauer hinsah, schienen sich in den hinteren Teil dieser Welt Bergspitzen zu bohren. Das musste Vivienne Smalls Welt sein. Sie war sich ganz sicher.

»Ich komme, um dich zu holen, Strubbel«, flüsterte sie.

Vor lauter Anspannung trat ihr der Schweiß auf die Stirn und sie umklammerte mit feuchten Handflächen den Bootshaken. Ruckartig verlängerte sich die Stange bis hinauf zu den beiden ineinander verkeilten Welten. Wenn sie jetzt noch die Schlaufe an der Seite von Viviennes Welt erwischen würde, könnte sie sie auf den Steg hinunterziehen.

Sehen Sie, Frau Bibliothekarin, vielleicht finde ich die Tür ja doch noch, nur von der anderen Seite, dachte Tuesday.

Ihr Herz raste, und je schneller es schlug, desto schneller wirbelten die anderen Welten um die beiden, die sie suchte. Sie musste

Ruhe bewahren. Wenn ihr Vivienne Smalls Welt jetzt wieder entwischte, wäre alles verloren.

Nach ein paar langen, tiefen Atemzügen hob sie erneut den Bootshaken an. Und dann, mit einer schnellen, schwungvollen Drehung, hatte sie die goldene Schlinge an der Unterseite der eingedrückten Welt der blauen Himmel eingefangen. Mit aller Kraft und einem beherzten Ruck stieß sie die lange Stange nach oben.

Kapitel 22

In der Stadt der Uhren war der Tag der großen Schlacht gekommen.

Im Schutz der Nacht wurden vier riesige Katapulte auf den Letitia-Mabanquo-Platz gerollt. Ein plötzlicher Windstoß fegte wie eine Vorwarnung durch die Stadt, rauschte in den Baumkronen, heulte durch Schlüssellöcher, rüttelte an Fenstern und drehte die Wetterfahnen. Dann legte sich der Wind und die Vercakas kamen.

Von allen vier Stadttoren gleichzeitig schallte das Alarmsignal der Hornbläser über die Dächer, und alle Blicke, egal, ob jung oder alt, richteten sich zum Himmel. Ein riesiger schwarzer Schatten senkte sich über die stolzen Türme der Stadt, die unermessliche Anzahl der grausigen Vögel schien selbst schlimmste Befürchtungen zu übertreffen. Auf den ersten Blick erkannten die Bewohner, dass sie trotz der tagelangen Vorbereitungen, trotz der Mithilfe aller Kinder, Frauen und Männer (mit Ausnahme von Nigel Finkwatter) dieser Übermacht nicht gewachsen waren.

Es blieb ihnen weder Zeit, den Sonnenaufgang zu bewundern, noch, über mangelnden Schlaf zu lamentieren, geschweige denn zu merken, wie schnell ihre Herzen in diesem Moment schlugen. Zu Hunderten stießen die Vercakas mit schrillem Kreischen auf die Stadt herab. Auf das Signal der Bürgermeisterin schleuderten die ersten Katapulte ihre Ladung hoch über den Platz. Die Stadtbewohner staunten wie Zuschauer eines Feuerwerks, als sich ein Silberregen aus Fischen, jeder mit einem Goldstück im Bauch, über den Himmel ergoss. In der Luft kam es zu einem unglaublichen

Tumult. Gierig stürzten sich die Vögel auf die unerwartete Beute, würgten sie noch im Flug in sich hinein und kreischten wütend, wenn einer ihrer Artgenossen ihnen einen Fisch vor dem Schnabel wegschnappte. Alle Vögel, die von dem vergifteten Fisch gefressen hatten, fielen, einer nach dem anderen, tot vom Himmel.

Die Bürgermeisterin konnte ihr Glück kaum fassen. Der Plan ging auf!

Schon schleuderte das nächste Katapult seine Ladung Fische in den Morgenhimmel, deren silbrige Bäuche in den ersten Sonnenstrahlen verführerisch glitzerten. Drei Tage lang hatten die Bewohner der Stadt sämtliche Fische gefangen, die in ihren Häusern aus den Wasserhähnen geflutscht waren. Drei Tage lang hatten sie sämtliche Waschbecken, Badewannen und Eimer damit gefüllt. Viele, sehr viele Fische hatten für die Stadt ihr Leben gelassen. Und dann hatten ihnen sowohl Erwachsene als auch Kinder mit den Fingern Goldmünzen ins Maul geschoben.

Über die ganze Stadt verteilt hatten an günstigen Aussichtspunkten Bogenschützen ihre Posten bezogen. Sie zielten mit ihren Pfeilen auf die weicheren, verletzlichen Stellen hinter den Augen der Vögel, an ihrer Kehle und am Unterbauch. Bevor sich die Vercakas dann wutentbrannt auf die Angreifer stürzen konnten, schleuderte das nächste Katapult ihnen eine Ladung Fische entgegen, und wieder entstand unter ihnen ein gieriger Tumult. Anstelle der Stadtwachen griffen sich die Vögel gegenseitig an und versuchten, sich die Beute abzujagen. Sobald die Sieger ihren Fisch hinuntergeschlungen hatten, fielen sie jedoch wie Steine vom Himmel. Vergiftete Vercakas rollten von den Dächern und fielen dann krachend auf das Kopfsteinpflaster, mit weit aufgerissenen, leeren Augen und nach oben gestreckten Beinen stürzten sie in Gassen und Hinterhöfe oder landeten platschend in Teichen und Brunnenbecken.

Auch aufseiten der Stadtbewohner waren zahlreiche Opfer zu beklagen. Auf den Straßen lagen verletzte Wachen mit blutenden Wunden, die ihnen die scharfen Schnäbel der Vercakas zugefügt hatten. Zahlreiche Menschen wurden von den Vögeln mit in die Lüfte gerissen und davongetragen oder hoch über der Stadt wieder fallen gelassen, sodass sie mit zerschmetterten Knochen einen furchtbaren Tod fanden.

Habt ihr schon einmal erlebt, was passiert, wenn ihr einer Möwe ein Stückchen Brot zuwerft? Erst ist es nur eine einzige, aber in der nächsten Sekunde flattern schon hundert kreischende Möwen um euch herum. Bei den Vercakas war es genauso, als hätte in der Stadt der Uhren jemand zum Essen geläutet. In riesigen Schwärmen kreisten sie über der Stadt, immer auf der Jagd nach noch mehr Fisch. Wahllos schnappten sie auch nach Menschen und Katzen und verschlangen sie gierig. Kinder, die sich neugierig nach draußen geschlichen hatten, rannten hilfeschreiend in ihre Häuser, verfolgt von spitzen Schnäbeln und scharfen Klauen.

Überall in der Stadt stürzten tote Vercakas vom Himmel, doch ihre Artgenossen schienen davon keine Notiz zu nehmen oder nach der Ursache zu fragen. In ihrer Gier vergaßen sie sogar ihre gemeinen Sticheleien. Statt der üblichen Beschimpfungen und Beleidigungen hörte man nur: »Will mehr, mehr zu fressen, mehr, mehr, mehr.«

Gleichzeitig klatschten ihre übel riechenden Ausscheidungen auf Türme, Dächer und Straßen und verwandelten sie in eine schmierige grüne Rutschbahn.

»Mehr Fisch«, kreischten die Vercakas. »Mehr, mehr, mehr.«

Vivienne und Baxterr verfolgten das schreckliche Schauspiel von ihrem Posten auf einem tiefer gelegenen Balkon über den Türen des Rathaussaales. Vivienne feuerte einen Pfeil nach dem anderen ab, die Bürgermeisterin neben ihr hob ein trompetenförmiges Rohr an die Lippen. Ihre Stimme schallte hinaus zu den Leuten unten auf dem Platz und oben auf den Dächern und bis zu denen, die sich mit ihren Kindern in den Häusern versteckt hielten.

»Lasst euren Mut nicht versiegen,
kämpft tapfer, standhaft und kühn,
hört auf eure Herzen aus Gold
und bald ist der Sieg euch beschieden.
Hurra, meine tapferen Bürger, hurra!
Der Tag ist unser, meine edlen Kämpfer –
hurra, hurra!«

»Hurra! Hurra!«, antworteten die Wachen und Bürger der Stadt im Chor.

Während die Bürgermeisterin versuchte, den Kampfgeist ihrer Truppen zu stärken, verdunkelte noch immer ein endloser Schwarm von Vercakas den Himmel über der Stadt. Dann kamen die Katzen.

Eine Flutwelle von getigerten, gescheckten, weißen, schwarzen, braunen, grau und blau schimmernden Katzen wälzte sich durch die Straßen der Stadt und Sekunden später wimmelte es auf allen Dächern. Die Katzen sprangen den durcheinanderschwärmenden Vögeln auf den Rücken: eine, zwei, drei, fünf, manchmal waren es sieben Katzen auf einem Vercaka. Sie gruben ihre Krallen tief in das Fleisch der Vögel und bissen in ihre Flügel, Hälse und Beine.

Tausende Vercakas kreischten vor Schmerzen und schossen hoch in die Lüfte, um ihre beißenden Passagiere abzuschütteln. Doch die Katzen ließen nicht locker und zwangen die Vögel, hoch und immer höher zu fliegen, durch den Himmel hindurch und hinein in die andere Welt über ihnen. Als sie schon längst die Grenze durchbrochen hatten, flogen die Vercakas weiter. Wie Dämonen saßen die Katzen den Vögeln im Nacken, bis sie mit ihnen in der Ferne verschwanden. Weder die Katzen noch die Vercakas kehrten jemals wieder zurück.

Nur wenige Augenblicke später kreiste schon ein neuer Schwarm Vercakas über der Stadt.

Und wieder quälten sie die Bewohner mit ihrem hinterhältigen Geschrei.

»Du hast Mundgeruch.«

»Dir fallen die Haare aus.«

»Du bist ein Lügner, das weiß doch jeder.«

»Deine Kinder hassen dich.«

»Deine Mutter hat dich nie gewollt.«

»Du wirst niemals Erfolg haben.«

»Deine Stadt ist verloren.«

»Du wirst tot sein und vergessen.«

Tarquin und Harlequin navigierten ihre Farouches auf den Balkon der Bürgermeisterin.

»Es ist so weit«, sagte Harlequin.

»Diese eine, letzte Möglichkeit haben wir noch«, sagte Vivienne.

»Wir dürfen nicht länger warten«, sagte Tarquin.

Die Bürgermeisterin nickte. Sie gab ein Zeichen und ein höchst ungewöhnliches Gerät wurde auf den Platz gerollt. Auf einer Art Abschussrampe lag ein wahres Ungetüm von einem Fisch. Zumindest hatte es täuschende Ähnlichkeit mit einem Fisch, obwohl es eigentlich, wenn man genauer hinsah, aus silbernem Papier gemacht und für diesen Zweck extrastark und robust gebaut war. Einige Wachen eilten herbei und zündeten die Basis. Zunächst hörte man nur das Zischen von Zündschnüren, feiner Rauch stieg um den Riesenfisch auf. Dann schoss er mit einem ohrenbetäubenden *Wuuusch* Richtung Himmel.

Der Riesenfisch stieg senkrecht in die Lüfte. Wie hypnotisiert glotzten die letzten Vercakas mit stumpfem Blick hinter ihm her. Getrieben von ihrem unstillbaren Hunger, drehte einer nach dem anderen ab und flog dem Fisch hinterher. Doch der Fisch war zu schnell und schon viel zu hoch hinaufgeflogen. Sie konnten ihn unmöglich noch erwischen. Trotzdem flogen sie weiterhin höher, während der Fisch sich immer schneller entfernte. Gespannte Stille legte sich über die Stadt. Die Menschen lehnten sich weit aus den Fenstern, Bogenschützen senkten ihre Waffen und starrten in den Himmel. Die Bürgermeisterin hielt den Atem an und Vivienne und Baxterr blickten mit offenem Mund und weit zurückgelegtem Kopf nach oben. Alle warteten. Und warteten …

Plötzlich explodierte der Riesenfisch, und heraus flogen die letzten Goldmünzen aus den Ersparnissen der Bürger und Bürgerinnen der Stadt der Uhren sowie sämtliche Spenden, die sie von außerhalb bekommen hatten. Eine glitzernde Wolke aus Goldmünzen erfüllte den Himmel, regnete herunter und geradewegs hinein in die gierig aufgerissenen Schnäbel der Vercakas. *Fressen, fressen, fressen,* war ihr einziger Gedanke, sie konnten gar nicht genug bekommen. Ein leichter Wind erhob sich und wirbelte die Goldmünzen durcheinander, was die gefräßigen Vögel umso mehr anstachelte.

Nigel Finkwatter, der den Kampf von einem Eckturm seines Hauses aus verfolgt hatte, sah die herabregnenden Goldstücke und krabbelte eilig auf sein Dach, um sie aufzusammeln. Auch auf den angrenzenden Dächern waren haufenweise Münzen gelandet. Da seine Nachbarn alle so sehr mit dem Kampf beschäftigt waren, dass sie ihn nicht bemerken würden, stopfte sich Finkwatter alle Taschen voll. Dann zog er seine Jacke aus und verknotete sie zu einem Beutel, um noch mehr Goldstücke zusammenzuraffen. Als das immer noch nicht reichte, zog er Schuhe und Strümpfe aus und füllte sie bis zum Rand. Fröhlich pfeifend kroch er über die Dächer und fragte sich, warum er nicht schon früher darauf gekommen war, welch reichen Segen dieser Kampf ihm bescheren würde.

Um ihn herum fielen Vercakas vom Himmel wie die Fliegen.

»Ich glaube, bald haben wir es geschafft«, sagte Vivienne zur Bürgermeisterin.

Etwas zu voreilig, wie sich herausstellte. Denn in diesem Augenblick fegten zwei Vercakas, größer und womöglich klüger als die anderen, über die Dächer der Stadt. Diese beiden ließen sich nicht von silbrigen Fischen und Goldmünzen ablenken. Sofort hatte einer von ihnen den Mann entdeckt, der barfuß auf einem Dach herumspazierte, packte ihn mit seinem Schnabel, schleuderte ihn in die Luft und verschlang ihn, mit den Füßen zuerst.

Das Letzte, was man noch von ihm hörte, war sein entrüsteter Schrei: »Wisst ihr denn nicht, wer ich bin? Ich bin Nigel Finkwatter, ich bin …« Dann verschwand er auf Nimmerwiedersehen im Schlund des Riesenvogels. Doch auch der Vercaka kam nicht weit. Vergiftet von all dem Gold, das in Finkwatters Taschen steckte, stürzte er wie ein Stein vom Himmel. Praktischerweise direkt in den Fluss, wo er zu einem wahren Festmahl für die Fische wurde und seine gerechte Strafe fand.

Der letzte noch lebende Vercaka kreiste über dem Letitia-Mabanquo-Platz und dem Haufen seiner toten Artgenossen. Auf dem Balkon über dem Rathaussaal setzte Miranda Templeton ihr Horn an, um den Sieg der Stadt zu verkünden. Vielleicht war es ihre rosarote Jacke oder auch der faszinierend hohe Hut der Bürgermeisterin, auf jeden Fall hatte irgendetwas die Aufmerksamkeit des letzten Vercakas auf sie gelenkt. Mit tödlicher Entschlossenheit stieß der Vogel auf sie herab und pickte sie auf wie eine Kirsche vom Baum. Gerade wollte er die arme Frau in die Luft werfen, um sie im Ganzen zu verschlingen, als Baxterr die Bürgermeisterin bemerkte, wie sie hilflos im Schnabel des Riesenvogels baumelte. Mit einem kurzen, durchdringenden Bellen warnte Baxterr die auf seinen Schultern reitende Vivienne, sich gut festzuhalten.

Dann legte er seine Flügel eng an den Körper und schoss wie eine Rakete hinter dem Vercaka her. Die Bürgermeisterin in seinem Schnabel schrie und strampelte und versuchte, sich loszureißen. Viviennes erster Pfeil traf den Vercaka am Kopf, der zweite prallte an einem seiner verlausten Flügel ab. Doch der Vogel wollte seine Beute auf keinen Fall hergeben. Er drehte ab und flog mit kräftigen Flügelschlägen steil nach oben auf die andere Welt zu, die in den eingedrückten Himmel ragte. Doch Baxterr holte ihn ein. Knurrend und fauchend schnappte er mit seinen spitzen Zähnen nach einem Flügel, und eine Sekunde lang sah es so aus, als würde der Vercaka die Bürgermeisterin loslassen. Doch stattdessen machte er plötzlich eine Kehrtwende und stürzte sich wütend auf Baxterr und Vivienne.

»Ich glaube, er hat es sich anders überlegt, was die Wahl seines Abendessens betrifft«, rief Vivienne.

Der Vogel schoss auf Baxterr zu und riss gierig den Schnabel auf. Miranda fiel in die Tiefe. Pfeilschnell tauchte Baxterr ab, um sie aufzufangen.

»Fressen, fressen, fressen«, kreischte der Vercaka wie von Sinnen und nahm sofort die Verfolgung auf.

In letzter Sekunde sauste Baxterr unter Miranda durch und fing sie auf seinem breiten Rücken auf. Ihr Hut war leicht verrutscht, saß aber erstaunlicherweise immer noch fest auf ihrem Haar.

»Halten Sie sich fest!«, schrie Vivienne.

Der Vercaka stieß auf sie herunter. Nur noch wenige Zentimeter, dann hätten seine gefährlichen Klauen Vivienne und Miranda erwischt.

Doch die ganze Welt erzitterte plötzlich unter einem heftigen Ruck. Alles schwankte und geriet in Bewegung, wie man es noch nie zuvor erlebt hatte. Siebzehn Ziffernblätter fielen von siebzehn Uhren. Zwölf Türme stürzten in sich zusammen. Der Mabanquo schwappte über die Ufer und eine Riesenwelle riss sämtliche Stege, Hafenanlagen und Entennester mit sich. Ein seltsames Knirschen ertönte, dann sahen die Menschen sprachlos vor Staunen zu, wie die riesige Welt, die sich eben noch in ihren Himmel gedrückt hatte, plötzlich davonglitt. Riesige Eissplitter fielen vom Himmel, einer davon durchbohrte den allerletzten Vercaka. Die Bestie stürzte direkt auf den nach oben gestreckten Zeigefinger von Letitia Mabanquo in ihrem schimmernden Brunnen.

Baxterr, der Vivienne und die Bürgermeisterin noch immer auf seinem Rücken trug, spitzte auf einmal die Ohren und stieß ein klägliches Winseln aus.

»Was ist mir dir, Strubbel?«, fragte Vvienne. »Du bist doch nicht verletzt?«

»Hast du etwas gehört?«, fragte Miranda ängstlich. »Noch mehr Vögel?«

Nein, Vögel hatte Baxterr nicht gehört. Genauer gesagt, hatte er auch weder ein Geräusch noch einen Geruch wahrgenommen, sondern es war vielmehr ein *Gefühl.* Ein Gefühl, als ob Tuesday ganz in der Nähe wäre. Baxterr spähte hinunter auf die Stadt, wo sich die Bewohner langsam wieder aus ihren Häusern wagten und fasziniert zusahen, wie die andere Welt aus ihrem Himmel verschwand. Doch unter ihnen war Tuesday nicht. Baxterr schnüffelte angestrengt. Er war sicher, dass sie ganz nah gewesen war. Aber wo?

Unten auf dem Mabanquo-Platz beobachteten die Menschen,

wie sich die blaue Kuppel, die sie immer als ihren Himmel angesehen hatten, wieder zusammenfügte. Ein Trompetenstoß zerriss die ehrfürchtige Stille. Dann schwebte ein riesiger, wunderschöner goldfarbener Geflügelter Hund auf den Platz hinunter. Die Bewohner der Stadt der Uhren klatschten, jubelten und sangen bei dem herrlichen Anblick. Doch keiner von ihnen hätte je geahnt, welche Last auf Baxterrs Herz drückte, als er neben dem Brunnen landete. Denn obwohl er geholfen hatte, die Stadt der Uhren von den Vercakas zu befreien, beherrschte Baxterr nur ein einziger Gedanke: Den Menschen, den er am meisten liebte, hatte er nicht retten können.

Hoch über dem Gewächshaus, am anderen Ende von Tuesdays Bootshaken, schwankte die Welt von Vivienne Small. Es war, als hielte sie den Jupiter an der Leine.

Die Eismeer-Welt war längst schon wieder im Gewimmel der anderen Welten verschwunden. Staunend sah Tuesday zu, wie die gläserne Haube von Viviennes Welt fast von selbst wieder ihre perfekte Rundung annahm. Nur auf einer Seite bohrten sich noch die Gipfel der Berge von Margolov in den Himmel. Diesen Schaden würde sie beheben müssen, wenn die Welt das nächste Mal zur Inspektion hereinkam.

Tuesday hielt die Schlaufe noch für einen Moment mit ihrem Bootshaken fest und fragte sich, wo wohl Baxterr und Vivienne gewesen waren und was sie gerade gemacht hatten, als die beiden Welten sich wieder voneinander gelöst hatten. Als sie versuchte, die Welt weiter herunterzuziehen, kam ihr eine Vielzahl anderer Welten in die Quere, die alle ihre ganz eigene Geschwindigkeit an den Tag legten. Die kleineren rasten wie Rennwagen über ihre

Umlaufbahn, während die größeren geruhsam und behäbig ihre Achten zogen – es war wie in einem riesigen dreidimensionalen Puzzle.

Auf dem Sofa zuckte Garnet ein wenig im Schlaf.

»Du bist der Himmel«, murmelte er. »Alles andere ist nur Wetter.«

Obwohl sie den Sinn nicht ganz verstand, fand Tuesday seine Worte irgendwie beruhigend. Sie zog weiter am Haken und brachte Viviennes Welt Stück für Stück weiter nach unten. Um ein Haar wäre sie mit einer winzigen, hektisch kreisenden Welt mit roten Flammen zusammengeprallt, dann musste sie schnell den Haken herumreißen, um einer großen, dunklen Welt auszuweichen, in der ganze Galaxien von Sternen funkelten.

»Das Hindernis ist der Weg«, murmelte Garnet im Schlaf vor sich hin.

Tuesday wandte sich wieder ihrer Aufgabe zu und konzentrierte sich, so gut sie konnte.

»Das Hindernis ist der Weg«, wiederholte sie, versuchte, gleichmäßig zu atmen und den Blick fest nach oben gerichtet zu halten.

Zu ihrer Überraschung begannen die anderen Welten, plötzlich auszuweichen, als wollten sie einen Weg freimachen. So konnte Tuesday die Welt immer weiter herunterziehen, bis sie so dicht über dem Gewächshaus schwebte, dass sie den Blick auf fast alle anderen Welten versperrte. Mit einem kräftigen Ruck steuerte Tuesday sie schließlich auf das Ende des schmalen Stegs und spürte, wie die Welt sich mit einem Klick festmachte. Tuesday ließ den Bootshaken fallen und stürmte davon.

»Ich komme, Strubbel!«, jubelte sie.

Kapitel 23

Die Stadt der Uhren hatte am Tag ihres Sieges über die Vercakas viele Menschen verloren, viele Katzen und noch viel mehr Fische. Alle wurden betrauert, alle wurden geehrt. Nach und nach wurden dem Letitia-Mabanquo-Brunnen einige Details hinzugefügt, bald thronte auf ihrer Schulter eine Katze, und zu ihren Füßen glitzerten zwei silberne Fische.

Nach dem Kampf lag die ganze Stadt im Schein riesiger Feuer, in denen die Vercaka-Kadaver verbrannt wurden (»Wenn sie wenigstens gut schmecken würden«, hieß es immer wieder. Diejenigen, die Vercaka probiert hatten, versicherten ihren Freunden, dass es zähe alte Biester waren und ihr Fleisch einen bitteren Nachgeschmack hatte.) Der ganze Vogeldreck musste beseitigt, zahlreiche Gebäude und Uhren repariert, Teiche und Brunnen sauber geschrubbt werden.

Außerdem gab es viele Festmahle und Feierlichkeiten. Die Bürgermeisterin richtete ein großes Bankett auf dem Platz aus, zu dem alle Bewohner, Katzen wie Menschen, eingeladen waren. Sie aßen, musizierten, lasen Gedichte vor, erzählten Geschichten und tanzten bis zum Morgen.

Jede Münze, die man noch in den Bäuchen der Vercakas fand oder in den wenigen Fischen, die unangetastet in die Gosse gefallen waren, ebenso wie das Gold, das aus der Fischrakete niedergeregnet war, alles wurde gesammelt und verteilt. Noch Jahre später erzählte man sich von einem Wunder, Lieder und Legenden wurden geboren, als die Bewohner feststellten, dass jeder von ihnen weitaus mehr Goldmünzen erstattet bekam, als er zu Anfang beigetragen hatte. Und wenn in den folgenden Jahren auch Mrs Finkwatter glücklicher war und ihre Kinder besser genährt, lag es sicher nicht daran, dass sie das viele Gold aus dem Versteck ihres Ehemannes allein für sich behalten hatte. Wohin es floss, wusste außer ihr selbst nur die Bürgermeisterin.

Als schließlich der große Kampf um die Stadt der Uhren in die offiziellen Geschichtsbücher einging, waren sich die Historiker einig, dass es sich bei dem großen Geflügelten Hund, der am Himmel über der Stadt gekreist und im Augenblick des Sieges auf dem Platz gelandet war, um eine allgemeine Vision gehandelt hatte, die den Menschen in ihrem Siegestaumel erschienen war. Schließlich, so begründeten die Historiker ihre Entscheidung, sei dieser Hund weder am Himmel noch in den Straßen der Stadt jemals wieder gesichtet worden. Einige Bewohner behaupteten zwar, gesehen zu haben, wie er auf die Größe eines kräftigen Katers geschrumpft war. Doch die Geschichtsschreiber ließen sich davon nicht umstimmen. Andere Zeitzeugen berichteten, Vivienne Small habe auf dem Höhepunkt der Siegesfeierlichkeiten blutend und kampfesmüde den Platz verlassen und sei zu Fuß zum Haus der Bürgermeisterin unterwegs gewesen. Und wenn man sie später nach dem Geflügelten Hund fragte, zuckte sie jedes Mal nur mit den Schultern und fragte zurück: »Welcher Hund?«

Festzuhalten ist, dass Vivienne und Baxterr gemeinsam den Platz verließen und die Straße zum Haus der Bürgermeisterin hinunterschlenderten, als Baxterr plötzlich einen vertrauten Geruch wahrnahm und seinen müden Kopf hob.

Es mag euch vielleicht noch nie aufgefallen sein, aber blinde und taube Hunde kommen oft erstaunlich gut zurecht. Ein Grund dafür ist, dass Hunde nicht einmal halb so gut sehen oder hören können wie riechen. Entscheidend ist ihr Geruchssinn.

Hunde haben eine so feine Nase, dass sie sogar riechen können, ob jemand glücklich oder traurig, ängstlich oder wütend ist. Kein Hund wird sich je von Zwillingen täuschen lassen, auch wenn sie sich wie ein Ei dem anderen ähneln. Denn für einen Hund hat jedes Wesen auf der Welt einen einzigartigen Duft, der so unverwechselbar ist wie ein Fingerabdruck. Und einen für ihn besonders wichtigen Menschen wird er überall erschnuppern, egal, ob derjenige sich gerade unter Wasser oder tief in der Erde befindet.

»Wuff, wuff, wuff!«, bellte Baxterr, rannte Vivienne in Riesensätzen voraus und blieb plötzlich vor einer Tür stehen.

»Was hast du, Strubbel?«, fragte Vivienne.

Auf den ersten Blick sah die grün gestrichene Tür in der Gartenmauer der Bürgermeisterin aus wie eine gewöhnliche Holztür. Da es sich um eine Gartentür handelte, gab es weder eine Nummer noch eine Türklinke, wie Vivienne feststellte. Fragend sah sie von der Tür zu Baxterr, der davorstand und vor Aufregung zitterte. Diese Tür war ihr schon einmal aufgefallen, daran erinnerte Vivienne sich. Sie war damals über die Mauer geklettert und hatte festgestellt, dass sie nur in den Garten der Bürgermeisterin führte.

»Strubbel? Was soll das?«, fragte sie.

Baxterr versuchte, seine Nase in den Spalt unter der Tür zu stecken, als würde er dahinter Kaninchen oder Blaubeerpfannkuchen wittern.

»Was ist los mit dir, Strubbel?«, lachte Vivienne. »Was willst du mir sagen?«

Normalerweise war Baxterr bekanntlich ein sehr wohlerzogener Hund. Doch er schien alle seine guten Hundemanieren zu vergessen, als die Tür plötzlich aufschwang und Tuesday heraustrat. Wie ein junger Welpe sprang er ihr mit einem Satz auf den Arm und leckte ihr das Gesicht ab, während sie ihn so fest umarmte, dass sie ihm beinahe die Luft abdrückte.

»Ist ja gut, ist ja gut«, lachte Tuesday unter Tränen.

Baxterr hörte nicht auf, über ihre Wange zu lecken. Wenn er hätte sprechen können, hätte er ihr gesagt, dass er sie niemals wieder auch nur für eine Sekunde aus den Augen lassen würde.

»Weißt du, was?«, sagte Tuesday nach einer Weile und drückte ihren Hund zärtlich an sich. »Du stinkst.«

Das stimmte allerdings. Sein goldbraunes Fell roch furchtbar nach Fisch, nach Gold und Vercaka. Doch das störte Tuesday kein bisschen.

»Ähem«, räusperte sich jemand hinter ihnen.

Dort an der Gartenmauer lehnte Vivienne Small. Tuesday sah, dass ihre Knie bluteten. Ihre Kleider waren ganz zerrissen und eine tiefe Schramme zog sich quer über ihre Wange. Tuesday wäre ihr am liebsten um den Hals gefallen, stattdessen zupfte sie sanft an einer wirren Strähne ihres lockigen Haars.

»Wir haben dich gesucht und gesucht, überall«, sagte Vivienne stirnrunzelnd. »Es kann doch nicht sein, dass du die ganze Zeit hier im Garten warst, sonst hätten wir dich bestimmt gefunden.«

Obwohl Vivienne sich alle Mühe gab, grimmig zu gucken, zuckte ein Lächeln um ihre Mundwinkel.

»Vielen Dank, dass du auf meinen Hund aufgepasst hast.« Als Tuesday sie grinsend ansah, konnte Vivienne sich nicht länger zurückhalten, und sie drückte ihre Freundin und Baxterr kurz und kräftig an sich.

»Ehrlich gesagt war es umgekehrt, er hat auf mich aufgepasst«, sagte Vivienne. »Jetzt sag schon, wo hast du gesteckt?«

»Ich weiß gar nicht, wie ich dir das erklären soll«, gestand Tuesday.

Tief in ihrem Herzen wusste Vivienne, dass ihre Freundin auf irgendeine entscheidende Weise anders war als alle anderen hier in ihrer Welt, sodass es vollkommen unwichtig schien, wo sie die ganze Zeit gesteckt hatte. Das Einzige, was zählte, war, dass Tuesday wieder aufgetaucht war.

»Wir haben uns um diese dämlichen Vercakas gekümmert«, versuchte Vivienne, das Thema zu wechseln.

»Erzähl«, sagte Tuesday.

Die beiden Mädchen ließen sich vor der sonnengewärmten Steinmauer nieder. Baxterr lag glücklich hechelnd zwischen ihnen. Tuesday kraulte ihm das Fell, als Vivienne erzählte, wie er verfolgt von sämtlichen Katzen der Stadt durch die Straßen gejagt war. Als sie von Nigel Finkwatters Dummheit hörte, schüttelte Tuesday den Kopf und war sehr gerührt von Miranda Templetons Tapferkeit. Ihr schlug das Herz bis zum Hals, als Vivienne beschrieb, wie der heimtückische Schnabel eines Vercakas nach ihr und Baxterr geschnappt hatte. Und am Ende lachte sie über die Geschichte mit dem großen silbernen Fisch und wie er seine tödliche Ladung in den Himmel katapultiert hatte.

»Ihr seid wirklich unglaublich«, sagte Tuesday zu Vivienne.

»Wenn die Welten sich nicht genau im richtigen Augenblick voneinander gelöst hätten, wären Baxterr und ich unglaublich tot gewesen«, stellte ihre Freundin fest. »*Das* war wirklich ein Riesenglück!«

»Ja, das kann man wohl sagen«, stimmte Tuesday zu.

Dann verfielen beide in Schweigen, denn sie wussten, was ihnen als Nächstes bevorstand.

»Ich muss gehen, Vivienne«, sagte Tuesday schließlich.

»Da durch?« Vivienne zeigte auf die Tür.

»Ja, da durch.«

Vivienne nickte.

»Ich werde dich doch wiedersehen, nicht wahr?«, fragte Vivienne.

»Jede Wette«, sagte Tuesday und fragte sich, wie lange es dauern würde, bis Baxterr und sie mal wieder einen Ausflug in Vivienne Smalls Welt unternehmen konnten. Wie lange würde es wohl dauern, bis bei dieser Welt die nächste Routine-Reparatur anstand? Wie viel, überlegte sie weiter, sollte eine Gärtnerin beim Saubermachen der Stadt der Uhren helfen, und wie viel Arbeit sollte sie den Bewohnern der Stadt selbst überlassen?

Gerade als Tuesday sich aufrappelte, fiel ihr auf, dass an der grünen Tür etwas nicht stimmte. Es gab weder einen Griff noch ein Schlüsselloch. Noch während sie nachdenklich auf ihrer Unterlippe kaute, wich Baxterr ein Stück zurück und bellte genau drei Mal. Wie auf Kommando schwang die Tür auf. Dahinter lag der Steg, der bis zur gläsernen Eingangstür des Gewächshauses führte. Vivienne sah allerdings nichts als einen langen Streifen aus hellem Nebel.

»Bist du wirklich sicher, dass du es schaffen wirst?«, fragte Vivienne und runzelte besorgt die Stirn.

»Hundertprozentig«, sagte Tuesday. »Mach's gut, Vivienne. »Und hör nie auf, eine große Abenteurerin zu sein.«

»Niemals«, versprach Vivienne mit einer knappen Verbeugung. »Nie im Leben.«

Für Vivienne sah es so aus, als würden Tuesday und Baxterr sich in weißem Nebel auflösen. Und schon in dem Moment, als sich die Gartentür hinter ihnen schloss, begann sie, die beiden zu vergessen.

Es war nicht die Art Vergessen wie bei jemandem, der sich nach einem Autounfall an nichts mehr erinnern kann. Oder dieses Vergessen, wenn man ein schlimmes Erlebnis tief in sich vergräbt und hofft, dass man nie wieder daran denken muss. Bei Vivienne war es einfach so, dass ihr Gehirn Tuesday und Baxterr sanft von der obersten in eine untere Schublade umsortierte, die sie eine Zeit lang nicht öffnen würde.

So ist es nun einmal an jenem Ort der Geschichten. Denn es gehört einfach zur Aufgabe der Romanfiguren, uns, ihre Autoren, zu vergessen und weiter ihrem Leben nachzugehen und Abenteuer zu erleben, als hätten wir sie nie besucht. Nur manchmal kann es passieren, dass wir in ihren Herzen und Seelen Spuren von uns hinterlassen, ähnlich wie Träume Gefühle in uns hinterlassen, auch wenn wir uns an die Träume selbst nicht mehr erinnern.

Wenige Minuten, nachdem die Tür sich geschlossen hatte, stand Vivienne Small draußen vor dem Garten der Bürgermeisterin und blinzelte ein wenig verwirrt in die Sonne. Dort in der Mauer war eine grüne Tür, allerdings hatte sie weder einen Griff noch ein Schlüsselloch.

Als sie auf die Mauer kletterte, erblickte sie dahinter nur einen liebevoll gepflegten Garten mit Blumen- und Gemüsebeeten, Obst- und Nussbäumen, zwischen denen eine Schaukel hing. Ratlos hockte Vivienne auf der Mauer und hatte das Gefühl, etwas Wichtiges vergessen zu haben.

Der Ast eines Zitronenbaums ragte über die Mauer, schwer von reifen gelben Früchten, und Vivienne bekam plötzlich Lust, eine davon zu probieren. Als sie sich gerade die schönste Zitrone ausgesucht hatte und die Hand danach ausstreckte, huschte etwas durch die glänzenden grünen Blätter: eine Ratte, ein noch sehr junges, kleines, glänzend schwarzes Tier.

Einen Augenblick lang beäugten sich die beiden stumm, dann kam die Ratte vorsichtig schnüffelnd auf das kleine Mädchen zu und krabbelte schließlich auf Viviennes einladend ausgestreckte Hand.

»Ganz schön mutig von dir, kleine Ratte«, sagte Vivienne und lachte. »Aber das muss man wohl auch sein, wenn man in einer Stadt lebt, in der es bis vor Kurzem nur so wimmelte von Katzen.«

Die Ratte lief über ihren Arm und setzte sich auf ihre Schulter. Vivienne streichelte sie. »Ich denke, dein Name ist … Ermengarde.«

Die Ratte antwortete mit einem kleinen Niesen.

Vivienne kicherte, als die langen Schnurrhaare des winzigen Tiers sie am Hals kitzelten.

»Ermengarde, hättest du vielleicht Lust auf ein bis zwei Abenteuer?«, fragte Vievienne.

Kapitel 24

Tuesday setzte Baxterr auf dem Steg ab und drehte vor Freude eine kleine Pirouette.

»Wer als Erster an der Tür ist«, forderte sie ihn heraus. Das ließ sich ihr treuer Gefährte nicht zweimal sagen.

Seite an Seite rasten die beiden los. Baxterrs kleiner Hundekörper und seine kurzen Beine verschwammen zu einem goldbraunen Fellknäuel.

Keuchend erreichten sie beide gleichzeitig die Glastür, die ins Gewächshaus führte.

»Warte nur, bis du das hier siehst, Strubbel«, sagte Tuesday. »Du wirst nicht glauben, wo wir von jetzt an leben werden.«

Baxterr legte fragend den Kopf schief.

»Ja, hier«, erklärte Tuesday. »Ich muss die Aufgabe des Gärtners übernehmen. Jemand muss sich um die Welten kümmern, Strubbel.«

Die Glastür öffnete sich, und Baxterr knurrte verstört, als er den ungewöhnlichen Himmel über sich erblickte.

»Wuff, wuff, wuff«, bellte er eine leuchtend gelb-grüne Welt an, die dicht über ihren Köpfen vorbeiflog.

»Nord?«, fragte Garnet, der aufrecht auf dem primelgelben Sofa saß. Tuesday kam es vor, als wäre er im Schlaf noch älter geworden.

Sein graues Haar war mittlerweile schneeweiß und seine Augen hatten allen Glanz verloren.

Mühsam stand er auf.

»Wo ist sie?«, rief er. »Ich habe sie gehört! Das war ihr Bellen. Sie ist wieder da! Nordwind! Wo bist du, mein Mädchen?«

Wild um sich blickend, stolperte der Gärtner unsicher auf Tuesday und Baxterr zu. Bevor er beim nächsten Schritt über seine eigenen Füße fallen konnte, war Tuesday schon bei ihm und fing ihn auf. Fast schon federleicht schien er zu sein, als sie einen Arm um ihn legte, um ihn zu stützen.

»Nordwind? Bist du das?«

»Nein, das ist mein Hund«, erklärte Tuesday sanft. »Er ist gekommen.«

»Nicht? Sie ist es nicht? Aber ich habe doch gehört …«

Tuesday merkte, wie seine Knie nachgaben.

»Sie sollten sich lieber hinlegen«, sagte sie und führte den Gärtner zurück zu seinem Sofa. Baxterr wich ihr keinen Zentimeter von der Seite. Tuesday schüttelte die Kissen um ihn herum auf und deckte den alten Mann mit der Daunendecke zu.

»War sie es wirklich nicht?«, fragte er traurig.

»Es tut mir leid«, sagte sie.

Baxterr legte behutsam seine Vorderpfoten auf das Sofa neben den alten Mann, der den Hund mit kritischem Blick ansah.

»Das ist also Ihr Hund, Fräulein Gärtnerin? Ich muss sagen, Sie halten ihn sehr klein. Fast schon wie einen Bonsai, was? Ich habe Nordwind immer größer gehalten. Ungefähr so groß wie einen ordentlichen Wolfshund. Das war eher mein Stil. Aber jedem das Seine.«

»Garnet, das ist …« Sie zögerte einen Moment. *Strubbel* lag ihr schon auf der Zunge, doch dann entschied sie, es doch zu riskieren. »Das ist Baxterr.«

Garnet streckte eine knochige Hand aus und tätschelte Baxterrs Kopf.

»Baxterr, soso?«

»Mit Doppel-r«, fügte Tuesday hinzu. »Wie sein Knurren, wissen Sie?«

»Knurren«, wiederholte er seufzend. »Ja, so ein Knurren kann manchmal sehr nützlich sein.«

Er schloss die Augen, und Tuesday fürchtete schon, er würde sie nie mehr aufmachen.

Aber nach einer Weile tat er es doch.

»Ich bin froh, dass du hier bist«, sagte er zu Baxterr. »Und jetzt, wo du da bist, werde ich gehen. Denk immer daran, dass es eine noble und ehrenvolle Aufgabe ist, der Hund des Gärtners zu sein. Wie das Leben des Gärtners, so ist auch das Leben seines Hundes nicht immer leicht und manchmal ziemlich einsam. Aber Freunde sind nie sehr weit weg. Nicht, wenn man auf seine Nase hört … hmmm?«

Er tippte langsam mit einem runzligen Finger an seine eigene Nase und nahm einen tiefen, rasselnden Atemzug.

»Es war ein außergewöhnliches Leben.« Er flüsterte beinahe. »Wir waren weit voneinander entfernt, meine große Liebe und ich, und doch waren wir in unserem Lebensinhalt jeden Tag vereint.«

Garnet sah in das Meer hoch am Himmel schwebender Welten.

»Sehen Sie nur, Fräulein Gärtnerin. Sehen Sie sich das an! Erkennen Sie es? Dort drüben, eine neue.«

Hoch am Himmel blitzte in dem tiefen Indigoblau etwas Hellweißes auf. Es war klein, wurde aber zusehends größer.

»Was ist das?«, fragte Tuesday.

»Eine neue Welt, die gerade geboren wird«, erklärte Garnet. »Sie wissen, was das bedeutet, nicht wahr?«

Tuesday nickte. Es bedeutete, dass in diesem Augenblick irgendjemand irgendwo den Stift aufs Papier gesetzt hatte. Oder auch die Finger auf eine Tastatur, Kreide auf eine Tafel oder einen angespitzten Stock in den Sand. Und derjenige hatte dabei einen Zauber ausgelöst.

»Wissen Sie, ich habe in all der Zeit nur eine einzige Welt erschaffen, mit der ich wirklich zufrieden war. Es war ein besonderes Stück gärtnerischer Arbeit. Ich habe sie versteckt. Zu kostbar.«

»Welche ist es?«, fragte Tuesday. »Können Sie es mir nicht verraten?«

Garnet kicherte kaum hörbar. »Leb' wohl, Fräulein Gärtnerin. Vielen Dank, dass Sie in meiner Stunde der Not zu mir gekommen sind. Passen Sie für mich gut auf die Welten da draußen auf. Und Baxterr, denk an die Nase.«

Der alte Mann schloss die Augen und seufzte den längsten aller Seufzer. Es blieb sein letzter. Die Luft um ihn herum fing an zu flimmern und er verschwand. Im nächsten Augenblick fiel die Daunendecke auf dem Sofa wie eine leere Hülle in sich zusammen.

»Leb wohl, Garnet«, flüsterte Tuesday.

Ein heller goldfarbener Staub glitzerte vor ihr in der Luft. Wie verzaubert streckte sie ihre Hand danach aus, doch bei der ersten Berührung verschwand er sofort. Tuesday zog verwundert ihre Hand zurück und traute ihren Augen nicht. Baxterr winselte besorgt. Als sie an der Werkbank ihre Hand ins Licht hielt, wusste sie, dass es keine Einbildung gewesen war. Ihre Fingernägel hatten sich vollkommen verändert. Dort, wo sich normalerweise ein heller rosafarbener Bogen abzeichnete, hatten ihre Nägel einen grünlichen Schimmer angenommen. Tuesdays Blick wanderte vom leeren Sofa wieder zurück zu ihren Fingernägeln.

»Sieh nur, Baxterr, ich bin wirklich die neue Gärtnerin geworden«, flüsterte sie. »Wie findest du das?«

Baxterr leckte ihre Hand, als wolle er ihr versichern, dass für ihn alles in Ordnung war, solange sie beide zusammenblieben.

»Ich weiß nicht einmal, ob es gut oder schlecht, richtig oder falsch ist, aber dies ist die Geschichte, die ich geschrieben habe.«

Dann setzten sie sich auf den großen blauen Teppich, Tuesday stützte ihr Kinn auf die hochgezogenen Knie, und Baxterr lehnte sich gegen ihre Beine. Stumm blickten das Mädchen und der Hund hinauf zu den vielen Welten dort am Himmel. Es waren einfach unfassbar viele.

Kapitel 25

Durch ein Fenster auf dem Krankenhausflur im dritten Stock blickte Serendipity Smith über die glitzernden Lichter der Stadt. Es war ein guter Tag gewesen, medizinisch gesehen. Am Morgen hatte man Denis von seinem Beatmungsgerät genommen und zur allgemeinen Erleichterung hatte er – nach einer kurzen Schrecksekunde – selbstständig weitergeatmet. Trotzdem war er immer noch nicht wieder zu sich gekommen.

Selbst jetzt am späten Freitagabend schien die Stadt immer noch, wenn auch deutlich ruhiger, ihrem unhörbaren Pulsschlag zu folgen. Irgendwo dort draußen gab es Paare, die gerade in einem Restaurant am Tisch Platz nahmen, Familien, die, noch ganz erfüllt von neuen Geschichten, aus den Kinos strömten, Menschen, die zu so lauter Musik tanzten, dass sie alles andere dabei vergaßen. Sie stellte sich vor, wie am anderen Ende der Stadt in der Brown Street Miss Digby und Blake am Küchentisch die hundertste Partie Scrabble spielten, um die Zeit totzuschlagen.

»Viel zu lange schon«, flüsterte sie zu Tuesday.

»Viel zu lange«, sagte sie leise zu Denis, als sie zurück in sein Krankenzimmer kam.

Sie kniff ganz fest die Augen zu, doch als sie sie wieder öffnete, war alles immer noch unverändert. Vielleicht wäre es an der Zeit, dachte sie, mehr zu tun, als nur zu wünschen und zu hoffen. An dem Klemmbrett am Fußende von Denis' Bett baumelte ein Stift. Viel Papier würde sie hier wahrscheinlich nicht finden, aber für ihre Zwecke reichte vielleicht auch die Rückseite der Krankenakte. Ihr Blick wanderte zum Fenster hinaus. Irgendjemand musste gehen. Ganz egal, wie riskant oder gefährlich es war. Irgendjemand musste *dorthin* und Tuesday nach Hause holen. Nachdenklich kaute sie an dem Kugelschreiber. Dann machte sie das Bett zu ihrem Schreibtisch und setzte den Stift aufs Papier. Ohne Vorwarnung und ohne auch nur die Augen zu öffnen, ergriff Denis plötzlich ihre Hand und hielt sie fest.

»Wir haben sie verloren«, sagte er mit rauer Stimme. »Sie wird nie mehr nach Hause kommen.«

Serendipity starrte ihn an, ihr Herz raste.

»Denis?«, sagte sie. »Denis, sag etwas!«

Doch Denis sagte nichts mehr.

Serendipity stürzte hinaus auf den Gang und rief nach einer Krankenschwester. »Er hat gesprochen! Er hat etwas gesagt!«

Die Schwester eilte herbei und überprüfte die Monitore, dann schüttelte sie den Kopf.

»So etwas kommt manchmal vor, eine zufällige Gehirnaktivität. Das bedeutet nicht viel. Er ist immer noch im Koma.«

»Aber er könnte jeden Augenblick aufwachen.«

»Ja«, sagte die Krankenschwester. »Das kommt manchmal vor.«

Als sie zwei Stunden später wieder ins Zimmer kam, um Denis' Blutdruck und Temperatur zu messen, lag Serendipity zusammengerollt neben ihm im Bett. Sie hatte einen Arm über ihn gelegt, ihr Kopf ruhte auf seiner Schulter.

»Mrs McGillycuddy, machen Sie bitte Platz.« Die Schwester rüttelte sie sanft wach.

»Ich kann nicht«, murmelte Serendipity und richtete sich verschlafen auf. »Ich könnte ihn nie allein lassen.«

»In den Sessel mit Ihnen«, sagte die Krankenschwester. »Hier ist Ihre Decke.«

Sehr früh am Samstagmorgen stand Blake Luckhurst in der Brown Street vor dem Badezimmerspiegel und strich sich mit den Fingern durch die Haare. Er richtete sich zu voller Größe auf, spannte den Kiefer an und sah mit eiskaltem Blick in den Spiegel.

»*Serendipity*«, sagte er zu seinem Spiegelbild. »Irgendjemand muss gehen und dieser Jemand kann niemand anderes sein als ich.«

»Aber, Blake, mein Junge«, imitierte er Serendipitys Stimme, »das ist unmöglich. Das darfst du nicht. Es ist viel zu gefährlich.«

Während er ungeschickt seine Stiefel schnürte, probte er das Gespräch in Gedanken gleich noch einmal.

»Vergessen Sie nicht, Serendipity, ich bin nicht einfach nur Blake Luckhurst, der Schriftsteller. In diesem Augenblick bin ich Blake Luckhurst, der Abenteurer und Actionheld.«

Er fragte sich kurz, welches Abenteuer ihn *dort* erwarten würde, dann ging er nach unten, um sich von Miss Digby zu verabschieden, die in der Küche gerade Papiere sortierte.

»Blake, ich sollte vielleicht erwähnen, dass du dein T-Shirt nicht nur mit der Innenseite nach außen, sondern auch noch verkehrt herum angezogen hast«, sagte Miss Digby und begleitete ihn in den Flur.

»Danke, Miss Digby, aber das ist jetzt nicht wichtig«, erwiderte Blake, verabschiedete sich mit einer theatralischen Geste und zog die Haustür hinter sich zu.

Die blasse Frau mit den zerzausten Haaren war das glatte Gegenteil der glamourösen, farbensprühenden Serendipity Smith, wie die Öffentlichkeit sie kannte. Blake war immer noch leicht verunsichert, wenn ihm bewusst wurde, dass sie wirklich *die* Serendipity Smith war, die berühmteste Schriftstellerin der Welt. Serendipity lächelte müde, als er das Krankenzimmer betrat. Sie stellte ihn Denis vor, der, wie Blake feststellte, nicht so aussah, als würde er bald aus seinem Koma aufwachen.

Serendipity erzählte Blake, was sie in der vergangenen Nacht vorgehabt hatte.

»Ich habe die ganze Zeit gedacht, dass ich gehen muss, dass ich *dorthin* und Tuesday zurückholen muss, aber ich kann ihn nicht hier allein lassen, Blake, ich kann es einfach nicht.«

»Serendipity, ich habe einen wichtigen Entschluss gefasst. Und nach dem, was Sie mir eben erzählt haben, finde ich wirklich, dass es endlich Zeit wird zu handeln. Ich schlage vor – und versuchen Sie bitte nicht, mich davon abzuhalten –, dass ich eine Geschichte anfange, die mich *dorthin* bringt. Und ich verspreche Ihnen, dass ich alles daran setzen werde, dass Tuesday sicher wieder nach Hause kommt.«

»Blake, das ist wirklich sehr großmütig von dir, aber was ist, wenn dir etwas zustößt?«

»Bitte, Serendipity, versuchen Sie nicht, mich aufzuhalten. Mein Entschluss steht fest. Viel wichtiger ist doch, dass Sie hierbleiben und für Mr McGillycuddy da sein können – und dass Tuesday wieder nach Hause kommt.«

Serendipity nahm Blake in den Arm und drückte ihn fest an sich.

»Ich danke dir, mein Junge. Ich bin sicher, wenn es jemanden gibt, der Tuesday sicher zu uns zurückbringen kann, dann bist du es.«

Ohne noch eine Sekunde zu verlieren, schulterte Blake seinen Rucksack und lief aus dem Krankenhaus Richtung Stadtpark. Es war ein stürmischer Tag. Blake setzte sich auf eine Bank, holte sein Notizbuch hervor und kaute an einem Stift. Serendipity hatte nicht einmal versucht, ihm die ganze Sache auszureden. Im

Gegenteil, sie schien fest an ihn zu glauben. Er würde sie nicht enttäuschen. Schon nach wenigen Sätzen spürte er das vertraute Kribbeln im Bauch. Niemand bemerkte ihn, als er abhob und, von einem feinen Silberfaden geführt, in hohem Bogen am Himmel über der Stadt davonflog.

Der Baum freute sich sehr, als Blake auf ihn zugeschossen kam. Schon die ganze Woche über hatte er tief unter ihm in der Erde ein Poltern und Rumoren gespürt, das er überaus beunruhigend fand. Bäume mögen nämlich keine Veränderungen, müsst ihr wissen. Außerdem hatten ihn in der letzten Zeit nur sehr wenige Schriftsteller besucht und der Baum hatte sich einsam gefühlt.

Als Blake jetzt wie üblich mit einem vollendeten Vorwärtssalto vor ihm auf den Füßen landete, war der Baum hocherfreut und begrüßte den Gast mit herzlichem Blätterrascheln.

»Abenteuer, natürlich«, sagte Blake und erwiderte die Begrüßung mit einer tiefen Verbeugung. »Ein Held namens, nun ja … Blake Luckhurst.«

Wieder ließ der Baum seine Blätter rascheln.

»Ich schätze, ein Hubschrauber steht diesmal nicht zur Auswahl?«, fragte Blake.

Der Baum blieb stumm.

»Ein Pferd?«, schlug Blake vor.

Die Blätter zeigten ihre schimmernde Unterseite und hinter dem dicken alten Baumstamm tauchte eine kleine weiße Ziege auf. Sie blickte Blake aus ihren bernsteinfarbenen Augen treuherzig an und meckerte scheu und ein wenig schrill.

»Haha, sehr komisch«, sagte Blake.

Die Ziege zuckelte davon und begann, das saftige grüne Gras

auf dem Hügel abzuknabbern. Im selben Moment hörte Blake hinter sich ein Wiehern, und als er sich umdrehte, wartete vor ihm ein prächtiges weißes Pferd, bereits fertig gesattelt.

»Nicht schlecht«, bedankte er sich bei dem Baum. »Wie immer, stets zu Ihren Diensten!«

Dann schwang Blake sich wie ein echter Held elegant in den Sattel und galoppierte durch den Nebel davon Richtung Bibliothek.

Die schweren Schäden am Mauerwerk und an den Balkonen waren kaum zu übersehen. Immerhin war der Schriftzug über dem Eingang zur Bibliothek – *Stell dir vor* – einigermaßen verschont geblieben, wie Blake erleichtert feststellte. Abgesehen davon schreckten Chaos und Zerstörung ihn nicht besonders, schließlich handelten alle seine Romane hauptsächlich davon.

Er ließ das Pferd draußen am Brunnen trinken, drückte die schwere Eingangstür auf und betrat die Bibliothek. Dem Geräuschpegel nach zu urteilen, herrschte im Speisesaal anscheinend Hochbetrieb, sämtliche Schriftsteller dieser Welt schienen sich dort versammelt zu haben. Übertönt wurde ihr aufgeregtes Stimmengewirr nur von einem lautstarken Streit im Büro der Bibliothekarin. Gespannt schlich Blake auf die nur leicht angelehnte Tür zu, aus der die unverwechselbare Stimme der Bibliothekarin drang.

»Sie sagte, sie wäre zu allem bereit. Zu *allem*! Also habe ich sie beim Wort genommen.«

»Sie ist noch ein Kind«, sagte eine tiefe, raue Stimme mit einer auffallend näselnden Aussprache.

»Wir waren alle einmal Kinder«, sagte die Bibliothekarin.

»Hat sie etwa nicht das Recht, erst einmal erwachsen zu werden? Bevor man so etwas von ihr verlangt? Was ist mit all den Dingen, die sie niemals tun wird, wenn Sie sie dort lassen? Sie wird nie die Schule beenden, nie ihren ersten Abschlussball erleben, sich nie verlieben.«

»Nun, womöglich ist es gar nicht so schlecht, ihr das alles zu ersparen«, entgegnete die Bibliothekarin kühl. »Außerdem tun Sie so, als ob ich an der Sache etwas ändern könnte, Silver Nightly. Sie hat es aus freien Stücken getan. Ich kann das Geschehene nicht rückgängig machen.«

Blake stieß die Tür auf. »Guten Tag, Frau Bibliothekarin. Mr Nightly.« Er schüttelte dem älteren Kollegen die Hand. »Blake Luckhurst ist mein Name.«

»Nett, dich kennenzulernen, mein Sohn«, sagte Silver.

»Sprechen Sie zufällig gerade über Tuesday McGillycuddy?«, fragte Blake.

Die Bibliothekarin trug einen zerknitterten violetten Trainingsanzug und ihre normalerweise immer perfekt frisierten Haare standen wirr vom Kopf ab. Ihr war es sichtlich unangenehm, dass Blake sie in diesem Aufzug zu Gesicht bekam. Rund um ihren Platz am Schreibtisch verteilt lag ein Haufen zerknüllter Taschentücher. Die rot geränderten Augen und erhitzten Wangen der sonst so beherrschten, strengen Dame ließen vermuten, dass sie geweint hatte. Blake fielen die seltsamen Flecken auf dem Sofa auf, die verdächtig nach Blut aussahen. In der Balkonbrüstung draußen vor der Verandatür klaffte eine riesige Lücke. Dahinter im Nebel zeichnete sich drohend eine riesige Kugel ab, die aussah wie ein Planet.

»Was zum Teufel ist das?«

»Blake Luckhurst! Achte auf deine Ausdrucksweise! Wir sind Schriftsteller und pflegen einen gewissen Wortschatz. Doch um deine Frage zu beantworten, das ist eine Welt, die vor Kurzem mit meiner Bibliothek kollidiert ist.«

»Eine was?«, fragte Blake.

»Eine Welt. So etwas passiert momentan überall«, erklärte Silver Nightly. »Welten krachen ineinander und katapultieren uns Schriftsteller dabei weiß der Himmel wohin. Das reine Chaos. Jemand, der ausgerechnet jetzt hierherkommt, ist entweder ein Riesenhornochse oder er hat einen lebenswichtigen Auftrag, wobei auf dich offenbar Letzteres zutrifft, wenn ich mich nicht irre.«

»Ich bin hier, um Tuesday McGillycuddy zu retten«, sagte Blake.

»Oh nein, nicht du auch noch«, stöhnte die Bibliothekarin leise.

»Ihre Mutter macht sich große Sorgen«, fuhr Blake fort. »Ihr Vater liegt im Koma. Ich muss sie unbedingt nach Hause bringen.«

»Verdammt …«, knurrte Silver Nightly und schüttelte grimmig den Kopf.

»Du kannst sie nicht nach Hause bringen, Blake Luckhurst.« Die winzige Bibliothekarin richtete sich zu voller Größe auf. »Niemand von euch kann das. Außerdem würde sie niemals einwilligen. Sie wird hierbleiben. Sie hat sich dazu entschieden, für immer hierzubleiben.«

»Aber das geht nicht!«, protestierte Blake wütend.

»Unglücklicherweise doch«, sagte Silver Nightly. »Wobei unsere gute Frau Bibliothekarin leider verschweigt, dass sie diejenige ist, die dieses Problem überhaupt erst geschaffen hat. Sie hat Tuesday mit dem Auftrag losgeschickt, eine Geschichte zu schreiben, um diese gefährlichen Kollisionen zu verhindern.«

»Aber *warum*? Warum stoßen diese Welten eigentlich zusammen?«, fragte Blake und deutete auf die Weltkugel, die draußen vor der Bibliothek hing wie in einem surrealen Gemälde.

»Ausgelöst wurde das Ganze durch jemanden, den man den Gärtner nennt. Er ist vor Kurzem abberufen worden, verstorben«, erklärte Silver Nightly, worauf die Bibliothekarin wieder nach einem Taschentuch griff und sich eine Träne aus den Augen wischte. »Die kleine Tuesday wurde eingesetzt, um seine Nachfolgerin zu werden.«

»Seine Nachfolgerin!«, rief Blake entsetzt.

»Irgendjemand muss es tun«, rief die Bibliothekarin erregt. »Es muss einen Gärtner geben. Der letzte Gärtner hätte nicht sterben können, wenn Tuesday sich nicht voll und ganz in ihr Schicksal gefügt hätte.«

»Schicksal?«, fragte Blake. »Soll das heißen, sie war dazu bestimmt? Von Geburt an auserwählt oder so was?«

»Nein, Blake, das hatte eigentlich eher praktische Gründe«, sagte die Bibliothekarin. »Tuesday kam schon mit einer angefangenen Geschichte und einem Geflügelten Hund an ihrer Seite hier an. Ein Gärtner braucht ein Wesen, das zwischen den Welten hin und her reisen kann. Und es gab sonst niemanden wie sie. Das war in gewissem Sinne vielleicht Schicksal. Auf jeden Fall finden die meisten unter uns auf diese Weise ihre wichtigsten Abenteuer, oder nicht? Ohne einen Gärtner gäbe es das alles nicht mehr. Du und all die anderen Schriftsteller sind nur hier, weil der Gärtner sich um diese Welten kümmert. Tuesday erweist euch allen einen unermesslichen Dienst. Sieh dich doch mal um oder hör dir die Geschichten im Speisesaal an, dann weißt du, was für ein Chaos in der Welt herrschen würde, wenn es Tuesday nicht gäbe.«

»Aber Tuesday ist noch viel zu jung, um so eine Aufgabe zu übernehmen«, wandte Blake ein.

»Genau meine Rede«, stimmte Silver ihm zu.

»Wisst ihr, wie jung ich damals war?«, sagte die Bibliothekarin leise. »Der Gärtner war ein Schriftsteller, genau wie ihr beide. Ich sah ihn kommen und gehen. Er war nur wenige Jahre älter als ich. Manchmal erinnerst du mich sogar an ihn, Blake. Natürlich war er längst nicht so berühmt, wie du zu sein glaubst, doch er war ehrgeizig. Und er war gern hier. Er kam immer häufiger. Damals drohte alles im Chaos zu versinken, genau wie heute, weil die Kräfte des vorherigen Gärtners allmählich nachließen. Garnet übernahm seine Aufgabe. Er opferte seine Karriere als Schriftsteller, um euch das alles hier zu erhalten. Unendlich viel Zeit ist seitdem vergangen und jetzt ist er fort. Wir haben uns selbstverständlich geschrieben. Sein Hund überbrachte unsere Briefe und ich habe ihm Bücher geschickt. Manchmal schickte er mir eine Pflanze. Doch wir konnten uns niemals … und wir werden uns niemals … oh nein, was habe ich dem Mädchen bloß angetan?«

Die Bibliothekarin verstummte und starrte hinaus auf den zerstörten Balkon.

»Hast du ein weißes Pferd mitgebracht, Blake Luckhurst?«, fragte sie plötzlich wieder in ihrem altvertrauten herrischen Tonfall.

Blake sah aus dem Fenster und verzog das Gesicht. »Ja, Frau Bibliothekarin«, sagte er stolz.

»Feines Pferd«, stellte Silver Nightly fest.

»Vielleicht, aber leider absolut nutzlos«, sagte die Bibliothekarin.

»Nutzlos wofür?«, fragte Silver.

»Um zu Tuesday zu gelangen.«

»Soll das heißen, es gibt doch einen Weg?«

»Möglicherweise. Ihr beide habt doch hoffentlich keine Höhenangst, oder?«

»Höhenangst?«, fragte Blake.

Wortlos begann die Bibliothekarin, den Teppich in ihrem Büro von einer Seite aufzurollen. Silver und Blake eilten ihr zu Hilfe und staunten nicht schlecht, als darunter außer glänzenden Holzdielen auch eine Falltür zum Vorschein kam. Die Bibliothekarin zeigte auf einen kleinen Griff und Blake hievte die schwere Klappe hoch. Unter ihnen tat sich ein grenzenloser dunkler Himmel auf, an dem unzählige Welten in allen Formen und Farben herumwirbelten.

»Und wo genau sollen wir sie da drin finden?«, fragte Blake.

»Ganz unten, am tiefsten Punkt, natürlich«, sagte die Bibliothekarin.

»Und wie sollen wir Ihrer Meinung nach dorthin kommen?«, fragte Silver.

»Blake, geh bitte in den Büchersaal und hol mein Podest. Weißt du noch, welches ich meine?«

»Wie könnte ich das je vergessen.« Blake erinnerte sich noch genau an den Tag, als die Bibliothekarin ihm zum ersten Mal die Bibliothek gezeigt hatte. Auf diesem Podest waren sie an Regalen voller Bücher entlanggeflogen und mit halsbrecherischer Geschwindigkeit von einem Gang in den nächsten abgebogen. Seitdem hatte er großen Respekt vor der Herrin der Bücher.

»Oh nein, nicht dieses fliegende Ding«, stöhnte Silver.

Zum ersten Mal an diesem Tag huschte ein Lächeln über das Gesicht der Bibliothekarin.

»Das heißt also, wir holen Tuesday da raus?«, fragte Silver, als Blake Richtung Büchersaal verschwunden war.

»Wir werden lediglich einen kleinen Besuch machen«, sagte die Bibliothekarin.

Als Blake kurz darauf wieder auftauchte, zerrte er das Podest hinter sich her.

»Du zerkratzt mir meine schönen Holzdielen, Blake!«, schimpfte die Bibliothekarin. »Ich hatte ganz vergessen, den Schwebemechanismus zu erwähnen.«

Dann verschloss sie eilig die Tür, und im nächsten Augenblick standen die drei bereits auf der Plattform, die über der Öffnung im Fußboden schwebte.

»Irgendwie gefällt mir die Sache nicht«, sagte Blake und vergaß für einen Moment, dass er ein Actionheld sein wollte. Dann fielen sie zwischen Millionen von schwebenden Welten hindurch und hinunter in die Dunkelheit.

Kapitel 26

Tuesday saß, vollkommen in ihre Arbeit vertieft, an der Werkbank und blinzelte angestrengt durch die Spezialbrille des Gärtners – obwohl es jetzt eigentlich *ihre* Brille war, wie sie sich selbst immer wieder erinnerte. Eine ganze Weile war sie schon dabei, mit ihrer winzigen Baumschere die äußersten Äste eines Baumes zu stutzen, der mit seiner ausladenden Krone fast die ganze Welt einnahm. Nicht nur Eichhörnchen und Vögel lebten auf diesem Baum, sondern auch ein Völkchen, das im Inneren des Stamms in kleinen, runden Behausungen wohnte. Am oberen Ende des Stammes beugte sich gerade – in der Bewegung erstarrt – eine rotbackige Frau mit schmuddeligem Kopftuch aus dem Fenster. Sie hielt einen Eimer mit schaumigem Putzwasser in den Händen.

»Ah, verstehe«, murmelte Tuesday vor sich hin und suchte die ganze Werkbank ab, bis sie endlich einen winzig kleinen Regenschirm gefunden hatte, ähnlich wie die bunten Schirmchen, die manchmal auf Eisbechern stecken, nur noch viel, viel kleiner. Mithilfe einer winzigen Pinzette klappte sie den Schirm auf und gab ihn einem Mädchen in die Hand, das direkt unter dem Fenster stand.

»Bitte schön!« Zufrieden lehnte Tuesday sich zurück.

Dann warf sie durch ihre Vergrößerungsbrille einen letzten Kontrollblick auf die Welt, den Baum, das Mädchen und den Regenschirm. Als sie gerade auf den Hebel drücken wollte, um die Welt wieder zu verschließen und an ihren Platz im Universum zu entlassen, spitzte Baxterr auf einmal die Ohren. Er legte den

Kopf schief, erst zur einen, dann zur anderen Seite. Eine silberne Plattform, auf der dicht aneinandergedrängt drei Menschen standen, kam im Zickzackkurs vom Himmel herunter direkt auf das Gewächshaus zugeflogen.

»Wuff«, bellte er Tuesday zu, genau wie in der Brown Street, kurz bevor jemand an der Haustür klingelte.

Tuesday schwang auf ihrem Drehstuhl herum. Die fliegende Plattform, die gerade zur Landung ansetzte, kam ihr sofort bekannt vor – durch die Vergrößerungslinsen ihrer Brille sah sie geradezu gewaltig aus. Der große, schlaksige junge Mann, der sich an das Geländer des Podests klammerte, musste es morgens beim Anziehen sehr eilig gehabt haben. Jedenfalls trug er sein T-Shirt mit der Innenseite nach außen. Hatte sie Halluzinationen? Sie riss sich die Brille von der Nase. Nein, er war es wirklich.

»Blake!«

»Hey, Tuesday«, grüßte er lässig und sprang von der Plattform, kaum dass sie aufgesetzt hatte. Sie wollte ihm gerade um den Hals fallen, als sie die beiden anderen erkannte, die bei ihm waren. Sprachlos starrte sie ihren Überraschungsbesuch an.

»Silver Nightly? Frau Bibliothekarin? Was machen Sie denn hier?«

»Einige Menschen leiden unter der ziemlich altmodischen Vorstellung, dass du gerettet werden müsstest, Tuesday McGillycuddy. Ist das wahr? Bist du tatsächlich nicht in der Lage, die Aufgabe zu erfüllen, die du übernommen hast? Oder Baxterr?«

»Nein, Frau Bibliothekarin«, antwortete Tuesday selbstbewusst. »Ganz im Gegenteil. Ich bin dabei, den Rückstand aufzuholen, und wir werden bald wieder mit allen Arbeiten auf dem Laufenden sein.«

Die Bibliothekarin nahm ihr die Brille des Gärtners aus der Hand und setzte sie selbst auf. *Meine* Brille, dachte Tuesday und verstand selbst nicht, warum es sie ein wenig ärgerte. Sie sah zu, wie die alte Dame die Welt begutachtete, die soeben fertig geworden war.

»Hmmm«, brummte die Bibliothekarin. »Pinzette, bitte.«

Etwas widerwillig reichte Tuesday ihr die winzige Pinzette und beobachtete, wie sie dem Mädchen den Regenschirm wieder aus der Hand nahm.

»Ich kann nicht anders. Ich kann mich jedes Mal kaum halten vor Lachen, wenn sie dasteht wie ein begossener Pudel. Wir dürfen uns nicht einmischen. Nur ein wenig Hilfestellung leisten«, erklärte die Bibliothekarin, legte den kleinen Schirm zurück auf die Werkbank und nahm die Brille ab.

»Sehen Sie, Silver? Blake? Tuesday leistet hervorragende Arbeit.«

»Und du, Tuesday? Bist du sicher, dass es das ist, was du willst?«, fragte Silver. Sein Blick wanderte langsam über all die Instrumente und Bücher, die Werkzeuge und Röhren. Auf ihrem Flug durch die unzähligen Welten hatte er nicht ein einziges Wort herausgebracht, so überrascht war er zu sehen, was Schriftsteller in all der Zeit erschaffen hatten.

»Also … wie soll ich sagen«, begann Tuesday. »Es *ist* wirklich unglaublich.«

Silver nickte.

»Ein erstaunliches Zuhause hast du hier. Du möchtest mich nicht zufällig ein bisschen herumführen?«

»Oh ja, natürlich«, sagte Tuesday. »Sehen Sie, hier drüben kommen die Welten herein, bei denen eine Inspektion ansteht –«

»Mensch, Tuesday, bist du irre?«, fuhr Blake dazwischen. »Du willst doch nicht im Ernst den Rest deines Lebens hier verbringen, oder?«

»Nicht nur hier, Blake! Baxterr und ich können in jede dieser Welten reisen, wenn wir wollen. Die Welten sind einfach fantastisch, jede einzelne von ihnen. Sieh sie dir nur an! Stell dir vor, wir können jeden Tag in die Welt irgendeines Buches reisen, die Romanfiguren kennenlernen, Abenteuer mit ihnen erleben, von ihrem Essen probieren, Schnee fühlen oder schwimmen gehen. Stell dir nur vor, wo wir überallhin gehen können!«

»Nur nicht nach Hause«, sagte Blake.

»Nach Hause?« Tuesday runzelte die Stirn. »Das hier ist mein Zuhause, Blake.«

»Nein, Tuesday. Du irrst dich«, widersprach ihr Freund. »Dein Zuhause ist in der Brown Street. Ich war dort. Du hast eine Mutter und einen Vater, die dich dringend brauchen.«

»Du warst in der Brown Street? Du hast meine Eltern getroffen?«

»Ja, Tuesday, und ich weiß genau, wer deine Mutter ist.«

»Dann musst du es doch verstehen. Wenn ich nicht hier bin und meine Aufgabe erfülle, wird meine Mutter nie mehr schreiben können«, erklärte Tuesday. »Eure Welten werden in sich zusammenfallen und sterben, deine, Silvers und die Welten all der anderen Schriftsteller.«

»Siehst du, Blake, Tuesday weiß sehr genau, was für eine wichtige Aufgabe sie zu erfüllen hat«, bemerkte die Bibliothekarin gelassen.

»Komm, Silver«, sagte Tuesday und griff nach dem Bootshaken. »Ich werde dir zeigen, wie man eine Welt einfängt.«

»Tuesday«, unterbrach Blake sie, »ich weiß, es wird wehtun, aber ich muss es dir sagen. Du musst so schnell wie möglich nach Hause kommen. Dein Vater ist schwer krank. Er liegt im Koma.«

Tuesday starrte Blake ungläubig an, und es war, als würde eine Maske von ihrem Gesicht abfallen. Plötzlich sah sie wieder aus wie ein kleines Mädchen.

»Was hast du gesagt?«, fragte sie.

»Dein Vater hatte einen Zusammenbruch. Er liegt im Krankenhaus.«

»Wo sicher bestens für ihn gesorgt wird«, schaltete sich die Bibliothekarin dazwischen.

»Nein, darum geht es gar nicht, Frau Bibliothekarin«, sagte Blake. »Er ist furchtbar krank. Tuesday muss unbedingt zu ihm.«

»Papa?«, fragte Tuesday. Ihr schwirrte der Kopf. »Mein Vater ist krank und er braucht mich?«

»Ja, und deine Mutter braucht dich auch«, sagte Blake. »Glaubst du wirklich, wenn deine Mutter zwischen dir und dem Schreiben wählen müsste, würde sie sich für das Schreiben entscheiden?«

Verzweifelt versuchte Tuesday, einen klaren Gedanken zu fassen, doch in ihrem Kopf kreisten nur Welten und Planeten. Ihr Herz klopfte wie wild und bei jedem Schlag hörte sie nur ein Wort. Papa. Papa. Papa.

»Sagen Sie es ihr, Silver«, bat Blake. »Würden Sie wollen, dass ein Mädchen sein ganzes Leben aufgibt, damit Sie Schriftsteller bleiben können? Würde irgendeiner von uns so etwas wollen?«

»Großartiges Argument von dem Jungen, Tuesday. Trifft den Nagel auf den Kopf, würde ich sagen.« Nachdenklich kratzte Silver Nightly sich am Kinn. »Das heißt nicht, dass du hier keine gute Arbeit machst. Du machst sie sogar ganz hervorragend. Aber das hier ist eine Aufgabe für jemanden, der schon all seine Abenteuer erlebt hat. Der all seine Entscheidungen bereits getroffen hat. Ich könnte mir vorstellen, dass diese Gärtner, genau wie Bibliothekare, ziemlich langlebig sind, habe ich recht, Frau B.?«

»Vollkommen, Silver Nightly«, bestätigte die Bibliothekarin und setzte sich zu Tuesdays Überraschung auf das Sofa, wo sich kurz zuvor der Gärtner in einer Wolke aus feinstem Goldstaub aufgelöst hatte. Die alte Dame strich beinahe zärtlich über den gelben Stoff und seufzte. »Wir leben sogar sehr, sehr lange.«

»Aber ich habe es fast geschafft, dass hier alles wieder normal läuft«, sagte Tuesday leise und sank neben der Bibliothekarin auf das Sofa. »Ich habe es Garnet versprochen. Ich wusste nicht … ich … es war einfach stärker als ich. Seit ich hier bin, habe ich so vieles vergessen. Ich *kann* jetzt nicht weggehen.«

»Es sei denn, wir finden einen anderen Gärtner«, warf Silver ein.

»Aber so einfach ist das nicht«, sagte Tuesday. »Sehen Sie, man muss mit dem Bootshaken umgehen können. Die ganze Instandhaltung, die vielen Reparaturarbeiten. Außerdem braucht man den richtigen Hund … und es ist nicht … ich meine, es ist eine wunderbare Aufgabe. Man kann so viele Welten besuchen, so viele Abenteuer erleben. Aber mein Vater. Was ist mit meinem Vater?«

»Wie wäre es denn, wenn ich die Aufgabe übernehme?«, schlug Silver Nightly vor.

»Sie meinen, solange ich nach Hause fahre und meinen Eltern alles erkläre?«, sagte Tuesday.

»Tja, eigentlich hatte ich an einen etwas längeren Zeitraum gedacht«, sagte Silver und kratzte sich am Kinn. »Das sollte eher heißen, solange du mit dem Erwachsenwerden beschäftigt bist und mit allem, was du in deinem jungen Leben noch vor dir hast.«

»Wollen Sie damit sagen, Sie würden … der Gärtner werden?«, fragte Tuesday.

»Ich würde sagen, das wäre der beste Job, den ein alter Knochen wie ich sich vorstellen könnte.« Silver Nightly grinste.

Blake und Tuesday starrten ihn sprachlos an, die Bibliothekarin hob lächelnd den Kopf.

»Ah, das ist es«, sagte sie. Jetzt war sie es, die die anderen fragend ansahen. »Manchmal ist alles ein bisschen verschwommen, versteht ihr? Und dann ist es auf einmal so klar, dass man sich fragt, warum man nicht schon früher darauf gekommen ist. Das ist eine ausgezeichnete Lösung, Silver Nightly. Tuesday kann nach Hause zurückkehren und das sein, was Tuesday McGillycuddy sein wollte, bevor dann auf einmal alles anders kam. Und Sie, Silver, können sofort hierbleiben.«

»Aber was wird Ihre Familie dazu sagen, Silver?«, fragte Tuesday.

»Seit meine Frau gestorben ist, gibt es nur noch mich. Und meine Bücher. Und Lesestoff gibt es hier garantiert mehr als genug, wenn auch in etwas anderer Form. Aber sieh dir das an«, sagte er und blickte zu den Welten, die über ihnen ihre Bahnen zogen. »Sieh dir das an!«

Blake seufzte. »Na, das nenn ich eine Überraschung.«

»Allerdings wird Baxterr leider hierbleiben müssen«, sagte die Bibliothekarin mit ernster Miene zu Tuesday.

»Ich soll Baxterr hierlassen?«

»Aber selbstverständlich, Silver wird einen Hund brauchen.«

»Nein, nein«, wehrte Silver ab.

»Das können Sie nicht … Nein. Nein, das kann ich nicht machen!«, sagte Tuesday entschlossen.

»Du musst dich entscheiden, Tuesday«, sagte die Bibliothekarin. »Du kannst durchaus nach Hause zu deinen Eltern zurückkehren, aber dein Hund wird hier gebraucht.«

Baxterr brach in ohrenbetäubendes Bellen aus.

Als er endlich aufgehört hatte, sagte Blake: »Tolle Rede, Baxterr, ich bin ganz deiner Meinung.«

»Nun, dann kann es keinen Tausch geben«, erklärte die Bibliothekarin. »Der Gärtner braucht einen Vertrauten. Ein Wesen, das zwischen den Welten reisen kann. Hunde eignen sich dazu immer am besten. Drachen sind viel zu launisch.«

»Na schön, dann werde ich eben ihre Welt finden müssen«, sagte Tuesday. »Garnet sagte, er habe sie versteckt. Hat er Ihnen nichts darüber erzählt?«

»Die Welt der Hunde?«, fragte die Bibliothekarin amüsiert.

»Nein, darüber weiß ich nichts. Sieh mich nicht so an, junge Dame. Ich habe nicht die leiseste Ahnung, wo er sie versteckt haben könnte. Ich ziehe Katzen vor.«

»Es gibt eine Welt?«, fragte Silver Nightly und spähte hinauf in das bunte Gewimmel aus Planeten, als könnte er jeden Augenblick auf irgendeinem von ihnen einen Geflügelten Hund entdecken.

»Wenn wir diese Welt finden, können wir für Sie einen eigenen Hund aussuchen«, sagte Tuesday.

»Wie ich Garnet kenne, hat er diese Welt bestimmt im hintersten Winkel versteckt«, sagte die Bibliothekarin. »Ich persönlich finde, Baxterr wäre in jedem Fall die einfachere und schnellere Lösung. Aber anscheinend ist heutzutage niemand mehr bereit, schwere Entscheidungen zu treffen oder Opfer zu bringen.«

»Das ist genauso aus der Mode gekommen, wie mit Feder und Tinte zu schreiben«, sagte Blake.

»Und wie die Klassiker, die heute auch niemand mehr kennt«, bemerkte die Bibliothekarin spitz.

Mit vereinten Kräften suchten Tuesday, Silver, Blake und Baxterr am Himmel nach der Welt der Geflügelten Hunde. Währenddessen zog sich die Bibliothekarin auf das primelgelbe Sofa zurück und suchte sich aus einem Stapel auf dem kleinen Beistelltisch ein Buch heraus. Nur hin und wieder hörte man von ihr ein missbilligendes Hüsteln, mit dem sie den übrigen Anwesenden deutlich machte, dass sie nur ihre Zeit verschwendeten.

»Wonach genau suchen wir eigentlich?«, fragte Silver und starrte mit weit zurückgelegtem Kopf in das dunkle Universum.

»Nach einer Welt«, antwortete Tuesday. »Mehr weiß ich leider auch nicht.«

»Grrrr«, knurrte Baxter leise vor sich hin und neigte seinen schief gelegten Kopf von einer Seite auf die andere.

»Wenn er sie so sorgfältig versteckt hat, sieht sie bestimmt ganz anders aus, als wir erwarten«, vermutete Blake. Einige der Welten glänzten silbrig oder schimmerten wie Perlmutt, andere leuchteten in Mandarinenorange oder Neongrün. Wieder andere sahen aus wie riesige Seifenblasen oder erinnerten eher an Metallkugeln. Manche leuchteten überhaupt nicht, sondern waren sogar dunkler als der Himmel selbst. Es gab runde Welten und welche, die alles andere waren als rund.

Tuesday fiel die Welt im Schrank von Herr Tumnus ein. Vielleicht sah die Welt der Hunde aus wie ein Tennisball? Oder eher wie ein Knochen? Sie starrte so lange in den Himmel, bis ihre Augen eine Pause brauchten.

Blake fand es am bequemsten, wenn er sich in Rückenlage auf dem Teppich ausstreckte. Silver hatte einen der Schreibtischstühle in die Mitte des Raumes gerollt und die Rückenlehne, so weit es ging, nach hinten geklappt. Unermüdlich starrte er nach oben und konnte sich an dem Gewimmel der unzähligen Welten kaum sattsehen. Im Gegensatz zu der Bibliothekarin, die mit einem aufgeschlagenen Buch auf der Brust eingenickt war.

Tuesday rieb sich den schmerzenden Nacken. Sie versuchte, sich an jede Minute zu erinnern, die sie mit Garnet hier verbracht hatte, und an jede Einzelheit, die er ihr über jene Welt der Hunde erzählt hatte. Endlich fiel ihr etwas ein, das er zwar nicht zu ihr, sondern zu *Baxterr* gesagt hatte.

»Strubbel«, rief sie, und sofort trottete Baxterr herbei und setzte sich erwartungsvoll vor ihr auf die Hinterbeine.

»Weißt du noch, was Garnet zu dir gesagt hat: ›Aber Freunde sind nie sehr weit weg. Nicht, wenn man auf seine *Nase* hört …‹ Und dann hat er noch einmal betont: ›Baxterr, denk an die Nase.‹«

Baxterr sah aus, als versuche er, sich zu erinnern. Dann fing er an, nach Hundeart alles eingehend zu beschnüffeln. Zuerst richtete er seine Nase auf den Himmel, dann, als es dort nichts Interessantes zu entdecken gab, konzentrierte er sich ganz auf das Gewächshaus. Seine feuchte, schwarz glänzende Schnauze schnüffelte über den Fußboden unter der Werkbank und rund um den Tisch, an dem der Gärtner immer seine Mahlzeiten eingenommen hatte. Als ihm ein aufregender Geruch nach Ziege in die Nase stieg, spitzte er kurz die Ohren, schüttelte dann jedoch ungläubig den Kopf.

Als er bei dem gelben Sofa ankam, roch er etwas sehr Interessantes. Er stieß einen seltsam winselnden Laut aus und nahm all seine Schnüffelkräfte zusammen. An dem kleinen Beistelltisch neben dem Sofa hielt er plötzlich inne. Darauf stand neben einem Stapel Bücher eine Teetasse aus Porzellan, auf der als Deckel ein kleiner Unterteller lag.

Baxterr stieß ein sehr klares, entschiedenes Bellen aus.

Langsam und sehr vorsichtig hob Tuesday den Deckel von der Teetasse. Und ließ ihn im nächsten Augenblick sofort wieder zurückfallen. Was immer in der Tasse versteckt war, begann zu flattern und zu summen. Doch der kurze Blick hinein hatte Tuesday genug verraten, um zu ahnen, dass es sich weder um eine große Motte noch um eine Hummel handelte. Sicherheitshalber warf sie einen zweiten schnellen Blick hinein: Das unruhig flatternde Ding in der Teetasse war in Wirklichkeit eine winzige, runde Welt mit zwei wunderschönen, von goldschimmerndem Fell überzogenen Flügeln.

Tuesday und Baxterr tauschten ein verschwörerisches Grinsen.

»Hey, Silver«, rief Tuesday, »bereit, eine Welt einzufangen?«

Silver schoss wie von einer Tarantel gestochen von seinem Schreibtischstuhl hoch. »Das Geheimnis des Erfolgs liegt darin, sofort zuzupacken, sobald sich eine Gelegenheit bietet.«

Lächelnd zwinkerte Tuesday ihm zu. »Darf ich bitten, neuer Gärtner?«, sagte sie und reichte ihm den Bootshaken.

»Nun sieh sich das einer an«, hauchte er ehrfürchtig und schien ein wenig überwältigt.

»Sind Sie sicher, dass Sie es wirklich wollen?«, fragte Tuesday ihn. »Denn wenn Sie ihn erst einmal in die Hand genommen haben, gehört er Ihnen. Für immer.«

»Wenn du genau hinsiehst«, antwortete Silver mit einem verschmitzten Augenzwinkern, »steht auf dem Ding sogar schon mein Name drauf.«

Tuesday zögerte einen klitzekleinen Moment, den Bootshaken wirklich abzugeben. Gärtnerin zu sein, war sicher das aufregendste Abenteuer gewesen, das sie je erleben würde.

Als Silvers Hand sich um den Griff des Bootshakens schloss, ließ sie schließlich los. Er platzte beinahe vor Stolz. Leicht benommen trat Tuesday einen Schritt zurück. Sie fühlte sich wie nach einer rasanten Achterbahnfahrt – ein bisschen traurig, dass es schon vorbei war, aber gleichzeitig froh, wieder festen Boden unter den Füßen zu spüren.

»Die Welt, nach der wir gesucht haben, ist hier drüben.« Tuesday führte Silver hinüber zum Sofa, wo die Bibliothekarin im Schlaf leise vor sich hin murmelte.

»Wo?«, fragte Silver verwirrt.

»Machen Sie sich bereit, Herr Gärtner«, bat Tuesday. »Sie ist in dieser Teetasse und kann ziemlich schnell fliegen.«

»In der Teetasse?«

»Die Welt hat Flügel«, erklärte Tuesday. »Ich werde sie gleich freilassen, Silver. Sie müssen mit dem Haken eine kleine Schlaufe an ihrer Seite erwischen.«

»Ich werde mein Bestes geben«, versprach Silver.

Baxterr bellte aufgeregt.

»Alles klar«, sagte Tuesday. »Eins, zwei … drei.«

Dann hob sie den Unterteller an und die Welt schoss aus der Tasse ins Gewächshaus. Sobald sie frei war, begann sie zu wachsen. In Sekundenschnelle war sie so groß wie ein Fußball und schon in der nächsten Sekunde wie ein Heißluftballon. Sie schwang sich mit ein paar kräftigen Schlägen ihrer pelzigen Flügel in die Luft.

Silver holte mit dem Bootshaken aus. Zu spät. Die geflügelte Welt sauste in die Höhe und drohte, am dunklen Himmel zu verschwinden.

»Mist!«, schimpfte er. »Jetzt ist mir das verfluchte Ding entwischt.«

Mittlerweile war die Welt fast so groß wie ein Mond.

»Keine Sorge«, beruhigte Tuesday ihn. »Versuchen Sie es weiter. Der Bootshaken weiß, was zu tun ist.«

»Ach, du liebes Tantchen«, sagte die Bibliothekarin erschrocken, als sie plötzlich aufwachte und die riesige geflügelte Welt direkt über sich erblickte.

»Zweiter Versuch«, rief Silver und schwang den Bootshaken, der in seinen Händen lang und immer länger wurde, hoch in den Himmel.

»Sehen Sie die Schlaufe, Silver?«, rief Tuesday. »Da, da ist sie!«

»Ich sehe sie!«

»Wuff«, bellte Baxterr und tänzelte aufgeregt auf den Hinterbeinen wie ein kleines Pony.

Nach einem wenig eleganten Schwenker hatte Silver die geflügelte Welt schließlich am Haken. Er strahlte übers ganze Gesicht.

»Ausgezeichnet. Bringen Sie sie hinunter auf den Steg dort drüben«, sagte Tuesday. Zuerst sah es so aus, als wollte sich die Welt vom Haken losreißen, davonfliegen und frei sein, doch dann schien sie ihre Meinung zu ändern und ließ sich bereitwillig hinunter zur Plattform ziehen. Mit einem magnetischen Klick legte sie am Steg an und ihre pelzigen Flügel kamen sanft zum Stillstand.

»Heiliger Bimbam«, schnaufte Silver und stützte sich auf den Bootshaken, als wäre er ein überdimensionaler Spazierstock. Er tupfte sich mit seinem Taschentuch den Schweiß von der Stirn.

Die Welt war zwar nicht besonders groß, dafür aber wunderschön, mit einer marmorierten, gold und perlweiß schimmernden Oberfläche.

»Und jetzt?«, fragte Blake beinahe ehrfürchtig.

»Jetzt kommt das Beste«, sagte Tuesday.

Die Bibliothekarin, wieder hellwach, verkündete: »Das muss ich mir unbedingt ansehen, bevor ich zurückfahre und dein Pferd aus meinen Rosen jage, Blake Luckhurst.«

Schließlich wanderte die ganze Gesellschaft im Gänsemarsch über den schmalen Steg. Sobald sie die perlmuttfarbene Tür öffneten, die vor ihnen erschien, strahlte ihnen eine solche Helligkeit entgegen, dass sie für einen Moment geblendet die Augen zukniffen. Eine kühle, salzige Brise wehte ihnen entgegen, sie hörten das Rauschen einer Meeresbrandung, und Baxterr bellte.

»Ach, Strubbel«, seufzte Tuesday glücklich. »Genau so habe ich es mir immer vorgestellt!«

Die Welt der Geflügelten Hunde bestand aus breiten weißen Sandstränden und stufenförmigen Klippen, die in einen strahlend blauen Himmel emporwuchsen. Duftige weiße Wolken zogen darüber hinweg. Schmale Bäche schlängelten sich durch den Sand auf die Wellen zu, die ebenso blau waren wie der Himmel. Zwischen den zerklüfteten Felsen rauschten Wasserfälle in die Tiefe. Und überall waren Hunde. Riesige Hunde. Geflügelte Hunde, die sich von den Winden tragen ließen, ihre Kreise am Himmel zogen, hoch in die Lüfte stiegen, um dann plötzlich im Sturzflug wieder herabzuschießen.

»Hierher sind sie also geflüchtet«, flüsterte Tuesday. »Ich kann es kaum erwarten, Mama zu erzählen, dass ich sie gesehen habe. Oh, Silver, Sie können sich gar nicht vorstellen, wie sehr ich mich darauf freue, bald wieder zu Hause sein.«

Baxterr bellte. »Na klar, Strubbel, lauf!«, sagte Tuesday.

Und er sprang mit Riesensätzen davon, wurde größer und größer, breitete seine Flügel aus und schwang sich in die Lüfte.

»Was für ein Anblick!«, sagte Silver und blinzelte in den blauen Himmel. »Dazu hat er zu Hause bestimmt nicht oft Gelegenheit.«

»Eigentlich sollte das hier mal sein Zuhause werden«, sagte Tuesday leise, während sie gemeinsam über den langen Sandstrand spazierten und Blake und die Bibliothekarin hinter ihnen zurückblieben.

»Das ist wohl wahr, andererseits aber auch wieder nicht«, meinte Silver. »Jeder sieht doch auf den ersten Blick, dass der Hund dort zu Hause ist, wo du bist.«

»Vielleicht können wir manchmal zu Besuch kommen«, sagte Tuesday.

»Ich finde, das klingt nach einer mächtig guten Idee.«

Tuesday beobachtete die Hunde, die über ihnen durch die Luft segelten, über den Strand hetzten, gemeinsam herumtollten, sich im Sand wälzten und in den Wellen spielten.

»Wie werden Sie sich einen von ihnen aussuchen?«, erkundigte sich Tuesday.

»Wie er mich aussuchen wird, meinst du wohl eher?« Silver lächelte. »Abwarten und Tee trinken.« Sie spazierten den Strand entlang bis zum anderen Ende, während Baxterr herumflog, wieder landete, ein Stück über den Sand lief und dann erneut über ihnen kreiste. Als er nach einer Weile über den Strand auf sie zulief, war er nicht allein. Er hatte eine Freundin gefunden, eine hübsche weiße Hündin mit einem braunen Fleck über einem Auge. Sie war größer als Baxterr und ihr Fell sah noch strubbeliger aus als seins.

»Wuff«, sagte Baxterr.

»Oh, ist das so?«, sagte Silver Nightly und betrachtete die weiße Hündin eingehend. Die Hündin beschnüffelte ausführlich seine ausgestreckte Hand, dann leckte sie an ihr und bellte.

»Bist du sicher?«, fragte Silver.

»Wuff«, erwiderte die Hündin.

Tuesday nickte. »So machen Sie das also.«

»Ich denke, ich werde mit meiner neuen Freundin einen kleinen Spaziergang machen, wenn es dir nichts ausmacht, Tuesday«, sagte Silver Nightly. »Nun solltest du dich aber schnell auf den Weg nach Hause machen. Und ich bin sicher, dies wird nicht das letzte Mal sein, dass wir uns begegnen.«

»Ganz bestimmt nicht, Silver Nightly«, versicherte Tuesday. »Oder sollte ich lieber Herr Gärtner sagen?« Er schüttelte ihr herzlich die Hand. Plötzlich zuckte es und eine seltsame Energie schien beide zu durchströmen. Tuesday und Silver starrten auf ihre Hände. Aus Tuesdays Fingernägeln war die grünliche Färbung verschwunden, dafür stellte Silver Nightly kichernd fest: »Das kannst du! Mir ist soeben ein grüner Daumen gewachsen!«

»Ich glaube, Sie werden ein wunderbarer Gärtner sein. Aber ich habe Ihnen noch gar nicht alles gezeigt.«

»Keine Sorge, unsere gute Frau Bibliothekarin wird mir sicher auf die Sprünge helfen«, kicherte er. »Komm heil nach Hause. Und vergiss nicht, dass du uns allen einen großen Dienst erwiesen hast, als du in dieser Notlage eingesprungen bist.«

Tuesday ging zurück, der Bibliothekarin und Blake entgegen.

»So hat sich doch alles zum Guten gewendet, Tuesday McGillycuddy, wer hätte das gedacht!«, sagte die Bibliothekarin. »Ein zweiter Besuch ist immer schwierig. Es gibt so viele Möglichkeiten. Ich meine, du hättest auch ablehnen können, als der Faden kam, um dich abzuholen. Du hättest zu Vivienne oder zu mir auch Nein sagen können. Du hättest die Bitte des Gärtners abschlagen können. Doch du hast es nicht getan. Du hast Ja und Ja und noch einmal Ja gesagt. Wahre Fantasie erfordert viel Mut. Und auf deine Weise hast du ein kleines Wunder vollbracht. Du hast diesen wunderbaren Ort der Welten für alle Schriftsteller und Leser auf der Erde bewahrt. Ich denke, du hast deinen Weg gefunden, fast bis zum ENDE.«

»Und wenn ich mich nicht irre, werde ich meinen Faden nie wieder brauchen«, sagte Tuesday. »Dank Baxterr.«

Die Bibliothekarin schniefte. »Nun geht schon, ihr beiden. Ich bin sicher, ihr werdet wiederkommen. Auf welchem Weg auch immer.«

Förmlich reichte sie Tuesday und Blake die Hand.

»Ich mag die Jugend«, sagte sie. »Ihr habt so wenig Furcht. Geht jetzt. Und werdet bitte nicht so bald vernünftig.«

»Bist du bereit, Blake?«, fragte Tuesday.

»Du meinst doch nicht etwa …« Blake grinste unsicher. »Auf Baxterr?«

Es war Sonntagmorgen und auf den Rasenflächen waren die Frühaufsteher unter den Vögeln bereits auf der Jagd nach Würmern. Nachtaktive Lebewesen kehrten zu ihren Baumhöhlen zurück, um den kommenden Tag zu verschlafen. Auf Wiesenhängen und Rasenflächen entfalteten die Gänseblümchen ihre Blütenblätter, doch bis am Eispavillon rasselnd die Fensterläden hochgezogen wurden, würden noch mehrere Stunden vergehen. Außer ein paar Joggern, zwei Parkwächtern in grüner Uniform und einem Zeitungsausträger war an einem Sonntagmorgen um diese Zeit im Park kein Mensch unterwegs.

Der Zeitungsjunge kam immer schon sehr früh, um seinen Stammplatz zu besetzen. Am liebsten ließ er sich unter einem Baum nieder, der ihn an heißen Tagen vor der Sonne schützte und an nassen Tagen den schlimmsten Regen abhielt. Außerdem konnte er dort am besten sein Fahrrad anlehnen. Der größte Vorteil war jedoch, dass sich direkt vor dem Baum vier Wege kreuzten, sodass zwangsläufig viele Leute bei ihm vorbeiliefen, während er die Schlagzeilen des Tages ausrief. »Sieben Schriftsteller entführt! JD Jones im Schlaf verschleppt! Lesen Sie! Lesen Sie gleich hier!«, hatte es letzten Sonntag geheißen, und Barney war schon vor dem Mittag ausverkauft gewesen. Eigentlich waren seine Geschäfte während der vergangenen Woche gut gelaufen, dank eines Mädchens namens Tuesday, das vermisst wurde, nachdem es hier im Stadtpark zuletzt gesehen worden war.

Er trug eine knallrote Schirmmütze und am Gürtel einen Lederbeutel, in dem er sein Wechselgeld aufbewahrte. Vor ihm auf dem Boden lag ein Riesenstapel druckfrischer Zeitungen, noch fest verschnürt und in neutrales Druckpapier eingeschlagen. Barney nahm sein Taschenmesser und trennte das oberste Paket auf.

Auf dem Titelblatt prangte das Foto eines Mannes mit einem gezwirbelten schwarzen Schnurrbart, das fast die ganze Seite einnahm. Er ging an Krücken, ein Bein endete in einem dicken weißen Verband. JEFFERSON VERLIERT FUSS, lautete die fett gedruckte Schlagzeile darüber.

Der Zeitungsjunge überflog den Artikel, in dem berichtet wurde, wie Cordwell Jefferson – ein Schriftsteller und, wie er selbst zugab, nicht besonders praktisch veranlagt – mit dem Rasenmäher über den eigenen Fuß gerollt war. »Es kann manchmal böse enden, wenn man mit Maschinen hantiert, die man nicht beherrscht«, wurde er zitiert.

Während Barney sich noch über die Zeitung beugte, kam ein riesengroßer Geflügelter Hund über die Baumwipfel gesegelt und landete auf einer offenen Rasenfläche neben einer Reihe öffentlicher Telefonzellen.

Der Zeitungsjunge hörte ein seltsames Geräusch und hob erschrocken den Kopf. Auf dem eben noch menschenleeren Rasen hockte plötzlich ein kleiner goldbrauner Hund. Seltsam, auch der Teenager und das etwas jüngere Mädchen, die neben dem Hund im Gras lagen, sahen aus, als wären sie gerade vom Himmel gefallen. Für den ersten Verkauf des Tages konnte man nie früh genug anfangen. »Cordwell Jefferson von Rasenmäher verstümmelt! Lesen Sie selbst! Lesen Sie die ganze Geschichte!«, schallte der Ruf des Zeitungsverkäufers durch den Park.

Tuesday rappelte sich auf und klopfte sich ein paar Blätter und trockenes Gras ab.

»Ein Rasenmäher«, bemerkte sie und zog eine Augenbraue hoch, als sie sich mit Blake auf den Weg machte.

»Ehrlich?«, fragte Blake.

»Ein Krokodil«, sagte Tuesday.

»Autsch.«

Als sie den Park verließen, entdeckte Tuesday den ersten Anschlag mit ihrem Foto und las: WER HAT TUESDAY GESEHEN?

»Oje!« An jedem Laternenpfahl, Strommast und in jedem Schaufenster war ein Foto von ihr zu sehen.

»Wie lange ist es eigentlich schon her?«, fragte sie Blake.

»Eine Woche.«

»Gott sei Dank. Für mich hatte es sich angefühlt wie mehrere Monate.«

Tuesday lief immer schneller. Als sie gerade in die Brown Street abbiegen wollten, blieb Blake plötzlich stehen.

»Mach dich darauf gefasst, dass euer Haus wahrscheinlich immer noch von einem Haufen Journalisten belagert wird.«

»Eins musst du mir versprechen, Blake«, bat Tuesday. »Verrate bitte niemandem, dass ich wirklich überlegt hatte, nie wieder nach Hause zu kommen. Ich glaube, es war die Welt … Ich glaube …«

»Schon verstanden«, sagte Blake. »Ich finde, es ist sowieso besser, wenn du allein nach Hause gehst. Deine Eltern … sie wollen mich bestimmt nicht sehen.«

»Willst du wirklich nicht kurz mit reinkommen?«

»Nee. Sentimentale Szenen sind echt nicht mein Ding«, wehrte Blake ab.

»Danke, Blake«, sagte Tuesday. Sie grinsten sich an und dann nahm Blake sie plötzlich in den Arm.

»Glaubst du, du schaffst das allein?«, fragte er.

Tuesday rannte los, Baxterr blieb dicht an ihrer Seite. Sie hatte das Tor zu ihrem Vorgarten schon fast erreicht, als eine Reporterin, eine Frau mit einem zitronengelben Halstuch, sich plötzlich umdrehte und kreischte: »Da ist sie!«

In der nächsten Sekunde war Tuesday von einer ganzen Horde Journalisten umzingelt. Sofort hörte man Kameras surren und tausend Fotoapparate klicken, sie wurde von allen Seiten mit Fragen bombardiert.

»Wo warst du, Tuesday?«

»Tuesday, kannst du uns erzählen, was passiert ist?«

»Wurdest du entführt?«

»Waren Außerirdische im Spiel?«, fragte ein Reporter, der einen

Presseausweis vom *Weltkurier* um den Hals trug. »Wie sahen sie aus, Tuesday?«

»Hatten deine Eltern etwas mit deinem Verschwinden zu tun?«

Ängstlich nahm Tuesday Baxterr auf den Arm und drückte ihn fest an sich. Baxterr stieß ein furchterregendes, für einen so kleinen Hund erstaunlich tiefes Knurren aus, wie immer, wenn es galt, seine Liebsten zu beschützen.

In diesem Moment wurde die Haustür aufgerissen und eine Frau mit grell rosarot gefärbten Haaren funkelte die Reporter böse an. Eine Schrecksekunde lang dachte Tuesday, sie hätte sich in der Tür geirrt, doch ein Blick auf die Hausnummer verriet ihr, dass sie hier richtig war.

»Haut ab, ihr Geier!«, schimpfte die Frau mit den rosaroten Haaren. »Lasst das Mädchen durch, aber ein bisschen plötzlich!«

Die Reporterin mit dem gelben Halstuch ließ sich nicht einschüchtern und hielt Tuesday ein Mikrofon unter die Nase. »Tuesday, du warst eine ganze Woche verschwunden. Die ganze Stadt hat um dich gezittert. Wo warst du?«

»Nirgends«, stotterte Tuesday. »Baxterr und ich … waren im Park spazieren.«

Die Frau mit den rosaroten Haaren kam Tuesday zu Hilfe, schob sie eilig vor sich her die Stufen zum Eingang hinauf ins Haus und knallte die Haustür hinter ihnen zu. Tuesday blinzelte verwirrt. Es dauerte einen Moment, bis ihre Augen sich nach der hellen Morgensonne an das dämmerige Licht im Flur gewöhnt hatten.

»Miss *Digby*?«, fragte sie. »Sind *Sie* es?«

Doch bevor Miss Digby antworten konnte, stürzte ihnen schon Serendipity Smith entgegen. Sie flog regelrecht über den Flur und schloss ihre Tochter mit tränenüberströmtem Gesicht in die Arme, als wollte sie sie im ganzen Leben niemals wieder gehen lassen.

Kapitel 27

Tuesday und Serendipity saßen, jede auf einer Seite, an Denis' Krankenhausbett. Tuesday hatte eine seiner Hände umfasst, Serendipity die andere. Von außen drang kein Laut in den fensterlosen Raum, man hörte nur das leise Piepen und Zischen der zahlreichen Apparate.

In dem künstlichen Licht sah Denis' Haut aschfahl und beinahe durchscheinend aus, als könnte er jeden Moment dahinschwinden.

»Papa?«, sagte Tuesday. »Papa?«

Aber Denis antwortete nicht.

Tuesday kämpfte mit den Tränen. Sie merkte plötzlich, wie sehr sie gehofft hatte, dass nun, da sie wieder hier war, eine Veränderung eintreten würde. Irgendwie hatte sie gehofft, dass Denis ihre Anwesenheit spüren und wie von Zauberhand wieder aufwachen würde.

Anscheinend war es Serendipity genauso gegangen. Bei ihrer Ankunft im Krankenhaus hatte sie Denis lebhaft berichtet, dass Tuesday nun endlich wieder zu Hause war, dass es ihr gut ging, und gefragt, ob er nicht auch erfahren wollte, was für erstaunliche Abenteuer sie erlebt hatte.

Serendipity und Tuesday hatten sanft seine Wangen und seine Stirn geküsst, doch Denis hatte sich nicht gerührt. Er atmete weiterhin ruhig und gleichmäßig. Ratlos und wie gelähmt saßen Mutter und Tochter da und wussten beide nicht mehr, was sie noch sagen konnten. Tuesdays Blick wanderte über die Blumen in den Vasen, die auf dem Regal über seinem Bett und auf einem Tisch am Fußende standen. Rosen in allen Farben: Lippenstiftrosa, Dunkelrot, leuchtendes Orange, Hellgelb, Vanille, Schneeweiß. Die Knospen, die Serendipity heute mitgebracht hatte, waren hellviolett.

Serendipity erklärte Tuesday, dass es zu einer Gewohnheit geworden war, jeden Tag frische Rosen in Denis' Krankenzimmer zu bringen. Und Luftballons. Auf den Ballons von einem Straßenverkäufer vor dem Krankenhaus stand in bunten Buchstaben *Gute Besserung*, *Wir lieben dich*, *Glückwunsch!*, *Alles Gute zum Geburtstag* und *Es ist ein Junge!*, was anderen vielleicht seltsam vorkam. Aber Tuesday war sicher, dass es Denis zum Lachen bringen würde, wenn er wieder aufwachte.

Außer den Luftballons mit Aufschrift hatte Serendipity noch viele andere gekauft, die einfach nur bunt waren, glitzernd oder gestreift, mit Punkten, Regenbögen oder Sternen verziert. So war es ihr gelungen, wenigstens ein bisschen Farbe in das ansonsten eher bedrückende Krankenzimmer zu bringen, mit all den Geräten und Schläuchen, den piependen Monitoren über dem Bett, den grauen Stühlen und der blassgelben Tagesdecke. Die bunten Ballons über ihrem Kopf erinnerten Tuesday an die Welten, die [illegible]ber dem Gewächshaus des Gärtners ihre Kreise zogen. Sie fragte [illegible], wie Silver wohl ohne sie zurechtkam, ob seine Hündin sich [illegible] bei ihm eingelebt und welchen Namen er ihr gegeben hatte.

[illegible] lag ganz ruhig da, wie in tiefem Schlaf. Fühlte sich im [illegible]gen so ähnlich an wie schlafen? Tuesday wusste es nicht.

[illegible] du, er träumt?«, fragte sie ihre Mutter.

[illegible]«, sagte Serendipity. »Und wenn, dann hoffe ich, dass [illegible]ne sind.«

[illegible]hört etwas?«, fragte Tuesday, nachdem sie wieder [illegible]egen hatten.

»Falls er uns nicht hören kann, hoffe ich, dass er vielleicht Meeresrauschen hört. Oder dein Lachen. Oder wie wir zusammen Karten spielen. Oder den Wind in den Bäumen im Stadtpark. Oder die Vögel …«

Tuesday hörte, wie die Stimme ihrer Mutter versagte.

»Er wird wieder gesund werden, Mama«, sagte sie. »Er wird bestimmt bald aufwachen.«

»Tut mir leid. Aber jetzt, wo du wieder da bist, sehne ich mich noch viel mehr danach, ihn wieder bei uns zu haben.«

»Vielleicht würde ihm eine Geschichte guttun«, überlegte Tuesday.

Serendipity wischte sich die Tränen aus den Augen. »Das wäre vielleicht eine Idee. Dann könnte ich sie auch hören. Ich meine, die ganze Geschichte diesmal, nicht nur die Kurzfassung.«

Tuesday fing an, ihre Geschichte zu erzählen. Dabei hielt sie die Hand ihres Vaters und berichtete, als ob er wach wäre und ihr gespannt zuhörte. Sie begann mit ihrem Spaziergang in den Stadtpark vor einer Woche und beschrieb, wie plötzlich aus heiterem Himmel der Faden da war und sie davongetragen hatte. Wie sie am Baum Vivienne begegnet war und sie zur Bibliothek gegangen waren. Sie berichtete von dem überfüllten Speisesaal und den Töpfen voller Chilibohnen und wie sie Silver Nightly getroffen hatte. Sie ließ nichts aus, auch nicht, auf welche Weise Cordwell Jefferson wirklich seinen Fuß verloren hatte. Auch nicht, dass Vivienne nicht mitkommen konnte und wie festgefroren draußen vor der Bibliothek auf Tuesday und Baxterr gewartet hatte. Dann erzählte sie von ihrer langen Wanderung zum Mabanquo, wie sie nachts in den heißen Quellen gebadet und dass sie nach ihrem Picknick unter den hohen Farnwedeln wunderbar geschlafen hatten. Sie erzählte von der *Wildfang*, Viviennes Boot, die sich wie durch Zauberei von einem winzigen Schiffchen in eine Segeljolle verwandelt hatte. Und von ihrer nächtlichen Fahrt auf dem Fluss, von dem sintflutartigen Regenguss, der, wie sie bei Tagesanbruch festgestellt hatten, in Wahrheit ein Ozean aus einer anderen Welt war, die mit ihrer zusammengeprallt war. Dann beschrieb sie, welche Todesängste sie ausgestanden hatte, als der Vercaka sie geschnappt und hoch in die Lüfte verschleppt hatte, und dass sie jeden Augenblick damit gerechnet hatte, als Vercaka-Frühstück zu enden oder aus schwindelerregender Höhe abzustürzen und wie ein Klecks Erdbeermarmelade auf die Erde zu klatschen.

An dieser Stelle biss Serendipity sich kopfschüttelnd auf die Lippen, sagte aber nichts.

Tuesday erzählte weiter, wie sie stattdessen zwischen den Welten abgestürzt und irgendwann auf dem Sofa des Gärtners wieder zu sich gekommen war.

Sie beschrieb die unzähligen Welten, die am Himmel über dem Gewächshaus schwebten, wie die Luftballons unter der Decke des Krankenzimmers, nur dass es tausendmal so viele waren, in den unterschiedlichsten Formen und Größen.

Sie erzählte auch, dass der Gärtner schon sehr alt und schwach und furchtbar vergesslich gewesen war und dass sie seine seltsamen Aussprüche und Redensarten zuerst überhaupt nicht verstanden und ihren Sinn erst erfasst hatte, als sie aufgehört hatte, darüber nachzudenken.

Serendipity lauschte Tuesdays Erzählungen mit staunenden Augen, unterbrach sie jedoch nicht, sondern drückte nur Denis' Hand und bat ihre Tochter mit einem Kopfnicken weiterzusprechen.

Tuesday berichtete in allen Einzelheiten, wie es gewesen war, die Aufgaben des Gärtners zu übernehmen. Dass sie sogar bereit gewesen war, für immer *dort* zu bleiben, erwähnte sie allerdings mit keinem Wort. Wie nannte ihre Mutter es, wenn die Wahrheit manchmal etwas zurechtgebogen werden musste – »dichterische Freiheit«?

Dann wiederholte sie alles, was Vivienne ihr von dem Kampf um die Stadt der Uhren berichtet hatte, und erzählte, wie sie wieder mit Baxterr und Vivienne vereint gewesen war. Und wie schließlich auch Blake, die Bibliothekarin und Silver Nightly zu ihnen gestoßen waren. Tuesday erzählte, wie eilig sie es gehabt hatte, wieder nach Hause zu kommen, als sie von Denis' Krankheit erfuhr, und wie Silver der neue Gärtner geworden war, wie sie zum Abschluss die Welt der Geflügelten Hunde besucht, Silver seinen eigenen Hund gefunden hatte und Tuesday und Blake auf Baxterrs Rücken am Morgen zurückgekehrt waren.

Als sie geendet hatte, sah Tuesday wie gebannt auf das Gesicht ihres Vaters, doch es zeigte nicht die kleinste Veränderung. Sie legte ihren Kopf auf seine Hand, die neben ihm auf der Bettdecke ruhte. Es war sehr still im Raum. Plötzlich spürte sie ein leises Zucken in seiner Hand. Sie bewegte sich. Sie strich ihr übers Haar. Erschrocken setzte Tuesday sich auf. Ihr Vater sah sie an. Seine Augen waren weit geöffnet.

»Papa?«, fragte Tuesday und fürchtete schon, dass es sich nur um eine seltsame Erscheinung handelte.

»Denis?«, hauchte Serendipity und starrte ihn an wie ein Phantom, das sich jeden Augenblick in Luft auflösen konnte.

Denis zwinkerte den beiden zu und grinste übers ganze Gesicht.

»Donnerwetter«, sagte er, »das nenn ich eine gute Geschichte!«

Kapitel 28

Mehrere Wochen vergingen. Es waren angenehme, vollkommen normale Wochen, jede mit einer geordneten Abfolge von sieben Tagen. Mit der strikten Anweisung, sich zu entspannen und eine Zeit lang jegliche Aufregung zu vermeiden, war Denis endlich aus dem Krankenhaus entlassen worden. Serendipity Smith begann, in ihrem Schreibzimmer im obersten Stockwerk des Hauses an der Brown Street ihren nächsten Roman zu schreiben. Und der neue Gärtner an seinem erhabenen Beobachtungsposten erlebte zu seiner großen Freude, wie im Universum über dem runden Glashaus eine neue Welt geboren wurde. Die Bibliothekarin verbrachte eine ganze Woche damit, die herausgefallenen Bücher zurück in die Regale zu sortieren. Bis Sonntag war sie bei der ewigen Frage angelangt, ob der alphabetischen Reihenfolge nach Mac-Miniman vor McMaryborough kam oder danach. Sie fand, dass diese Mc-Namen sowieso abgeschafft gehörten.

Baxterr schlief die meiste Zeit in seinem Körbchen in Tuesdays Zimmer, wenn er nicht gerade aufpasste, dass Denis sich nicht überanstrengte. Diese Aufgabe teilte sich Baxterr mit der rosarothaarigen Miss Digby, die es sich zur Gewohnheit gemacht hatte, jeden Tag in der Brown Street vorbeizuschauen. Dabei beförderte sie Denis jedes Mal unsanft aus seiner eigenen Küche und verscheuchte ihn kopfschüttelnd, sobald er sich auch nur in die Nähe des Bügelkorbs wagte. Baxterr störte ihre Anwesenheit nicht, nachdem er herausgefunden hatte, dass sie genau wie er einen ausgezeichneten Käsegeschmack hatte.

Was Tuesday machte? Nun, sie schrieb. Das heißt, sie ging zur Schule, aß ihr Frühstück, führte ihren Hund spazieren, las Bücher und verbrachte vorschriftsmäßig mindestens siebenundachtzig Minuten pro Tag an der frischen Luft. Und wenn all das erledigt war, schrieb sie. Eines Sonntags dann, nach einem späten Frühstück, nahm sie ein Bad und zog sich sorgfältig an. Sie bürstete Baxterrs goldbraunes Fell, bis es glänzte. Um Punkt zwei Uhr klingelte es an der Haustür. Als Tuesday öffnete, stand Blake vor ihr, in schwarzer Hose mit Bügelfalte, einem orange gestreiften Hemd und auf Hochglanz polierten Schuhen.

»Fertig?«, fragte er. Hinter ihm auf der Straße wartete ein Taxi.

»Und ob«, sagte Tuesday.

»Wir fahren. Bis später!«, rief Tuesday über den Flur und hörte, wie ihre Eltern ihr aus der Küche einen Gruß nachriefen. Sie nahm ihren schönsten Mantel vom Haken, warf im Vorbeilaufen einen letzten Blick in den Spiegel und stürmte hinter Baxterr aus dem Haus.

Blake sprang als Erster aus dem Taxi und hielt – ganz der Gentleman – Tuesday und Baxterr die Tür auf. Der Bürgersteig an der Gallery Street war so einladend breit, dass Tuesday der Versuchung nicht widerstehen konnte und in ihren besten Turnschuhen und dem weit schwingenden Rock ihres mit kleinen Schmetterlingen bedruckten Kleides eine Pirouette drehte. Baxterr, der sein feinstes Halsband trug, schüttelte sich freudig und genoss es sehr, wie der Wind durch sein sorgfältig gebürstetes Fell strich.

Die Straße wurde von herrlichen alten Häusern gesäumt, jedes einzelne von ihnen war ein kleines Schmuckstück. Vor ihnen erhob sich die beeindruckende Eingangstreppe zum Hotel Mirage, in dem gelegentlich Premierminister und Filmstars, Musiker und Künstler, Balletttänzer und Kricketspieler abstiegen. Außerdem war es, wie allgemein bekannt, der feste Wohnsitz von Serendipity Smith, der berühmtesten Kinderbuchautorin der Welt.

»Darf ich bitten, Tuesday McGillycuddy?«, sagte Blake.

»Bist du bereit, Strubbel?«, fragte Tuesday und hakte sich bei Blake ein.

Baxterr wedelte selbstbewusst mit dem Schwanz, als würde er täglich im vornehmsten Hotel der Stadt ein- und ausgehen.

»Und denk dran, Strubbel, wir müssen so tun, als ob wir sie nicht kennen oder zumindest nicht näher kennen als jeder andere«, sagte Tuesday. Hab schon verstanden, schien Baxterrs Blick zu sagen, der offenbar ein wenig beleidigt war, dass sie meinte, ihn daran erinnern zu müssen.

Als sie über den weichen hellgrünen Teppich spazierten, der in der Mitte über die Marmorstufen gerollt worden war, hielt Tuesday Baxterr locker an der Leine. Oben angekommen wurde das Trio von zwei Portiers in makellosen schwarz-goldenen Anzügen in Empfang genommen, die schwungvoll die silbern glänzenden Glastüren vor ihnen aufhielten und sie hineinführten.

Das Beeindruckendste in der eleganten Eingangshalle war der prächtige Treppenaufgang. Über breite Stufen zu beiden Seiten eines hohen Wasserfalls gelangte man zu den oberen Stockwerken. Das aus großer Höhe herabrauschende Wasser wurde auf den verschiedenen Etagen von einer Reihe kleinerer Brunnen unterbrochen, bis es sich in der Halle im Erdgeschoss in einem schimmernden Becken sammelte. Die schwindelerregend hohe Decke über ihren Köpfen war mit funkelnden und glitzernden Kristallen besetzt. Ein wunderbarer Duft nach Glück und Sonnenschein erfüllte den Raum.

Tuesday atmete tief durch. »Wow!«

»Ich finde, wir nehmen die Treppe«, schlug Blake vor.

Sie ließen die Aufzüge links liegen und stiegen an den in der Mitte sprudelnden und glitzernden Wasserkaskaden vorbei die Treppe hinauf, bis sie den Brunnen auf der Etage des Cafés erreichten. Die Gäste tranken Kaffee und Tee aus bemaltem chinesischem Porzellan. Überall waren Tische mit mehrstufigen Kuchen- und Sandwichplatten voller Köstlichkeiten aufgebaut. Auf den Tischen lagen edle weiße Leinendecken, die Stühle waren mit eleganter rot gestreifter Seide bezogen.

Als ein Ober mit silberfarbener Fliege erschien, schluckte Tuesday nervös und krächzte: »Auf den Namen McGillycuddy wurde ein Tisch reserviert.«

»Sehr wohl, Mademoiselle.« Die Stimme des Obers war so seidenweich wie die Stühle.

Für Baxterr lag ein rotes Samtkissen bereit. Sobald Tuesday ihm die Leine abgenommen hatte, rollte der wohlerzogene Hund sich brav darauf zusammen. Der Ober schüttelte drei Leinenservietten auseinander, breitete eine über Tuesdays Schoß aus, die andere über Blakes und knotete Baxterr die dritte locker um den Hals.

»Kommen Sie wegen des Ereignisses?«, fragte der Ober.

»Welches Ereignis?«, fragte Tuesday unschuldig zurück.

»Wir erwarten heute Serendipity Smith«, erklärte er und wies mit einem Kopfnicken auf die Flügeltür mit dicken Messingknäufen, neben der sie saßen. »Endlich ist sie wieder zurück! Sie wird hier vorbeikommen und dann den Aufzug dort drüben nehmen, um mit ihm nach oben in ihre eigene Etage zu fahren. Jedes Mal, wenn sie ihre Ankunft in der Presse ankündigt, sprechen wir von einem EREIGNIS.«

»Ach, wirklich? Wie aufregend«, sagte Tuesday. »Meinen Sie, wir werden sie sehen?«

»Aber mit Sicherheit. Sie haben den perfekten Tisch. Wie ich sehe, erwarten Sie noch jemanden«, sagte der Ober und deutete auf die leeren Stühle. »Darf ich Ihnen trotzdem schon eine kleine Erfrischung reichen?«

Blake und Tuesday bemühten sich, ebenso gewählt und höflich zu antworten.

»Ich hätte gerne eine Eisschokolade, bitte«, sagte Tuesday.

»Und für mich bitte einen Eisshake mit Ingwerlimonade, wenn Sie dich haben«, bat Blake.

»Selbstverständlich« sagte der Ober mit einer kleinen Verbeugung. »Und für den vierbeinigen Freund?«

»Milch bitte, leicht angewärmt.«

»Mit Vergnügen, Mademoiselle«, sagte der Ober und schwebte davon.

Erfreut stellte Tuesday fest, dass Baxterr nicht der einzige Vertreter seiner Art hier im Hotel war. Ein großer, weißhaariger Mann teilte sich einen Teller Früchtebrot mit seinem Basset. An einem anderen Tisch saß eine Frau mit drei Windhunden, die alle kleine Toasts mit Leberpastete aßen. Der Mann hinter ihr hatte zwei Chihuahuas mit kleinen Blümchen hinter den Ohren auf dem Schoß, die an ein paar Schinken-Käse-Croissants schnupperten.

Der Ober brachte ihre Getränke. Tuesdays Eisschokolade bestand aus mehreren aufeinandergetürmten Eiskugeln unter einer dicken Sahnehaube, die mit geraspelter Schokolade bestreut war. Blake bekam ein randvoll gefülltes, turmhohes Glas, das überzulaufen drohte. Die warme Milch wurde in einer schlichten, aber sehr hübschen Schale serviert, und zu Tuesdays grenzenlosem Stolz bewies Baxterr wieder einmal, dass er sich als Hund von Welt tadellos zu benehmen wusste, als er das Schälchen sauber ausschleckte.

Plötzlich schien der Raum von einer Welle erwartungsvoller Spannung erfasst zu werden. Das gedämpfte Gemurmel der Gäste ebbte ab, alles schien auf eine gewisse Unruhe zu lauschen, die unten, womöglich vor den Eingangstüren des Hotels, entstanden war. Alle Blicke richteten sich auf den vergoldeten Wasserfall. In beinahe sichtbaren Wellen hallte ein Wispern durch das ganze Hotel. Von überall her strömten Gäste aus ihren Zimmern, die Menschen im Café erhoben sich von ihren Plätzen. Aus allen Richtungen kamen Kellner und Kellnerinnen in ihren weiß gestärkten Schürzen herbei, Küchenpersonal mit weißen Mützen und gestreiften Arbeitsschürzen eilte aus den Schwingtüren zur Küche. Von irgendwoher näherte sich aufgeregtes Stimmengewirr dem Café. Jeder reckte den Hals, um als Erster einen Blick auf das EREIGNIS zu erhaschen.

Jemand rief: »Da ist sie!«

»Sie ist hier! Sie kommt die Treppe herauf«, tönte es von der anderen Seite.

»Sie ist es!«

»Ich glaube, sie kommt«, flüsterte Blake Tuesday zu.

»Ich fasse es nicht!«, nuschelte der weißhaarige Mann, der immer noch an seinem Früchtebrot kaute.

»Allmächtiger!«, stöhnte der Mann mit den Chihuahua-Zwillingen und drückte die beiden Hündchen fest an die Brust. »Da kommt sie, SERENDIPITY SMITH!«

Und da war sie auch schon. Zwei livrierte Portiers rissen die Flügeltüren auf, dann erschien eine hochgewachsene Gestalt mit langen, flammend roten Haaren. Begleitet von einer aufgeregten Reporterschar, die ihre Kameras auf den Schultern trugen und die Mikrofone schwenkten, betrat Serendipity Smith den Saal.

Sie trug einen eleganten orangeroten Samtmantel mit einem farblich abgestimmten Seidenfutter im Paisley-Muster und dazu hochhackige dunkelrote Lederstiefel, die ihr bis zum Knie reichten. Ihre rotbraune Lockenmähne fiel ihr offen um die Schultern und weit den Rücken hinunter. Ihr Gesicht hatte sie hinter einer extravaganten Brille verborgen, deren Einfassung an den äußeren Rändern mit goldenen, gelben und weißen Sonnenstrahlen verziert war.

Reporter drängten sich nach vorn, während die Hotelgäste hektisch nach einem Stück Papier, Servietten, Quittungen, Hüten, Hundehalsbändern oder überhaupt irgendetwas suchten, auf dem Serendipity Smith ihr Autogramm hinterlassen könnte. Serendipity bahnte sich freundlich, aber bestimmt einen Weg durch die Menge. Hin und wieder blieb sie kurz stehen, um Hände zu schütteln oder ihren Namen auf etwas zu kritzeln. Für den Bruchteil einer Sekunde blieb ihr von Sonnenstrahlen umrandeter Blick an Blake, Tuesday und Baxterr hängen. Bildete sie es sich nur ein oder hatten Serendipitys Augen ihnen wirklich heimlich zugezwinkert? Tuesday versuchte jedenfalls, sich genauso zu benehmen wie alle anderen im Raum und so zu tun, als sähe sie die berühmteste Kinderbuchautorin der Welt.

»Woran arbeiten Sie gerade?«, rief jemand.

»Ja, was wird Ihr nächstes Buch?«

Dann öffneten sich die Türen zum Fahrstuhl und Serendipity Smith ließ sich nicht länger aufhalten. Die Journalisten zeterten und schrien, bettelten um ein weiteres Foto, mehr Fragen, mehr Zeit, dann ging die Fahrstuhltür zu, und zwei Hoteldiener bauten sich davor auf und ließen niemanden durch. Ein enttäuschter Seufzer ging durch die Menge. Nur wenige Augenblicke war die berühmte Autorin zum Greifen nahe gewesen, um dann ebenso schnell wieder zu verschwinden, wie sie aufgetaucht war. Erst jetzt bemerkte Tuesday, dass sie, Blake und Baxterr wie alle anderen aufgestanden waren.

»Hallo, ihr beiden«, sagte Serendipity, als sie sich gerade wieder gesetzt hatten, und nahm mit Denis unauffällig am Tisch Platz.

Wie immer trug Serendipity die Haare kurz und war wie immer mit einer schlichten Bluse und langer Hose ganz in Schwarz gekleidet. Sie hatte sich allerdings zur Feier des Tages für ein paar auffallende, kurze rote Stiefel entschieden. Tuesday fand, dass Denis mit der schwarzen Wollmütze, die seinen kahl rasierten Schädel verdecken sollte, unglaublich cool aussah, auch wenn er noch immer blass und abgemagert war. Wieder erschien der Ober.

»Sie haben sie doch hoffentlich nicht verpasst?«, sagte er beinahe ehrfürchtig. »Serendipity Smith!«

»Unglaublich, nicht wahr?« Serendipity lächelte ihn an.

Sie bestellten Tee mit Gebäck und Sandwiches für alle, und kurze Zeit später stand eine mehrstöckige Etagere, voll beladen mit Leckereien, vor ihnen auf dem Tisch. Es gab winzige Törtchen mit Ei und Schinkenspeck, daumendicke Würstchen in Blätterteig und mit hauchdünnen Gurkenscheiben belegte Sandwiches. Auf einer zweiten Etagere stapelten sich kleine Zitronentörtchen, mit Schokolade überzogene Erdbeeren, winzige Eclairs mit Cremefüllung, kleine Fruchtgeleewürfel und Karamellriegel. Auf dem obersten Teller lagen Mandelmakronen in sechs verschiedenen Farben und Geschmacksrichtungen.

Träumte Tuesday oder saß sie wirklich gerade zusammen mit ihrem Hund, ihren Eltern und mit Blake beim Nachmittagstee im Hotel Mirage?

»Habt ihr sie gesehen?«, fragte Tuesday ihre Mutter.

»Ja, haben wir. Wir standen gerade draußen vor dem Hotel, als sie ankam, und sind ihr dann durch die Eingangshalle und die Treppe hinauf gefolgt.«

»Und wie fandest du dich?«

»Ich finde, Miss Digby ist ein großartiges Ich«, sagte Serendipity. »Was meinst du?«

»Sie war sehr … herausragend!«, sagte Tuesday.

Die ganze Runde lachte, während Tuesday genüsslich den letzten Krümel Mandelmakronen aufpickte. »Wird Miss Digby von jetzt an immer du sein, Mama?«

»Das hoffe ich«, sagte Serendipity. »Auch wenn ich zu bestimmten Gelegenheiten manchmal wieder ich selbst sein muss.«

»Wünschst du dir auch manchmal so eine Verkleidung, Blake?«, fragte Denis.

»Nee, ich bin mit meinem großartigen Ich eigentlich ziemlich zufrieden.«

Tuesday schüttelte lächelnd den Kopf. »Genau wie du, Papa.«

Serendipity legte ihre Hand auf Denis' Arm. »*Du* bist großartig, mein Liebster. Ohne dich wäre ich völlig verloren. Versprich mir, dass du nie, wirklich nie wieder so krank wirst.«

»Wuff«, stimmte Baxterr ihr zu, und Tuesday sagte: »Es tut mir sehr leid, Papa, dass ich nicht da war, als es dir so schlecht ging.«

»Das Wichtigste ist, dass ihr beide wieder zu Hause seid – dass wir alle wieder zu Hause sind«, sagte Denis. »Vielleicht bekomme ich auch eines Tages einige dieser anderen Welten zu Gesicht, zu denen ihr alle gereist seid … Ihr müsst mir unbedingt noch einmal davon erzählen, alle beide.«

»In Ordnung«, sagte Tuesday.

»Also dann«, sagte Blake und beugte sich vor.

Baxterr bellte und Serendipity schenkte allen Tee nach.

Es war mitten in der Nacht, als Tuesday plötzlich aufwachte. Im Haus war alles still. Sie konnte nicht einmal sagen, was genau sie geweckt hatte. Kein Geräusch, kein silberner Faden, der versucht hätte, sie mitzunehmen, nur ein heller Streifen Mondlicht, der durch die Vorhänge fiel.

Sie stand auf und schaltete ihre Schreibtischlampe an. Ihr war eingefallen, dass sie noch etwas Wichtiges zu erledigen hatte. Tuesday setzte sich an ihre hellblaue Schreibmaschine und tippte los. Von Zeit zu Zeit löste sich ihr Blick vom Papier und wanderte gedankenverloren über die Vorhänge am Fenster oder ihre Zimmerwand. Als sie fertig war, überflog sie noch einmal, was sie geschrieben hatte.

»Vivienne wird begeistert sein«, flüsterte sie.

Sie löschte das Licht und legte sich wieder ins Bett, und wenn es nicht so dunkel gewesen wäre, hätte man gesehen, wie ihre Augen strahlten.

Epilog

Der alte Baum ist groß und stark, er hat einen mächtigen hellen Stamm und weit verzweigte Äste, an deren Spitzen dichte Büschel aus schmalen grün-violetten Blättern hervorsprießen. Obwohl der Baum am Rande einer Klippe wächst, reichen seine Wurzeln tief ins Erdreich hinein. Einige seiner Äste ragen bis zur Ruhelosen See hinaus und der längste von ihnen gabelt sich am Ende zu einer ausgestreckten Hand. Diese Handfläche trägt ein Baumhaus mit Wänden aus Treibholz und Fenstern, die dazu einladen, die überwältigende Aussicht zu genießen.

Das Dach des Baumhauses hat die Form einer Kuppel. Von außen ist es mit Muschelschalen geschmückt und von innen ist die Decke mit Szenen einer großen Schlacht bemalt. Man sieht Katzen, die ihre Krallen tief in hässliche, bösartig aussehende Vögel bohren, und Fische, die wie Pfeile über den Himmel fliegen. Die Vögel schnappen mit ihren spitzen Schnäbeln nach einem Geflügelten Hund, der über sie hinwegfliegt, während das Mädchen auf seinem Rücken die Vögel mit Pfeilen beschießt. Dieses Dach birgt sogar ein kleines Geheimnis: Wenn man an einem winzigen, unscheinbaren Hebel in der Wand zieht, öffnet sich die Kuppel, um die Sonne hereinzulassen, die funkelnden Sterne oder das sanfte Licht eines Vollmonds.

Das Haus ist mit Dingen ausgestattet, die ein Mädchen eben so braucht. Auf der ringsum laufenden Veranda gibt es einen Tisch mit zwei Stühlen und einen in zahlreichen Töpfen angelegten Garten, in dem Gewürze und Heilkräuter wachsen. Und eine

Hängematte lädt zum Ausruhen ein. Gerade geht über der Ruhelosen See allmählich die Sonne auf, schimmernd wie Perlmutt ergießt sich das erste Morgenlicht übers Meer. Das Mädchen in seiner Hängematte schläft noch tief und fest, sie schnarcht sogar ein kleines bisschen, auch wenn sie das natürlich niemals zugeben würde.

In diesem Augenblick ist es allerdings kein Schnarchen, das man hören kann. War da nicht ein Niesen? Ein Niesen, so fein und zart wie die kleine rosarote Nase, aus der es kam. Aber immerhin laut genug, dass das Mädchen davon aufwacht und die Ohren aufsperrt. Besonders das rechte Ohr, das nach Elfenart spitz zuläuft. Hatschiii! Vivienne setzt sich auf, doch weit und breit ist niemand zu sehen. Dann spürt sie plötzlich das Kitzeln feiner Schnurrhaare am Hals.

»Ermengarde«, flüstert sie und mag es kaum glauben.

Lächelnd greift sie nach oben und zieht eine kleine schwarze Ratte hervor.

»Wie kommst du denn hierher?«

Die Ratte gähnt herzhaft und zeigt dabei ihre spitzen gelben Zähnchen, dann hüpft sie auf die Schulter des Mädchens, wo sie sich sofort wieder in ein warmes Nest aus Viviennes Haaren kuschelt.

»Moment mal«, sagt das Mädchen, halb zu Ermengarde und halb zu sich selbst. »Wie bin ich hierhergekommen? Und wo bin ich hier überhaupt?«

Als Vivienne schlaftrunken aus der Hängematte purzelt, verschlägt ihr der weite Blick über die Ruhelose See erst einmal den Atem.

»Oh!«, japst sie. Lächelnd beugt sie sich über das Geländer. Dann läuft sie laut lachend einmal auf der Veranda ringsherum, streicht mit Kennerblick über die Holzarbeiten und wirft schließlich einen Blick hinein. Es ist mit Sicherheit das stabilste und schönste Baumhaus, das jemals gebaut wurde, stellt sie am Ende sprachlos fest.

Erst jetzt bemerkt sie das Päckchen, das mitten auf dem Tisch auf der Veranda liegt. Es ist in glänzendes rotes Papier eingewickelt und mit braunem Bindfaden verschnürt. Auf einem kleinen Aufkleber steht FALLS ES REGNET. Als das Mädchen ungeduldig das Papier aufreißt, findet sie darin eine Glasflasche. Im Inneren der Flasche steckt ein winziges rotes Segelboot mit einem weißen Segel und – so stellt sie grinsend fest – mit einer Kajüte! Vorne am Heck steht in winzigen Buchstaben der Name des Schiffes: WILDFANG II.

Und noch etwas ist anders. Es fühlt sich an wie ein Jucken in den Spitzen ihrer blauen Flügel. Sie schüttelt die Flügel, doch das Jucken wird immer stärker. Zuerst fällt es ihr nur an dem Schatten auf, den sie auf die Außenwand ihres Baumhauses wirft. Als sie sich halb den Hals verrenkt und nach hinten zu ihren Flügeln schaut, kann sie kaum glauben, was sie da sieht. Ihre Flügel wachsen. Sie sind immer noch lederartig und haben dieselbe blaue Farbe wie vorher, doch sie wachsen und wachsen, bis sie groß und kräftig genug sind, um richtig zu fliegen.

Mit einem Freudenschrei hüpft Vivienne auf das Geländer ihrer Veranda und breitet über dem schimmernden Meer ihre Flügel aus. Da fegt auch schon von der offenen See eine Brise heran. Nur eine Sekunde noch, dann wird der Wind ihre Flügel erfassen und sie hoch in die Lüfte tragen. Der Duft des Abenteuers wird ihre Nase kitzeln und genau in diesem Moment wird eine neue Geschichte beginnen.

FSC
www.fsc.org
MIX
Papier aus verantwortungsvollen Quellen
FSC® C083411

CPI
Mehr Bäume. Weniger CO_2.
www.cpibooks.de/klimaneutral

Natürlich magellan©

Säurefreies und chlorfrei gebleichtes FSC®-Papier
Klimaneutral produziert
Dispersionslack auf Wasserbasis
Klebstoff lösungsmittelfrei
Zellophanierfolie ohne Weichmacher
Hergestellt in Deutschland

1. Auflage 2015

Die Originalausgabe erschien 2015 unter dem Titel *A Week without Tuesday*
bei Allen & Unwin, Sydney.
Aus dem Englischen von Anke Knefel
Umschlaggestaltung: Christian Keller
unter der Verwendung von Motiven
von iStock / vgorbash, chuwy, Nataleana
ISBN 978-3-7348-4707-3

www.magellanverlag.de